ハヤカワ文庫 JA
〈JA1266〉

宇宙軍士官学校
—幕　間《インターミッション》—

鷹見一幸

早川書房
7944

目次

かつて、地球上を一周するだけで世界一周と呼ばれた時代があった。

宇宙軍士官学校
―幕間《インターミッション》―

中の人

恵一は地球の低軌道上に浮かぶ、東アジア中継ステーションのエントランスにある展望フロアから、真下に見える地表を見下ろしていた。大陸の東の縁を低気圧が通過中なのだろう、白い雲の塊から伸びる寒冷前線の白い帯状の雲の下に、うっすらと弓状の列島が見える。

『せっかくの休暇なのに東京は雨みたいだね』

横に立って一緒に地表を見ていたロボのつぶやきを聞いて、恵一が答えた。

「本物の雨の降る街の中に立てる、というのも贅沢かもしれない……いや、地上で過ごす一分一秒すべてが贅沢なことなんだよ、今のおれたちにとって」

『たった四十八時間しかないんだものね』

「ああ、この四十八時間を与えてくれた、親衛義勇軍と指導種族艦隊に感謝しなくちゃな

「……」

恵一はそう言うと、顔を上げて視線を遠くに投げた。

太陽系外縁部では、今、このときにも、親衛義勇軍艦隊と指導種族艦隊が粛清者《しゆくせいしや》たちと激しい戦闘を続けている。

モルダー星系防衛戦が終結したあと、太陽系防衛戦に投入された恵一たち地球軍独立艦隊と途上種族艦隊は、数の優位によって、転移してきた少数の粛清者艦隊を全滅させた。しかし粛清者は諦めようとはしなかった。全滅させても全滅させても、時間をおいて必ず前回の二倍の数の艦隊をふたたび転移させてくるのだ。いつになれば終わりが見えるのかわからない波状攻撃を繰り返す粛清者を前にして、戦力を消耗し続ける地球軍独立艦隊と途上種族艦隊に対し、ケイローン軍は増援部隊として親衛義勇軍艦隊と指導種族艦隊を送りこんできた。

恵一は、増援艦隊が到着するのと同時に、消耗していた地球軍独立艦隊と途上種族艦隊に対し、戦力再編と補給のために最前線を離れることを命じ、地球軍独立艦隊と途上種族艦隊、双方の将兵全員に、補給と戦力再編に要する四十八時間を休暇として与えていた。

展望フロアの透明な床下の向こうに、ゆっくりと地表に向かって降りていく軌道エレベーターの葉巻型の船体が見える。

『あのエレベーターには、途上種族艦隊の人たちも乗っているんだね』

「ああ、でも、地表に降りたのは地球の文化に興味がある者だけで、全員じゃない。四分の三くらいかな？　連邦政府の太陽系ビジターセンターが受け入れてくれて助かったよ。地球に残っている他星系出身者がガイド役をやってくれるという話だから、トラブルとかはないと思うけど……」

『地球を気に入ってくれるといいね』

「アロイス以外の異星人と接したことのある地球人はそう多くないからね。以前、カラムとも話したことがあるんだけど、アロイスは、もっと時間をかけて、ゆっくり他星系の文化を地球に伝えていくつもりだったらしい。でも粛清者の攻勢が想像を超えて早まったことで、〝習うより慣れろ〟みたいなことになったんだって。いきなりケイローンの〝魂の試練〟を受けることになったのも、そのためらしいよ」

恵一の言うとおり、銀河文明評議会に加わった地球連邦政府は、銀河系のほかの星系人との交流が深まることを予測し、アロイスの指導を受けて、ほかの星系人の文化を紹介するさまざまな教育プログラムを導入していた。

ネットニュースのキャスターにアロイスを起用したのを手始めに、工学技術、医療技術など、さまざまな先進技術の講師として他星系出身者を起用し、他星系人と地球人との触れ合いを多くすることで、地球人全体の意識を変えていくこのプログラムは、粛清者の侵攻により現在は中断されており、他星系出身者の多くはゲートを使って母星や中堅惑星に戻っていったが、それでもまだ、百人以上の他星系人が志願者として地球上にとどまっていた。

『時間か……時間は大事だよね。かぎられていればなおさら大事なんだ』

憤慨したような口調で答えたロボを見て、恵一は聞いた。

「スケジュールに不満があるみたいだね？」

『そりゃあ当然だよ！　休暇は四十八時間しかないっていうのに、地表に降りたその時から、分刻みのスケジュールで地球連邦政府のお偉いさんと会談があって、東京についたらこんどは日本自治政府の偉い人とまた会談があって、マスコミの取材があって……こんなの休暇でもなんでもない、仕事だよ、仕事！　マスコミの取材に付き合ってたら、プライベートな時間なんてなくなっちゃうよ？　ダメなものはダメ！　って断わんないと！』

恵一は肩をすくめた。

「そうさ、仕事だよ。地球は大丈夫。戦っていた将兵が休暇をもらえて家に帰れるくらい余裕がある。ほかの星系からの応援も到着した。地球は見捨てられたわけじゃない。未来はある。昨日と同じ今日、今日と同じ明日が待っているんだって、地球の人たちに教える仕事さ。おれが受け取っている給料の中には、そういう役割を演じる分も含まれているってことだよ。それに、仕事と言ったって、戦闘指揮と違って、肩の力抜いて適当に話していればいいんだから、楽なものだよ。深川の実家に戻ったって、家族はみんな飯能のシェルターに避難しちゃって誰もいないし、連邦政府が用意してくれた高級ホテルに泊まれるんだから、いいじゃないか」

『ケイチがいいって言うなら、ボクがどうのこうの言うことじゃないけどさ……せっかくの休暇なのに、そういう役割を演じ続けるのって虚《むな》しくないかな……』

ロボは、どこか不満そうな口調で答えたあと、言葉を濁したまま中継ステーションから地表へと伸びる軌道エレベーターのケーブルを見つめた。

ケーブルのはるか彼方に、さきほど地表へ降りていったものと同じ葉巻型の船体が見えた。それは衛星軌道と地表とのあいだに四カ所設けられている中間地点ですれ違って昇ってきたエレベーターだった。少しずつ大きくなり始めたその船体を見つめて、恵一は思った。

——地表に降りて、ごく普通の街並みを雨にぬれながら歩く。ただそれだけだって、戦場にいることに比べれば立派な休暇だ。とはいえ、半日でもいいからのんびりしたい、というのも正直なところだな……時間があれば温泉とかにも行きたいけど、避難が始まっている状況だから、難しいかもしれないな。

ロボの言うとおりだった。

地表に降りた……いや、東アジア中継ステーション内部の、連邦軍の管理エリアから一歩出たとたん、恵一はマスコミの取材用のカメラの群れに取り囲まれていた。大仰なカメラマンもマイクを突きつけるレポーターもいないことで安心していた恵一は、地表に降りる軌道エレベーターのコンパートメントに設けられているモニターに映し出されたネットニュースに流れた自分の映像を見て驚いた。それはステーション内の監視カメラのモニター映像だった。カメラマンとレポーターの代わりに、施設内に設置された高性能のカメラと音声センサーが、恵一の動きと言葉を追いかけ記録していたのだ。

——油断も隙もないな。気をつけないと。地表に降りたら、取材のプレッシャーはきっと中継ステーションの比じゃないぞ。

恵一は、自分にそう言い聞かせると、覚悟を決めて地表に降り立った。

それからは、まさしく秒刻みのスケジュールで進んでいった。要人との会談、取材、会談、取材、会談、広報用のスピーチの収録、映像用素材の収録、そしてシェルターの現地視察。このシェルターの視察は事前の申し入れにはなく、急遽組みこまれたものだった。恵一が連れていかれたのは、東京都の北西部、かつて埼玉県飯能市と呼ばれた町の西に広がる秩父山系の山の中に建設された地下シェルターで、そこでは都内の実家から避難してきた両親との面会がセットされていた。

恵一の母親はいつものとおりあっけらかんとしており、父親もにこにこ笑っているだけで、マスコミが期待したであろう〝今生《こんじょう》の別れ〟のようなウェットなものとはかけ離れた、実にあっさりとしたものだったが、両親が醸《かも》し出す、その仰々しさのないいつもの雰囲気が、恵一には嬉しかった。

一連の取材と広報活動を終え、飯能のシェルターから日本自治政府が用意した宿泊先である東京湾沿いのホテルに向かうころには、すっかり陽は落ち、フローターヘリから見る東京の夜景は、きらめく光を敷き詰めたカーペットのようだった。その地上の銀河を眺めながら、恵一はぼんやりと考えていた。

――なんだか肩の荷が下りたような気分だ。取材とか会談とか、地球軍独立艦隊司令長官の肩書きつけて百戦錬磨の司令官の役を演じるのは、もう充分だろう。明日は取材を断って、ホテルでのんびりしよう……義理は果たした。

フローターヘリの行く先に、黒く広がる東京湾の水ぎわに立ち並ぶいくつもの光の塔が見えてきた。その光り輝く高層ビルの中でもひときわ目立つきらびやかなツインタワーが、恵一のために日本自治政府が用意したホテルだった。


次の日の朝。ホテルの最上階にある特別室では、情報端末の前にすわったロボが、情報検索に集中していた。

――日本において、営業活動している温泉保養施設の名称、所在地、アクセス、営業時間、施設設備内容……そういったデータを、ロボの意識はデータベースから瞬時に受け取り、そしてデータベースに意識を打ち返していた。

――この施設は本日営業中か？

データベースは瞬時に返答する。

――否定。もしくは不明。

ドローンであるロボの意識は、擬似人格として組みこまれた小さなバイオチップの中にある人間の記憶細胞と、人間の大脳の働きをもとに組み立てられた小型電子脳の相互作用によって維持されている。擬似的な感情や反応は、この記憶細胞で、そして情報処理は小型電子脳が行なう。

記憶細胞は培養された規格品で、人格提供者のものではない。ヒューマン型ドローンの持つ擬似人格は、人格提供者から提供された記憶情報の中から再構成されたものであり、人格提供者のクローンではない。とはいえ、人格は記憶細胞にインプットされた基本的価値観――つまり、自分は何をしていいのか、何をしてはいけないのか、というすべての行動判断の根本となっている記憶情報によって構成されているため、再構成された擬似人格ではあっても、提供者の個性を色濃く残している場合が多い。

ロボは、データベースの検索結果を確認しながら、意識の中で小さくため息をついた。

――大都市の温泉保養施設は、ほとんど閉鎖されてしまっているみたい……。

考えてみれば、粛清者の攻撃が始まって、地球の人たちの避難計画が動き出して脱出船が出発したり、東京都民のシェルターへの収容が始まっているこの時期に、〝温泉に入ろう〟なんて考える人はそう多くないだろうし、温泉保養施設の管理をしている人や従業員だって避難を始めている。休業しているのは当然のことなんだろうけど……。

恵一とロボは、今、東京湾に面したベイサイドホテルの最上階にいる。

ロボの電子脳の中にあるタイムカウンターは、休暇が終わるタイムリミットまで、あと二十四時間を切ったことを教えていた。

情報端末と向き合っているロボを見て、恵一が言った。

「三日前から、避難指定区域が首都圏全体に広がったから、企業も商店もほとんどが休業状態で、営業している温泉施設なんかないんじゃないのか？　温泉に入りたいって言い出したのはおれだけど、そんなに無理しなくていいぞ。このホテルにだって大浴場はあるんだから」

『ダメだよ、そんなの！　休暇ってのは、心も身体もちゃんと休んでリフレッシュするためにあるんだよ？』

「温泉に行きたくても、営業していないんじゃどうしようもないだろう？」

『それはそうだけど……』

ロボがそう答えたとき、検索していた温泉施設のデータの中に、〈営業中〉の文字が浮かび上がった。

『あった！　営業中だって！』

「へえ、まだ営業中の施設があったのか？　どこだ？　北海道？　九州？」

『違うよ、群馬県の前橋市、赤城山《あかぎやま》の近く。フローターヘリなら十五分のところ。粕川《かすかわ》温泉健康ランドってところ』

　ロボの言葉を聞いた恵一は眉をひそめた。

「温泉健康ランド？　変な名前だな、妙な施設じゃないだろうな？」

『違うよ、運営を民間に委託しているけど、れっきとした前橋市の公営施設だよ。温水プールも併設されているみたい』

「へえ、公営なんだ……日本じゅうが避難命令が出たって大騒ぎしているのに、なんでそこだけ営業しているんだ？」

『赤城山麓には北関東地下シェルターが七つも建設されていて、東京都民の一部も収容されることになっているんだけど、前橋の人たちが、避難してくる人たちに温泉に入って気持ちを安らげてもらおうって理由で、営業を続けているんだって』

「そうか……そういう理由なら安心だな」

『でも、ここって普通の日帰り入浴施設で、貸し切り風呂とか、そういうプライベートな施設がないんだよね。以前は個室があったんだけど、今は開放中なんだって。もしものことがあるといけないから、個室露天風呂とかがある施設を探したんだけど、どこにもなくて……』

　恵一は微笑んだ。

「いや、いいよ、温泉に入れるだけで充分さ。身辺警護のSPの人たちには、ちょっと迷惑をかけるかもしれないけど……」

『そっちのほうは大丈夫、警護隊の酒巻《さかまき》少佐には、もう話を通してあるから』

　ロボはそう言うと、情報端末の置かれている机の前から立ち上がった。

『じゃあ、行こうか、あと二分で屋上のヘリポートにフローターヘリが来るって』

「行こうか……って、着替えとかそういうのは？」

　ロボは足元に置いてあったバッグを持ち上げると、自慢げに言った。

『準備はとっくにできているよ。ボクは時間を無駄にしない主義なんでね』

　そう答えたロボの顔に表情は見えない。だが恵一はそこに、ドヤ顔の女の子の顔を見た。

　――最初、教育コロニー・アルケミスで出会ったころの、円筒形のボディだったころのロボは、もっと素っ気なくて、本当にロボットみたいな応対しかしなかったけど、今のヒューマノイド型のボディになってからは、人間みたいな反応をするようになった。

　ドローンに搭載されている擬似人格が記憶情報から生じるということは、ドローンとして経験した記憶情報もまた、擬似人格に蓄積されていくということだ。ロボのように、さまざまな雑用をこなすパーソナルドローンは、共に過ごす時間が長くなるに連れて、言葉やメッセージを用いて命じなくとも、阿吽《あうん》の呼吸で動くようになるのかもしれないな。

恵一の着替えなどを入れたバッグを持って、うきうきと嬉しそうに歩いていくロボの後ろ姿を見て、恵一はそんなことを考えていた。


高出力モーターがフローターコイルをまわすヒューンという回転音が一オクターブほど上がった、と思うのと同時に、恵一とロボが乗ったVIP用のフローターヘリは、ふわりと浮き上がった。上空には二機の治安維持軍の対地攻撃型フローターヘリがホバリングしているのが見える。コックピットの下部にあるリニアガン応用の連装擲弾発射筒が小刻みに動いているのは、周辺の移動目標に照準を合わせて警戒にあたっているためだろう。

「警戒厳重だな……」

身辺警護部隊の指揮官である酒巻少佐は、恵一が独り言のようにつぶやいた言葉を聞きつけた。騒音を立てる回転翼を持たないフローターヘリのキャビンは、ヘリコプターとは比べ物にならないほど静かなのだ。

「ええ、前回の閣下の休暇で訪れた浅草のようなミスは起こしません」

真剣な表情で答えた酒巻少佐を見て、恵一が聞いた。

「〈神軍〉は、活動家の感応端末による取り調べで、構成員や、資金提供者などのシンパに至るまでイモヅル式に検挙され、組織は壊滅したのではないですか？」

「はい。でも、組織的な武装勢力は壊滅できたとはいえ、組織に所属していない個人は把握できませんし、個人の場合は動機も方法も想像つきません。思想信条で誰かをつけ狙う場合もあれば、単なる売名希望で、有名になれるならなんでもする、というやつもいます。そういう人間のテロの目標は、有名人なら誰でもいいのです」

「そこまで来ると、もう一種の精神疾患ですね」

　酒巻少佐は苦笑いを浮かべた。

「テロ行為に至らなくても、世の中には、〝おれは有名なあいつを知っている。だからあいつもおれを知っているはずだ〟みたいに距離感のつかめない人もいて、そういう人間がトラブルを起こすことはよくありますからね。重要警護対象のかたが市民のあいだに入っていくときは、特に気を使いますよ」

「ご迷惑をおかけします」

　そう言って頭を下げた恵一を見て、酒巻少佐はあわてて顔の前で手を振って見せた。

「いえいえ、閣下を責めるつもりは毛頭ありません。なんというか、その……閣下が日本の治安維持軍に所属していた、という経歴から来る気安さというか、仲間内の愚痴のようなものです」

　恵一は笑って見せた。

「実を言うと、わたしもこうやって、警護される側の立場は不慣れでして……自分は、ここにいていいのか？　と常に自分に問いかけています。地球にいたころは、治安維持軍の下っ端少尉で、地球を離れてなんだかんだあって、やっと地球に戻ってきたら少将ですから。その途中が抜けているせいもあるんでしょうね」

「失礼ですが、有坂閣下は、今、おいくつになられました？」

「二十四歳になりました」

酒巻少佐は小さくため息をついた。

「地球連邦軍で少将になるとしたら、あと、最低でも二十年から三十年は必要でしょう。しかし、閣下の経験と、閣下がやり遂げられてきた実績は、地球連邦軍の最優秀な士官が二十年や三十年費やしても、追いつけるものではありません。いわゆる依怙《えこ》贔屓《ひいき》や、賄賂などの不正な手段で飛び越えたわけではなく、閣下はなるべくしてその階級になられたのです。そして、それを地球上のすべての人間が知っています」

恵一は肩をすくめた。

「わたしがシュリシュクで経験した〝魂の試練〟に関する情報は、アロイスを通じて、あますところなく地球に知らされていたそうですね」

「はい。連日のように報道され、特集が組まれ、地球上の人類すべてが、固唾《かたず》を呑んで見守っていました……」

酒巻少佐は、そこで言葉を切ると、真剣な表情になって言葉を続けた。

「閣下は正しい。やってきたことに、不正も、卑劣さも怯懦《きょうだ》も何ひとつなく、まさに正々堂々と真正面から無理難題にぶつかり、それに打ち勝ってきました。そして、その正しさが敵意《ヘイト》を呼びこむのです。そのことを考えたことがありますか？」

「敵意……ですか？　それは嫉妬のようなものでしょうか？」

「ええ、まあ、嫉妬によく似た感情ですね。人間の持つ根源的な心理です。通常、敵意というのは、攻撃を受けた時に攻撃してきた相手に抱くものですが、人間の中には、他人に尊敬される存在や、他人からよい評価を受ける存在そのものを〝自分に対する攻撃〟と捉える者もいます。そういう人間は、他人に対する褒め言葉のあとに、〝それに比べて、おまえはなんてダメなやつなんだ〟という言葉を聞いてしまうのです。誰もそんなことは言っていませんし、敬意を抱かれる人間とその人間と、なんの関係もない場合だってあります。でも、そういう人は自分で勝手に脳内でつけたした、その内なる声を聞いて敵意を抱きます。それが〝正しさが呼びこむ敵意〟というやつです」

　恵一は考えこむようにつぶやいた。

「それは困りますね……逃れるすべがない」

「はい、勝手に向けられた敵意は放置するしかありません。しかし、敵意を抱いた人間を放置するわけにはいきません。その敵意が当人の内部にとどまっているのか、表に出てなんらかの行動に向かうのか。その境界線は他人にはわかりません。敵意を抱いている人間が存在する以上、われわれは、彼らが行動を起こすということを前提で動きます」

「警護の基本は、〝こういうこともあろうかと〟……ですね？」

恵一の答えを聞いた酒巻少佐は、小さく笑った。

「はい、身辺警護は、治安維持活動の中でも、きわめて警察行動に近い任務です。わたしの教官はもと警視庁のＳＰで、身辺警護の極意は〝音なきを聞き、姿なきを見ることだ〟と教えてくれました。〝音がないから安全に違いない、姿がないから安心だ、という思いこみを捨てろ〟ということだと思います」

「今回の温泉旅行は、マスコミには通知されていますか？」

「ご安心ください。非公開《クローズ》＆お忍び《ステルス》です。閣下の顔は知られていますが、こう言うと語弊がありますが、強い印象を与える顔立ちではありませんので、制服を着ていなければ気づかれずに行動できるのではないかと思われます」

「まあ、確かに印象が薄いですしね……」

そう答えて苦笑いを浮かべた恵一を見て、酒巻少佐は首を振った。

「印象が薄いわけではないのですよ。世の中の人々は、マスコミを通じた閣下の姿しか見ていないということなんです。こう……なんと言いますか、無敵の司令官！　とか、地球の救世主！　とか、そういった仰々しい肩書きをつけた〝あの有坂恵一〟というイメージです。虚像とまでは言いませんが、先入観に満ちたイメージですね」

「つまり実物とのあいだにギャップがあるから、わたしを見ても誰も気がつかないだろう、ということですね」

「はい、それと今、われわれが向かっている温泉入浴施設とのイメージのギャップもあるからです。秘書をされている、そちらのロボさんから目的地を教えられた時に、驚くのと同時に、ここならばお忍び《ステルス》でいけるな、と判断しました。閣下の顔を知っている人がいても、おそらくその人は、まさかこんなところにあの有坂恵一が来るわけがない、と自分の見たものを否定するでしょう。マスコミの刷りこんだ先入観を利用するのです」

　恵一はにやりと笑った。

「なるほど、ということは、わたしの肩書きは〝越後のちりめん問屋の若旦那〟あたりですか？」

「それだと世なおしに全国をまわらねばなりませんので……そうですね。赤城山シェルターの環境技師ということでいかがでしょうか？」

「了解です」

　恵一はそう言ってうなずくと、携帯していた情報端末で何かを調べ始めた。

「何か気になることでも？」

　怪訝な顔をする酒巻少佐に、恵一は少し照れたように笑って見せた。

「あ、いいえ。赤城山シェルターの概要をすこし勉強しておこうかと思いまして……もし、誰かにシェルターについて聞かれた時に、何も答えられないのでは困りますので」

その恵一の答えを聞いて、酒巻少佐は思った。

——赤城山シェルターの環境技師の振りをする、というのは水戸黄門のたとえ話から出た軽いジョークのようなものだ。鼻で笑って終わりにしてもなんの問題もない。だが、彼はその仮初《かりそ》めの肩書きでさえ、手を抜かない。ありとあらゆる可能性を考え、それに対する選択肢を用意しておく。神は細部に宿るというが、正しくは、その細部を思いつくものに神は微笑むのかもしれない。


恵一たちを乗せたフローターヘリは、赤城山の麓《ふもと》に広がる農村地帯にさしかかると、すっと高度を下げた。畑の中に点在する民家の中に、芝生が張られた四角い公園のような場所があり、フローターヘリは、どうやらそこを目指しているようだった。

地図データを照会していたロボが、その公園を指さして言った。

『あそこは膳城址《ぜんじょうあと》公園って名前の施設みたいだね、その南側にある建物は粕川の歴史民俗資料館だって』

酒巻少佐が、眼下に見える公園のような広場を指さして言った。

「閣下には、ここでタクシーに乗り換えていただきます。ヘリで温泉まで直接乗りつけてもいいのですが、それではお忍びの意味がありません。タクシーは本物ですが、運転手はわたしの部下です。前後を捜査用一般車両で挟んで警戒にあたりますのでご安心を」

恵一と酒巻少佐の会話を聞いていたロボが、小声で聞いた。

『ケイイチがシェルターの環境技師ってことは……ボクはケイイチ専属の事務用ドローンってことでいいのかな？』

「いや、専属の事務用ドローンというのはかまわないけど、そのドローンを温泉に連れてくるというのも変な話だな。理由がない」

『そうか、じゃあ、ボクは車で待機していなきゃダメなんだね……』

気落ちしたようなロボを見て、酒巻少佐が助け舟を出した。

「粕川温泉健康ランドには、地域のお年寄りの世話をする介護用のドローンがおります。機能的にはかなりの違いがありますが、外見上見分けがつくものはいないでしょう。介護用ドローンと同じエプロンを着用していただければ、施設内を自由に動けると思います」

『わかった。じゃあ、ボクは介護用ドローンの振りをすればいいんだね！　なんだかおもしろいね、ホントの自分じゃない振りをするって』

ロボはそう言うと、視線をフローターヘリの窓の外に投げた。

着陸態勢に入ったフローターヘリの真下には、すでに何台かの車両が待機して恵一たちを待っていた。

粕川温泉健康ランドの入り口でタクシーを降りた恵一は、ロボから渡されたバッグをひっさげて、建物の入り口に向かった。ダークスーツ姿の酒巻少佐は、白ワイシャツとネクタイはそのままでスーツの上着を脱いで、代わりに灰色の作業服に着替えている。胸のポケットの上に〈酒巻設備〉という文字が刺繍されているのに気がついた恵一は微笑んだ。

「その作業衣は特注ですか？」

「ええ、先行警戒のさいに、施設の屋根裏やバックヤードの調査をする時に着るんですよ。これを着ていれば、屋根に登っても、裏手にまわっても、たいていの人は怪しまずにスルーしてくれます。自分の脳内の常識に合致すれば、人はそこに疑問を持ちませんからね」

「人は外見で判断する……逆に言うならば、〝疑うならば、まずもっとも不自然ではないものから疑え〟ということでもあるわけですね……奥が深いな」

恵一はそんなことをつぶやきながら、駐車場から館内入り口へと向かった。左右に分かれた建物の真ん中には大きな池があり、その上を長い橋のような通路が伸びている。岩山のようなところから水が滝のように流れ落ちている透明度の高い池の中には、緋色と白と黒を散らした大きな錦鯉《にしきごい》が群れをなして泳いでいる。

――へえ、結構シャレている建物じゃないか。駐車場の入り口に置かれた、仮面ライダーの形をした古い自販機が醸し出す場末感とは正反対だな。

恵一がそんなことを考えていると、事前に施設の中で状況確認を行なっていたのだろう、作業服姿の男がやってきて、酒巻少佐の前で小さく頭を下げた。

「先行警戒班、班長の戸倉です。施設内の状況は、先程の一報を入れたときとほぼ同じです。館内のロッカー内は十五分前に清掃員の姿ですべて確認し、ゴミ箱内容物も回収しクリアしてあります」

「ご苦労」

酒巻少佐は短くそう答えると、恵一に小さくうなずいて見せた。

「わたしの部下が、館内の従業員に扮して要所におります。ご安心ください」

「ありがとうございます、安心して入浴できます」

「わたしも、あとからまいります、ごゆっくりどうぞ」

恵一は、小さく頭を下げると館内に入った。左手は受付のカウンターが、そして右手には温水プールがある。しかし、温水プールの入り口には〈閉鎖中〉の看板が出ていた。

赤城山にある地下シェルターへの避難が始まっており、温泉を稼働させることはできても、温水プールの管理まで手がまわらないのだろう。

きょろきょろ見まわしていると、カウンターの中にいた女子職員が、目の前の階段を指さして言った。

「浴場は二階です。今日は東側が男湯になっておりますので」

「あ、そうですか、どうも……」

恵一はそう言って頭を下げると、階段に向かった。

――今の人は、ここの職員なんだろうか？　それとも酒巻少佐の部下なんだろうか？　いけないいな、ああいう話をしたあとだと、みんな私服の警護員に見えてくる。

階段を登ると、そこはソファなどが並んだ小さなラウンジになっており、正面の右手に食事などができる大広間があり、風呂上がりなのだろう、十人ほどの男女が思い思いの格好ですわりこんでいる。中には座布団を枕にして寝ている年寄りもいる。

――なんだかいいな、のんびりしていて。群馬の片田舎の温泉に来た、って雰囲気だ。風呂上がりにおれも、ここでごろ寝しようかな……。

大広間の向かいには、紺色とエンジ色の大きな暖簾《のれん》がかかっており、どうやらそこが浴場の入り口らしい。念のため、紺色の暖簾に染め抜かれた〈男湯〉の文字を確認してから暖簾をくぐって脱衣場に入る。

脱衣場には五人ほどの先客がいた。いずれも五十歳から六十歳くらいの人たちばかりだ。日焼けしているところを見ると農家のご主人かもしれない。

脱衣場に入ってきた恵一をちらりと見たが、顔見知りではないとわかったとたん、すっと目をそらす。

――顔を見て、まず知り合いか、そうでないか、というフィルターを通して、そこに引っかからなければただの他人、通りすがりで関係ない。この無関心がありがたいな。

手早く服を脱いで、ロボが用意してくれたバッグの中から、タオルとカミソリ、そして頭を洗う時に使う丸くて、ヘアブラシよりも太い突起がいくつもついているプラスチックの用具を取り出す。

——頭を洗う時に、こいつで頭皮をこすったほうが、指でやるより何倍も気持いい。百円ショップで買える、こいつの正式名称はなんというのだろう？

恵一はそんなことを考えながら浴室に足を踏み入れた。

浴槽は三つにわかれており、中央にある円形の浴槽は、よくある気泡が出るタイプのように見えたが、気泡は出ておらず、手すりに〈泉の湯〉という札がついている。中に水流を作るタイプなのかもしれない。

白い湯気の中に、硫黄の匂いはほとんどしない。湯に色がついていないところを見ると、草津温泉のような硫黄泉ではないらしい。

洗い場でさっと身体を洗ってから、浴槽に身を沈めると、ぞくぞくっとする毛穴が開く感覚が、足の先から背中を駆け上がっていく。その感覚を身体の芯で受けとめるのと同時に、思わず声が出た。

「ふぁあああああ」

それは、自分でも思っていなかった大声だった。

恵一のそばにいた六十代なかばくらいの白髪の男が、笑いながら言った。

「おい、兄ちゃん。ずいぶんと疲れていたみたいだな。温泉に入ったとき、声が出るのは疲れていた証拠だ」

「すみません、温泉に来たのが、本当に久しぶりなので、つい……」

そう答えて頭を下げた恵一を見て、話しやすそうだ、と思ったのだろう、白髪の男が聞いてきた。

「兄ちゃんこのへんじゃ見ない顔だが……今日は休みかい？」

「ええ、ちょっとシェルターの仕事をやってまして、やっと休みがもらえたんで、この温泉はやっているって聞いたものですから」

「ほう、シェルターの仕事かい、そりゃあ大変だ。おらも、ちぃっと見せてもらっただが、ありゃあすごいシロモンだなや。穴ん中に前橋の街みてえな建物がぎっしり詰めこんであるってえ話だで、狭っ苦しいとこだろうと思っとっただが、空は明るいだし、お陽さまはへえ、光ってるだし。どこが穴ん中だよ、外とちっとも変わんねえ。はあ、たまげただなや」

「赤城山のシェルターだけで、群馬、埼玉だけじゃなくて、東京都民も含めて百万人近く受け入れる予定ですから、それなりの広さがないといけませんからね」

恵一は、ここに来るまでのあいだに端末で調べたシェルターのデータを思い出しながら答えた。

白髪の男の知り合いなのだろう、となりにいた、頭の禿げ上がった、同じくらいの年齢の男が話しかけてきた。

「兄ちゃん、誰かに似てると思ったら、あれだ、有坂とかいう、若僧に似てるんだな」

「ええ、よく言われます、そっくりだって……」

恵一が笑ってごまかすと、白髪の男が、とがめるように禿げ上がった男に言った。

「おいおい、有坂少将を若僧呼ばわりはないだろう、あの男は、あの若さで艦隊ば率いて地球を護ってるんだぞ？　よその星から援軍が来てくれているのも、あの男のおかげだっちゅうじゃないか」

「地球を護ってるとか言うけどよ、今の戦争ってのは昔の兵隊と違って、みんなドローンっていうのか？　あのロボットに任せて、スイッチ押すだけだって話だぞ？　あの有坂ってのは、そのスイッチの押しかたがうまいだけで、たいしたことはやってねえ。誰でもできるぐれえ簡単な仕事じゃねえのか？」

そう言って鼻で笑った禿げ上がった男を見て、白髪の男が言った。

「おう、近藤さんよ。最近は、畑仕事も何もかも機械がやってくれるって話じゃねえか、スイッチ押すだけでよ。下仁田ネギ作りなんか、誰でも作れる簡単な仕事じゃねえのか？」

禿げ上がった男の顔色が変わった。

「おい、冗談じゃねえ。機械任せでネギがつくれっこねえべ！　水やりも肥料も土寄せも、シロウトができるわけねえべや！　誰でもできる仕事であらっかや！」

「おまえさんはネギ作りの名人だ。売りもんになる立派なネギ作るにゃ、シロウトにゃわからねえ、いろんなことがあらず？」

「あったりめえだ、ドシロウトにネギ作りのなにがわからっかよ！」

憤慨する禿げ上がった男を見て、白髪の男が笑いながら答えた。

「それとおんなじじゃ、ドシロウトに戦争の何がわかるかよ。見たこともねえ聞いたこともねえ星まで行って帰ってきて、得体のしれねえ粛清者とかいう連中と、ドンパチやって勝たなきゃならねえ仕事が、誰でもできる簡単な仕事であるわけねえべ？」

「そりゃあ、そうだけんど。こないだネットニュースで、今の戦争はえらく簡単で、子どもでもできる、とかどっかの偉い人が言ってたからよ……」

禿げ上がった男の言葉を聞いて、白髪の男は、やれやれ、という顔になった。

「何も考えねえ、調べねえ、ぱっと思いついたこと口にして、とにかく文句つけるだけのヤッってのはいつの時代でもいるけんど、そういうやつってのはよ、文句つけるだけで、文句つけられたことがねえから、勝手放題言いっぱなしで責任なんかとりゃしねえんだ。薄っぺらな浅い考えで、偉そうにもの言うだけの、そんなやつの言うこと信じてどうするよ。シロウトってのは、できあがったものしか知らねえし見てねえんだ。だからなんでも簡単に見えるんだ」

禿げ上がった男は、神妙な表情でうなずいた。

「そうか。そうだな。シロウトは、ネギなんざ種巻いて水くれて肥料やりゃあ、すぐ生えてきて、立派なもんができるって思ってる。いいネギ、売れるネギ作るために、どうやって育てるのか、それを知らねえ。見えねえから知らねえってことか……」

「肩書きなんざ信じちゃいけねえだ。大学教授だ評論家だと肩書きこさえて、偉そうな顔してたって、はあ、知らねえことは世の中にはいくらでもあらあな。肩書きひっぺがして、裸にして、中の人をよく見ることさ」

「そうか、温泉に放りこんじまえば、いいってことだな？」

「そうよ、素っ裸で、おれさまはすごいんだ、偉いんだ、なんて言ったって、はたから見りゃ、へえ、間抜け以外の何者でもありゃしねえずら？」

「へへへ、はあ、そのとおりだ」

禿げ上がった男が笑ったとき、恵一の後ろから酒巻少佐の声がした。

「ここにいたんですか」

振り返ると、そこにタオルで前を隠した酒巻少佐が立っていた。

「こんどはずいぶんとガタイのいいおっさんが来たな、兄ちゃんの知り合いけ？」

「一緒の現場で仕事している、設備会社の支社の偉い人です」

恵一はそう答えると、話を切り上げることにした。

「ちょっと、仕事の話をするんで、露天風呂のほうに行きます。おもしろい話を聞かせてもらいました」

そう言って頭を下げた恵一を見て、白髪の男と、禿げ上がった男は笑ってうなずいた。

「こっちこそ、ジジィの話に付き合わせて悪かった、この粕川温泉健康ランドは、違う源泉から温泉を二つ引いてるんだ。露天風呂は源泉が違う。比べてみるのもおもしろいぞ」

「へえ、そうなんですか、おもしろそうですね、ありがとうございます」

恵一はもう一度頭を下げると、酒巻少佐と一緒に露天風呂に向かった。

岩を組んだ露天風呂の前に立った恵一の顔を、ひやりとした外の風がなでていくと、のぼせかけた頭がすうっと心地よく冷めていくのがわかる。

「地元のご老人と、話がはずんでいたようですね？」

「ええ、まあ。有坂恵一に似ていると言われたときは、少し驚きましたけどね」

恵一の言葉を聞いた酒巻少佐の眉が少し寄った。

「大丈夫ですか？」

「ええ、大丈夫だと思います……わたしを呼ぶ口調が最後まで、〝兄ちゃん〟でしたから」

「なるほど、それは大丈夫そうですね」

恵一は、露天風呂に足を入れた。

「心配するより、温泉を堪能しましょう。わたしは休暇で、酒巻さんは仕事ですけど」

酒巻少佐は、にやっと笑ってうなずいた。

「こういう仕事なら、大歓迎です。とはいえ、あんまり堪能すると、部下に示しがつきませんけどね」

肩までお湯に浸かって外を眺めた恵一は、気がついたようにつぶやいた。

「そうか、この露天風呂は南側を向いているから、赤城山は見えないんだ……てっきり赤城山を眺めながら風呂に入れると思ったのに……」

「確かに、赤城山は見えませんね。でも、いい温泉じゃないですか……いつもは、こんなふうにお湯の中で手足伸ばしてゆったり……なんてできないんですよね？」

「ええ、超音波シャワーで汚れを落とすとか、睡眠タンクで薬液に浸かるとかですね」

恵一の返事を聞いた酒巻少佐は小さく肩をすくめた。

「そういう話を聞くと、地上勤務でよかったと思いますよ」

「そう言えば、ロボはどうしています？　介護ドローンの仕事をやっているんですか？」

「あ、いいえ、お年寄りの介護ではなく、キッズコーナーで子どもたちの相手をしていますね」

「キッズコーナー？　そんな施設ありましたっけ？」

「使わなくなった温水プールの水を抜いて、壁面と底に衝撃吸収材を貼りめぐらして、子どもたちの遊び場にしているんですよ。ゆるキャラの着ぐるみドローンが何体かレンタルしてあって、ロボさんはそれと一緒にいます」

「まあ、ロボの中身も子どもみたいなものだし、波長が合うかもしれませんね」

恵一の答えを聞いて、酒巻少佐は少し感心したようにつぶやいた。

「職場にも、事務補助用にドローンが何体か配置されていて、アロイスとのやり取りの補助とかに役に立ってくれていますが、ロボさんは、そういったドローンとは違いますね。なんというか、人間的な部分がすごく強くて、驚きました」

「あいつとの付き合いも長いですからね、記憶細胞の中にインプットされている情報量が多いので、人格がしっかりしてきたというか、いちいち言葉にしなくてもわかる、阿吽の呼吸というか、人情の機微《きび》みたいな機能を持つようになりました」

「なるほど……その機能を愛すべきものとして捉える人間もいるでしょうが、ドローンが人間的な反応を示すことを忌み嫌う者も中にはいるでしょうね。そのリスクを考えると、そういう機能を持たない、いわゆるロボットに近いドローンのほうが、受け入れられやすいのかもしれません」

「そういうこだわりを捨てて、ごく普通に受け入れることができるようになれば、人類の文化レベルはさらに上に行くことができるのかもしれません」

恵一はそう言うと、露天風呂の中で手足を伸ばし、空を見上げた。

昨日の雨はすっかり上がり、抜けるような青空がどこまでも続いていた。

浴場から出てきた恵一は、ロビーにあった自動販売機でビン入りの榛名牛乳を買い、右手に持っていっきに飲み干した。左手は当然腰に当てている。ロビーの壁にかかっている時計は、すでに二時間近い時間が経過していることを示していた。

——事前のスケジュールだと、あと十五分ほどでここを離れなくちゃいけないってことか……そろそろロボを迎えにいくとするか。

恵一はそんなことを考えながら、階段を降りて一階の温水プールの設備のある部屋に向かった。

そこは、酒巻少佐の言うとおり、水の抜かれたプールの内壁と底に、クッション材を貼りつけた、子どもたちの広場になっていた。カラフルなクッション材で作られた遊具や、空気で膨らませたドームやトランポリンの中を、十五人ほどの子どもたちが、きゃあきゃあという声を上げて走りまわっている。

子どもたちを追いかけているのは、群馬県のゆるキャラである馬を可愛らしくデフォルメした着ぐるみと、武人埴輪の着ぐるみだ。どちらも人の代わりに、ドローンが組みこまれているらしい。そして、ロボは……というと、子どもと一緒に逃げまわっている。

——あいつの中身は中学生みたいなものだからなあ……。

恵一は、小さくため息をつくと、子どもたちと走りまわっているロボに近づいた。

プールの底に降りるために作られたスロープを降り始めた時、ロボは、恵一に気がついた。周りの子どもたちに何かを告げると、そのまま恵一のところに走り寄ってきた。

『ケイイチ！　温泉はどうだった？』

「楽しかった、久々にゆっくりできたよ、この温泉をおまえが探し出してくれたおかげだ。ありがとう」

『どういたしまして！』

ロボがそう言って胸を張った時、さっきまでロボと一緒に走りまわっていた三歳くらいの女の子が、母親らしい女の人と一緒にやってきた。

「ロボのおねえちゃん、かえっちゃうの？」

ロボはひょこっとしゃがみこんで、女の子と視線の高さを合わせてから答えた。

『ごめんね、用事ができちゃった。お仕事にもどらなくちゃいけないの、また遊ぼうね！』

女の子は、こくん、とうなずいたあとで、振り返って母親に言った。

「ねえ、おかあさん、このなかのおねえさんにあいたい！」

母親は、困ったような顔で答えた。

「その中に人は入ってないのよ、中に入っているのは機械なのよ」

「そうなんだ……」

　女の子は、そう言うとロボから一歩後ずさった。その、警戒するような、不安そうな女の子の表情を見た時、恵一は思わず女の子の前に進み出ていた。

　そして、ロボと同じようにその場にしゃがみこみ、女の子と目線を合わせて微笑んで見せた。

「このロボットの中には、ちゃんとお姉さんが入っているんだよ、おててつないだとき、どうだった？　機械みたいに冷たかった？　それとも暖かかった？」

　女の子は、目を見開いて微笑んだ。

「あったかかった！　おかあさんみたいに！」

「だろう？　それが、中にお姉さんがいる証拠。でもね、お仕事中は中から出てきちゃいけないんだ。ごめんね」

「うん、わかった！　おねえさん！　またあそぼう！」

『うん、またね！』

　ロボは女の子に手を振ってから立ち上がった。

　そして、キッズルームを出るところで、もう一度振り向いて手を振った。

　粕川温泉健康ランドの玄関を出ると、陽はすっかり西に傾き、空には夕焼けが忍び寄っていた。赤みが強くなった陽の光に照らされながら、駐車場に向かう橋のような通路を歩いていた恵一は、ロボに聞こえるようにつぶやいた。

「なんの考えもなしに、ぱっと、その場のノリでロボ……って名前にしたことを、ちょっと後悔している……ごめん」

ロボは何も言わずに恵一の右腕をつかんだ。そしてその腕に抱きつくと、ぎゅっと力を入れて、小さく首を振った。

『ボクは好きだよ、ロボって名前……ケイイチがつけてくれたんだもの……』

「そうか……」

『そうだよ、ボクはロボ！　だから名前を呼ばれたら、〝まっ！〟て答えるんだ！』

「……懐かしいな、そのネタ」

『へへへ……』

夕日に染まりながら、恵一と、その右側に寄り添って、腕を抱きしめるように抱えこんで歩くロボの二人を後ろから見ていた酒巻少佐は、そこに、実に仲のいい兄と妹のシルエットを見たような気がした。

ホームメイド

「……であるからして、まさしく彼、ウィリアム・マコーミック・スタームこそが、わがカンザス州のモットーである〝Ad astra per aspera〟――〝苦難を通じて栄光へ《アド・アストラ・ペル・アスペラ》〟を体現する人間であり、彼が、こうしてサライナ市を訪れてくれたことは、わがサライナ市の誇りであります！」

――また〝アド・アストラ・ペル・アスペラ〟が出てきた。今日は朝から何回この言葉を聞いただろう。軌道エレベーターを降りたウィチタの歓迎式典でも、出迎えた州知事がこの言葉を引用していた。政治家という連中が、この言葉が好きなのか。それともスピーチライターが同じ人間なのか……きっと後者だろうな。

セレモニーの主賓席にすわったウィリアムは、サライナ市長のスピーチを聞きながら、ぼんやりとそんなことを考えていた。

ウィリアムたち地球軍独立艦隊の将兵は、今、四十八時間の休暇中だ。

モルダー星系防衛戦が終わったあと、太陽系に対し粛清者《しゆくせいしや》の転移攻撃が始まったと聞いて、補給だけを受けて休養も取らぬまま、その足で太陽系に戻ってきて迎撃戦に突入した。粛清者は最初、ごく少数の艦隊しか送りこんでこなかったため、簡単に殲滅《せんめつ》できた。だが、殲滅しても殲滅しても、粛清者はあきらめなかった。一定時間をおいて、必ず以前転移させてきた数の二倍の数を送りこんできた。

最初のころは、粛清者なんてたいしたことない、と笑っていたウィリアムの仲間たちも、この倍数転移が繰り返されるにつれて、だんだんと口数が少なくなっていった。

粛清者の艦隊を一方的に殲滅しても、そこに爽快感はなく、さらなる強敵の予感だけしか残らない。戦っても戦っても、終わりがない。そして戦闘によって消耗した装備や艦船の補充が追いつかなくなるにつれて、重苦しい空気が漂い始めていた。戦いに負けているわけではない。逆に完勝し続けている。それなのに心に残るのは無力感だけなのだ。

艦隊の中に漂うこの空気を、司令長官であるアリサカ少将も知っていたのだろう、デグル大将ひきいるケイローン軍第三軍の指揮下にある親衛義勇軍艦隊と、アロイスたち指導種族の星系軍で編成された指導種族艦隊の応援が到着したのを受けて、地球軍独立艦隊と途上種族艦隊を後方に下げ、補給と戦力再編を行ない、それと同時に全将兵に対し四十八時間の休暇を与えた。

地球軍独立艦隊と途上種族艦隊の各艦は、太陽系外縁部の最前線を応援に来た親衛義勇軍艦隊と指導種族艦隊に任せ、木星の衛星軌道にある太陽系防衛軍総司令部の基地まで後退した。各艦は現在、そこで補給と艦の整備を受けている。そして、地球軍独立艦隊の全乗組員と途上種族艦隊の希望者は、木星軌道から高速連絡艇で地球の低軌道に浮かぶ各中継ステーションに運ばれ、そこから軌道エレベーターで地表に降りていった。

ウィリアムが乗ったのは、北米大陸に降りる三基の軌道エレベーターのうち、中部のカンザス州のウィチタに降りるエレベーターで、ウィチタからウィリアムの故郷であるロングテールという町までは、地上車で約一時間。フローターヘリなら十五分ほどで到着する。

だが、地表に降りたら実家へ直行するつもりだったウィリアムを待っていたのは、ウィチタの市内にあるスタジアムを使った会場で開かれた歓迎セレモニーだった。

——州知事が来て、北アメリカ自治区政府のカンザス州選出の上院議員と下院議員が来て、ウィチタの市長が来て、あと、誰が来たんだっけ？　全米ネットニュースのキャスターもいたような気がするけれど、会った人が多すぎてもう覚えきれない。ウィチタでセレモニーが終わって解放されて、やっと家に帰れると思って乗りこんだフローターヘリの中では、地元のネットニュースのインタビューが待っていた。フローターヘリはそのままぼくの町ロングテールに行くのかと思ったら、その途中にあるサライナに降ろされた。そしてこんどはサライナ市のセレモニーが待っていた。

そもそもぼくは休暇中であって、任務中じゃない。確かに休暇の前に、地球連邦宇宙軍の広報官から、〝避難が始まった地球の人たちは不安を抱いている。その不安を取り除くというのも、きみたちに与えられた使命であり、そのための努力を惜しまないでくれ〟と説明されたけど、限度があるよなあ……。

ウィリアムはそんなことを考えながら、手首に巻いた接触端子から感応端末を通じて、休暇の残り時間を確認した。

休暇開始から八時間二十五分十三秒経過

電子人格が、正確だが、味も素っ気もない情報を打ち返して来た。地上で使われる感応端末は、各自治政府のホストコンピューターのサイコサーバーにリンクされ、自治政府の管理用電子人格がさまざまな要求に対応することになっている。自治政府の電子人格が、ウィリアムたちが戦場で使っている戦術支援AIのような精神的なケアを含めた対応をせずに、無機質な機械のような対応をする理由は、地上には意識の中に直接入りこむ感応端末と電子人格という存在を、心を覗きこむものと受け取り、感情的な反発を抱く人間がまだ多いからだろう。

——こうやってあらためて感じるのは、地球軍独立艦隊の装備や超空間通信システムというのは本当に先進的で、地球全体のレベルからみると、何世代も先の技術が使われているってことだな。使っているぼくたちにはごく普通のことだけど、このジェネレーションギャップというのは、この先、もっと広がっていくのかもしれない。

ウィリアムがそんなことを考えているうちに、サライナ市の市長のスピーチが終わった。市長は両手を上げて観客にアピールしたあとで、演台を離れ、ゲスト席にすわっているウィリアムの前にやってきて、ウィリアムに椅子から立つように促した。ウィリアムが椅子から立つと、市長はウィリアムの右手をつかんで演台の前に連れ出し、そのつかんだままの右手を高々と上げて叫んだ。

「諸君！　この若き英雄に、もう一度拍手を！　わがカンザスの英雄！　ウィリアム・マコーミック・スターム！」

拍手と口笛と、そして観客が掲げる汎用端末に向かって手を振りながら、ウィリアムは自分がひどく場違いな場所にいるような気がしてならなかった。

セレモニーが終わって控室に戻ると、カンザス州自治政府の広報官が、ニコニコ笑いながら近づいてきた。

「いやあ、ご苦労さま。このあとのスケジュールだが、州内に建設された地下シェルターを訪問し、避難を開始した家族に会っていただきます。そのあとは州内に工場を持つ大企業のオーナーとの会談を兼ねた夕食。そして……」

そのとき、立て板に水のように話す広報官の言葉を、治安維持軍の緑色の制服を身に着けた、四十代のがっしりした体格の黒人の士官がさえぎった。

「失礼。その大企業のオーナーとの会談というのは、ウィチタで行なわれる予定だったものので、こちらがキャンセルを申し入れたはずだが?」

発言した黒人士官の着ている制服には中佐の階級章が付いている。彼の名はサンダースといい、ウィリアムが地上に降りるのと同時に、彼の身辺警護のために地球連邦軍から派遣された五人のSPたちの指揮官だった。中佐が目立つ制服を着ている理由は、俗にいう〝奇術師の右手〟になるためである。奇術師の右手が鳩を出して観客の目を引いているあいだに、左手が仕事をする。ウィリアムの周囲に張り付いている私服のSPが左手なのだ。

「あ、いえ、これはごく普通の夕食会で、そこに、オーナーたちが加わるというだけのことでして……」

あわてて言いわけをする広報官を見据えて、サンダース中佐は言った。

「あなたは彼をただの何も知らないティーンエージャーのように考えているようだが、それは大きな間違いだ。彼ら地球軍独立艦隊の将兵は、地球を離れ、異星の地で長く苦しい戦いの日々を過ごしてきたのだ。彼らには休む権利がある。彼は、あなたがたの利益に対し、もう充分に配慮したはずだ。選挙だの献金だの、そんなものは、地球を守り抜いた、その上に成り立つものだ。そしてその地球を守れるのは、彼らしかいない。彼らの意向がすべてに優先される。彼ら地球軍独立艦隊の将兵は、ケイローンと同等の身分待遇が与えられ、地球上ではすべての尉官は佐官待遇に、佐官は将待遇とされる。この意味がわかるかね？　彼は少尉の階級章を付けているが、地球上では少佐と同等であり、銀河文明評議会の序列で言えば、地球連邦の国家主席と同等だ。この地球に存在するどんな権力も……たとえそれがカンザス州の州政府の優秀な広報官とやらが振りかざす権力であっても、彼に何かを強制させることはできないのだ」

サンダース中佐は、そこで言葉を切ると、ウィリアムに向きなおった。

「ウィリアム少尉。きみは……いや、あなたはどうされたいのですか。ご希望をお聞かせください」

ウィリアムは、少し考えたあとで口を開いた。

「そうですね……できることなら、ただのウィリアム・マコーミック・スタームになりたいですね」

「なるほど……」

サンダース中佐は、そう言ってうなずいたあとで、念を押すように聞き返した。

「ご両親はご自宅ですね？」

「はい。家で待っている、とのことでした」

「了解しました」

サンダース中佐は軽くうなずくと、腕についている感応端末を操作したあとで、ウィリアムに告げた。

「三分後に迎えの地上車が来ます。ここからでしたらご自宅まで三十分はかかりません。ご両親にご連絡ください」

「あの……地下シェルターに避難している家族への訪問は？」

ウィリアムの言葉を聞いて、サンダース中佐は少し驚いたようだった。

「一刻も早くご自宅に帰り、ご両親に会いたいのでは？」

「ええ、そう思っています。でも、わたしが顔を見せて、地球を守ると約束して見せることで、シェルターに避難している人たちの支えになるのなら、それはわたしのなすべき義務だと思うんです」

「なるほど。あなたがそう言うのなら、あなたの意思を尊重しましょう。では地上車の目的地を変更します」

サンダース中佐はそう言うと、汎用端末を操作して、治安維持軍の本部に連絡を入れたあとで、広報官に向かって言った。

「彼は義務を果たす。だが、大企業のオーナーとの会食は、彼の果たすべき義務ではない。会食はキャンセルしてもらう、いいね？」

「了解した……」

少し不満げに答えた広報官に、サンダース中佐はダメ押しをした。

「州政府の広報官が、帰省した地球軍独立艦隊の士官を、自宅で待つ両親よりも知事に献金してくれる相手に会わせることを優先させようとした、なんて情報がSNSに流れないといいな」

「脅しか？」

「親身になって心配してやったのに、心外だな」

サンダース中佐はそう言うとにやりと笑った。

カンザス州の地下シェルターは、サライナ市からまっすぐ北上したところにある、ステート湖という人工湖の東に広がる広大な大平原のど真ん中に作られていた。北米大陸のほぼ中心部に位置するカンザス州は、竜巻の発生が多いことでも知られている。州内にある公共の建築物のほとんどに、竜巻が接近したときに逃げこむ地下シェルターが設けられており、個人の住宅でも、この地下室を利用したシェルターを備えている家は多い。ウィリアムの家にも地下室があり、子供のころから竜巻情報が出るたびに地下室に入った思い出がある。だが、ウィリアムが案内された地下シェルターは、ウィリアムの想像を超えていた。

高い天井全体に青空が映し出され、その中を巨大な人工太陽灯が、地球の自転にシンクロしてゆっくりと動いていく。夕日と同じオレンジ色に空と地平を染めて地平の向こうに太陽が沈めば、空には星がまたたく。五階建ての集合住宅が立ち並ぶあいだには街路樹が植えられ、並木のあいだにある道路を、小型のコミューターが走っている。中の空気には地下室特有の湿気も、カビ臭さもない。

「これは……アルテミスの中みたいですね」

ウィリアムの言葉を聞いて、サンダース中佐はうなずいた。

「基本設計はアロイスの技師の手によるものです……確かマキモグという名前だったと思います」

「わたしが学んだ宇宙軍特別士官学校があった教育コロニー・アルケミスは、アロイスの脱出船を改造したものでした。居住区には、もっと狭苦しい、本当に詰めこめるだけ詰めこんだ、みたいな古い居住区画も残っていましたが、それに比べるとまだ充分余裕がありますね」

「人口が多いアジア地区……インドあたりに比べれば、天国みたいな環境なんですが、アメリカの市民のあいだでは、狭い、というので不評ですね」

広報官は、そう答えると、ウィリアムたちを、その集合住宅の中にあるひと部屋に案内した。その部屋には、ヒスパニック系の夫婦と二人の男の子が住んでいた。祖父の代にメキシコから移住してきて、農場労働者として働いていたそうだ。

広報官がシェルターの生活はどうか？　と尋ねると、夫が、ヒスパニックなまりのある英語で答えた。

「今はシェルターの中の農場で働いている。土の上じゃなくて培養液の中でレタスを作るのは難しい」

妻も笑いながら答えた。

「避難したはいいが、まだ学校も何も始まっていないので、子供たちが、時間を持てあまして、遊んでばかりいるの。早く学校が始まってほしいわね」

五歳と十歳の二人の男の子は、シェルターの中でも、ウィリアムが地球軍独立艦隊で、機動戦闘艇に乗っていることを知ると、目を輝かせて聞いてきた。

「ねえ！　粛清者ってどんなやつ？　見たことある？」

「機動戦闘艇って、すげえ速いんだよね！　光子魚雷とか、うったことある？」

ウィリアムは笑って答えた。

「うーん、粛清者の駆逐艦や巡航艦とは戦ったことはあるし、光子魚雷も発射したけど、粛清者を直接見たことはないなあ。やつらが乗っている機動戦闘艇とも闘ったけど、宇宙空間の戦いは、すごい速度ですれ違ったり、すごく遠くから撃ち合ったりするから、敵を見ることはめったにないんだ」

「へえ、そうなんだあ……」

　ウィリアムの答えを聞いて弟のほうは素直に感心したが、十歳の兄は、少しまじめな顔で、さらに聞いてきた。

「ぼくも、宇宙軍士官学校に入って、地球を守るために戦いたいんだけど、どうしたら、宇宙軍士官学校に入れますか？」

「うーん、それはどうすればいいのか、ぼくにはわからない。試験とか勉強とかじゃなくて、適性……生まれつき持っている力があるかどうかで決まるんだ。ぼくも特に勉強をしていたわけじゃない。ごく普通の小学校に行って、ごく普通のジュニアハイスクールに通っていただけなんだ。成績はそこそこで、スポーツはまるっきりダメだった。そして十五歳になったとき、アロイスの適性検査を受けた。そうしたら、ぼくにはアロイスが使っている感応端末や、機動戦闘艇の操縦とかに向いているって結果がでたんだ。そのあと、バーチャル空間で鬼退治のゲームをやって、そして選抜されたんだ。だから、宇宙軍士官学校に入るための勉強ってのは、ないんだよ。でも、もしかしたらきみにも適性があって、選ばれるかもしれない。そうなったら、きみはぼくの後輩になるかもしれないね」

　ウィリアムの言葉を聞いた兄は、ぶんぶん、と首を振るようにうなずいた。

　シェルターへの訪問を終えて、地上に出ると、そこはもう夕闇が迫っていた。シェルターの中で見たのと同じ、地平線の彼方に沈んだ太陽が、低い雲の縁をオレンジ色に照らしている。気の早い星がいくつか見え始めた空を見上げて、ウィリアムは思った。

——あの地下シェルターの天井に作られた空の再現度はすごいな。こうやって、本物の空を見ても、ほとんど見分けがつかない。もしかしたらあっちが本物で、こっちがシェルターの中のフェイクかもしれないと思ってしまう。

車に戻ったウィリアムに、サンダース中佐が言った。

「これで、本日の予定はすべて終了。あとはご自宅へ戻るだけですね」

「ええ、そうですね。やっと家に戻れます」

ウィリアムが、ホッとしたような表情でそう答えたとき、携帯端末でどこかと連絡を取っていた広報官が、地上車に乗りこんできた。ウィリアムのために用意された地上車は、前輪二輪、後輪四輪の大型の耐弾耐爆リムジンで、前と後ろに護衛員の乗った装甲機動車が随伴している。車列の先頭には、赤と青のフラッシュライトを点滅させたハイウェイパトロールのフローターバイクが二台、先導している。

「では、ご自宅までまいりましょう」

広報官がそう言うのと同時に、地上車は走り始めた。耐弾耐爆仕様のリムジンの車重はかなりのものだが、フローターコイルを内蔵しているため車体の重量を軽減でき、エンジンは小排気量でも問題なく走る。車重が軽くなったためにサスペンションへの負担も軽減されており、乗り心地はきわめてよい。

ウィリアムは広報官に聞いた。

「家の前でも、マスコミが待ち構えているんでしょう?」

「三社だけです、ご安心ください」

ウィリアムはため息をついた。

「どこまでもついてくるんですね。家の中にもカメラが待ち構えているんじゃないかって気がしてきた……」

「さすがに家の中までは許可を出しておりません。というか、そこまでは州政府の権限は及びませんので」

「それはつまり、家から一歩出たら、そこで待ち構えているってことですね?」

「待ち構えている、という言いかたはよくありませんね」

少し不機嫌そうに答えた広報官に、サンダース中佐は言った。

「どう言い換えても待ち構えているのは事実だ」

広報官とウィリアムのやり取りに割りこんだサンダース中佐は、広報官が持っていた汎用端末を指さして、言葉を続けた。

「きみに、地球連邦政府と太陽系防衛軍身辺警護本部長の出した通達を、もう一度読み返すように忠告しておく。〝地球上に存在するすべての自治政府及び行政機関は、地球軍独立艦隊の将兵に対し、必要とされるできうるかぎり最大限の便宜をはかるように〟という通達だ。その通達には、〝この休暇は、地球防衛に関わる最重要事項であり、緊急時、非常時には、すべての権限を地球連邦軍が掌握し、その判断と行動が優先する〟という一文もある」

広報官は虚勢を張った。

「ああ、知っている。それがどうしたというのかね？」

「こういうことだよ……」

サンダース中佐は、そう言うと、ウィリアムに向きなおった。

「非常時というのは、通常とは異なる状態を表現する言葉ですが……あなたの家にマスコミが押しかけるこの状態は、通常の状態ですか？」

「え？　いや、そんなことはありません」

首を振ったウィリアムを見て、サンダース中佐はにっこり笑った。

「了解しました。つまり今は通常の状態ではない、非常時だ、ということですね？」

サンダース中佐の言わんとしていることの意味を理解したウィリアムは、にっこり笑ってうなずいた。

「はい、これは非常時です！」

「了解しました。地球軍独立艦隊所属のウィリアム・マコーミック・スターム少尉の非常時宣言を受けた地球連邦軍治安維持軍は、これより身辺の安全と平穏を回復するために、適切な措置を取ります！」

サンダース中佐はそう言うと、携帯端末を操作して何か指示を送った。その指示の内容は、三分ほど過ぎたころ、連絡を受けた広報官の言葉で明らかになった。

「おい、彼の家のまわりにいた取材陣を、治安維持軍の兵隊が力ずくで追い出しにきたと言っているぞ！　どういうことだ！」

気色ばむ広報官に、サンダース中佐はしれっと言ってのけた。

「なに、わたしの部下が確実に仕事した、それだけのことだ。あとで部下をほめてやらねばな」

「馬鹿にするな！　質問に答えろ！」

「質問の答えは、先に言ってある。通達を読め。そこに書いてあるだろう？　字が読み取れないようなので、口頭でもう一度言おう——〝地球上に存在するすべての自治政府及び行政機関は、地球軍独立艦隊の将兵に対し、必要とされるできうるかぎり最大限の便宜をはかるように。この休暇は、地球防衛に関わる最重要事項であり、緊急時、非常時には、すべての権限を連邦軍が掌握し、その判断と行動が優先する〟。そして、地球連邦治安維持軍は、地球軍独立艦隊の将兵であるウィリアム・マコーミック・スターム少尉の非常時宣言を受けて適切な措置を取った、ということだ。部下には手荒な真似はなるべく避けろと言っておいた。安心したまえ、おそらく発砲はしていない」

そして、サンダース中佐は広報官に人さし指を突きつけて、言葉を継いだ。

「いいか、ひとつ言っておく。平和で安全な地球で暮らして来たあんたにはわからないだろうが、今は戦争中なんだ。あんたが広報官の身分を振りかざしていい思いをしていたそのとき、まさにそのとき、冥王星の向こうじゃ、少尉みたいな十代の地球軍独立艦隊の若者たちが、命を削って戦っていたんだぞ！　あんたが十五歳、十六歳だったころを考えてみろ！　その十代の一番楽しい時間を、この子たちは戦場にそそぎこんできた！　この子たちにとって、二十四時間すべてが非常時だったんだ！　いや、違う。今だって、ここだって非常時なんだ！　太陽系全体が、この地球が、戦場なんだ！　ビームも実体弾も飛んでこない、ただそれだけの違いでしかないんだぞ！　他人が、すべておまえさんの都合で動くと思ったら大間違いだ！　文句があるなら、いつでも受けて立とう！　軍法会議も民事訴訟もくそくらえだ！」

広報官は気圧《けお》されたように、黙ったまま地上車のシートにすわりこんだ。

ウィリアムは、黙って窓の外に視線を投げた。外の景色が見える車の窓に見えるそれは、実は高精度のモニター画面で、複合装甲の車体に窓はない。ドアのところについている外部カメラの映像を、窓のように映し出しているだけだ。

――サンダース中佐は間違っている。確かにぼくたちは、ずっと戦場にいた。でも、それは命をすり減らすような苦行ばかりじゃなかった。少なくともぼくにとって軍隊とは、かけがえのない友人を何人も得ることのできた最良の場所だった。

でもそれは、ぼくが何も知らないまま宇宙軍士官学校に入校して、そのまま戦場に連れていかれたからであって、外の世界を何も知らないからそう思うのかもしれない。世の中にはもっと楽しいことや楽しい場所があるのかもしれない。だけど、ぼくはそれを知らない。そんな場所に足を踏み入れたことがない。だとしたら、そんなものは存在しないのと同じだ。

車の外には夕闇がせまり、時折、ハイウェイ沿いに建てられた自動運転用のコントロールターミナルポストの柱が、先導するハイウェイパトロールのフロータ－バイクの赤と青のフラッシュライトに一瞬照らし出されて、後方の闇の中に消えていく。

ウィリアムの実家に到着したのはそれから二十分後だった。

――ジョーンズさんの畑の円形の灌漑用散水機が立ち並ぶトウモロコシ畑を抜け、小川を渡って、川沿いに並ぶ灌木の脇を抜け、牧場の柵を右手に見て、交差点を左手に曲がる……。

暗闇の中に浮かび上がるシルエットだけでも、ウィリアムには、自分が今どこを走っているのかわかった。子供のころから自転車でさんざん走りまわった道だ。忘れるわけがない。

車がウィリアムの家がある高台の住宅地に差しかかったとき、前方にいくつもの照明と、カーニバルのパレードのときに使われるような色とりどりのLEDの装飾がチカチカとまたたいているのが見えた。

「なんだ、あれ？」

思わずウィリアムの口から声が漏れた。

車が近づくに従って、細かな意匠が見えてきた。それは、電飾が一杯付けられた看板だった。看板の文字は〈Welcome back（おかえりなさい）〉。看板の下には、ウィリアムの家の近隣の人たちの姿があった。みんな顔見知りばかりだ。帽子に功労章のメダルをつけた在郷軍人のジョーンズさんの姿もある。そして、ウィリアムの視線が、少し離れたところに立つ、二人の男女にとまった。父と母だった。二人は寄り添ったまま、ウィリアムの乗る車が近づいてくるのを見守っているようだった。

フローターバイクが左右にわかれ、前を警戒していた装甲機動車が右にはずれた。地上車はゆっくりと進み出ると、電飾が輝く看板の下をくぐって、出迎えの人々の前にとまった。

治安維持軍の兵士が配置に付くのがちらりと視界の隅に見えた。

――ああいった兵士の動きがわかってしまうというのは、ぼくも軍人になったという証拠なのかもしれない。

ウィリアムがそんなことを考えたとき、私服のSPが駆け寄ってきて、地上車のドアの前に立った。

「ドアを開けます」

サンダース中佐の言葉が終わるのと同時に、ゆっくりとドアが開き、外の空気が流れこんできた。それは、土と牧草と堆肥と、散水機の撒く水の匂いがした。

——ああ、カンザスの匂いだ。家に帰ってきたんだな。

ウィリアムは、心の片隅でそんなことを考えながら、地上車のドアから地面に降り立った。

歓声と、ウィリアムを呼ぶ声と、いくつものフラッシュライトが浴びせかけられた。

その歓声とライトの中を、ウィリアムは両親のところにゆっくりと歩み寄った。そして、両親の前に立ったウィリアムは、敬礼した。

「ウィリアム・マコーミック・スターム少尉、戻りました」

母親は泣いていた。父親は、まぶしそうにウィリアムを見て言った。

「おまえ……少し背が伸びたか？」

「ええ、少し……」

泣いた母親が、何も言わずに駆け寄ってきて、ウィリアムの身体に抱きついた……そのとき。

周囲がいっきに明るくなった。それは空中から浴びせかけられたサーチライトの光だった。

——マスコミめ！　ヘリで撮影に来やがったのか！

空を見上げて、思わず呪詛《じゅそ》の言葉を吐きそうになったウィリアムが見たものは、フローターヘリの底に描かれている治安維持軍総局の文字と紋章だった。

「治安維持軍総局が？　なぜこんなところに？」

思わず叫んだウィリアムのところに、サンダース中佐が駆け寄ってきた。

「ウィリアム少尉のところに、お客さまが向かっているとのことで、あれは警護員の増援部隊です。海外からの賓客なので、治安維持軍の総局で対応したとのことです」

「海外から？」

「ええ、アイルランドから来られるそうで、現在大西洋上におられます」

アイルランドと聞いたウィリアムは嫌な予感がした。

「まさか……エミリーか？」

サンダース中佐はうなずいた。

「ええ、こちらに来られるのはエミリー・ハーリントン・リチャードソン少尉です」

ウィリアムはその場にしゃがみこんで頭を抱えたくなった。もし両親や近隣の人たちが見ていなかったら、実際にそうしたかもしれない。

「あらあら、ホント。あのウィルが、女の子を家に連れてくるなんてねえ……」

ウィリアムの母親は、嬉しそうにそう言うと、お盆に入れて持ってきたティーセットをテーブルの上に置き、ティーカップを皿に載せてエミリーの前に差し出した。

「イギリスからのお客さまに、こんな紅茶をお出しするのは恥ずかしいんですけど、わが家のアップルティーはご近所にも評判がよくて……」

「お母さん、エミリーはアイルランドだよ、イギリスじゃない」

「え？　ああ、ごめんなさい、わたしはそういうのにうとくって……でもあれでしょ？　イギリスの近く……」

ジーンズにジャンパー姿のエミリーは、にっこり笑って答えた。

「お隣ですわ」

「あらそうなの、じゃあ似たようなものよね」

イギリスとアイルランドの長年にわたる確執など知らない母親は、さらっとひどいことを言ってのけた。

「いや、だから、隣の国といってもだね……」

教えようと思って口を開いたウィリアムだったが、母親にそんなことを言っても意味がないことに気がついて、話すのをやめた。母親だけではない。きっとカンザス州に暮らしている人々の八割は、そんなことに興味はないだろう。彼らにとって、世界とはアメリカであり、国とはカンザス州のことなのだ。

「大丈夫ですよ。わたしは気にしていませんから」

猫をかぶったように微笑むエミリーを見て、母親はウィリアムをにらんだ。

「ほらご覧なさい、お客さまが気にしていないんだから、問題ないのよ」

母親はそう言うと、アップルティーをカップに注ぎ、キッチンに戻っていった。

「おい、なんだよ、その態度。それにその格好。休暇中は、トラブルに巻きこまれないように制服を着用しろって言われていただろう？」

「いいじゃん、別に。動きやすいし、目立たないし」

「格好のほうは百歩譲るとして、態度のほうはどうなんだ？　士官学校でイギリスとアイルランドを一緒にされるたびに、どなり散らしていたのは誰だよ」

「ああ、そのことね。ここはアメリカで、あの人はあなたの母親だからよ」

「どういう意味だよ」

エミリーはウィリアムをちらっと見たあとでため息をついた。

「あたしでも、人前でかぶる猫の皮くらいは持ってるってこと。あっちこっち継《つ》ぎ接《は》ぎでボロが出まくりだけどね」

「……確かにすげえ精巧にできた猫をかぶってるな。普通の女の子に見える」

「うるさいわね……それより感謝しなさいよ」

「何を感謝しろっていうんだよ」

エミリーはにやっと、勝ち誇ったような笑いを浮かべた。

「あんたの家に、女の子が来たのって、あたしがはじめてなんだって？」

「だからなんだっていうんだよ」

「こうやって、女の子が押しかけてきてあげたんだから、感謝しなさいってこと！」

「確かに、押しかけてこられたわけだけど、なんで大西洋渡ってアメリカの、それもぼくのところに来たんだ？　きみはアイルランドに帰ったんじゃないのか？」

エミリーは肩をすくめて見せた。

「戻ったわよ、生まれ故郷のダブリンにね。でも、わたしには親なんかいないわ。いるのは施設の人だけ。そりゃあ世話になったけど、親とは違うわ。それより何よりムカついたのは、あたしの故郷にいる偉い人たちよ。施設にいたころは、福祉を食い荒らす薄汚いドブネズミみたいな扱いをしていたくせに、宇宙軍士官学校に入って、地球軍独立艦隊の少尉になって戻ってきたら、地球を守る英雄だの、守護天使だのって持ち上げやがって。そのときそのときの立場でコロコロ扱いを変える連中の顔を見てるのも嫌になったんで、式典全部すっぽかして逃げてきたのよ。ここに来た理由は、なんとなくよ。あんたなら、きっと暇そうにしていると思っただけ。ホントにそれだけだからね。間違ってもあんたを頼ってきたんだ、とか思わないでね。それ、大きな勘違いだから！」

そう言って不満そうに唇を尖らすエミリーの顔を見たウィリアムは納得した。

——そうか、エミリーがこう言うってことは、つまりぼくを頼ってきた、ってことなんだな。

その思いが視線に出ていたのだろう、エミリーが不機嫌そうにウィリアムを見た。

「何よ、その余裕の目線は……」

「いや、別に……」

ウィリアムがそう答えたとき、リビングのほうから父親の声がした。

「ウィル！　ハイスクールの校長と、在郷軍人会のスピークスさんから連絡が来ている。おまえの個人端末の番号がわからないので、わたしのところに連絡をよこしたらしい。ちょっと来てくれ」

「はい、パパ」

そう言って立ち上がったウィリアムを見て、エミリーが笑った。

「うわあ……」

「なんだよ、何がおかしいんだ？」

怒ったように答えたウィリアムを見て、エミリーはあわてたように、顔の前で小さく手を振った。

「違うわ、馬鹿にしたんじゃないの。あんたとお父さんとのやり取りを見ていたら、むかし見ていたアメリカのホームドラマとそっくりだ、と思って。なんかすごい、と思って笑っちゃっただけよ」

「そうなのか……よくわかんないけど、馬鹿にして笑ったんじゃないのなら、謝る、ごめん」

ウィリアムはそう言うと、父親のいるリビングに入っていった。

その後ろ姿を見送って、エミリーは小さくつぶやいた。

「ああやってすぐ謝るところが、昔は軟弱者にしか見えなかったんだけどなあ……」

そのつぶやきを聞きつけたのだろう、ウィリアムの母親がにこにこ笑いながら客間に入ってきた。

「その軟弱者って、うちのウィルのことかしら？」

「あ、いえ、違います。ウィルは……いえ、ウィリアムは、一見軟弱そうに見えますけど、いつも冷静で、まわりの状況とかもしっかり分析して、わたしたちに指示を出してくれて、とても頼りになるリーダーなんです」

「あらそうなの？　家にいるときはいつもコンピューターの前にすわって、本を読んだり、動画を見たりしているだけで、ちっともそんな素振りは見せなかったのに……ねえ、あの子ってあなたの前ではどんなふうなの？　教えてくれない？」

ウィリアムの母親はそう言うと、エミリーの隣の椅子にすわってにっこり微笑んだ。

「ええ、でも交換条件があります。このアップルティーの作りかたを教えてください。こんなにおいしいアップルティーを飲んだのははじめてです！」

「あら、お口に召したのなら嬉しいわね。これは本物のリンゴを使って淹れたアップルティーなの。粉末のものや、パックのものとは比べ物にならないでしょ？　作りかたは簡単よ。甘いリンゴとアッサムティーの葉だけあればいいの。酸味が強いリンゴは、香りも強いけど、紅茶を渋くしてしまうの。だからわたしは使わないわ」

「そうだったんですか……わたし、インスタントのやつとかパックのものしか飲んだことがなかった……本物って違うんですね」

「ホームメイドって、時間と手間を使うけど、それってある意味最高の贅沢じゃないかしら？　まわりにはそう思わない人もいるけど、わたしはそう思うの。そしてわたしがそう思うんだから、それでいい。そうよね？」

「あ、はい、そうですよね、自分が好きなものを、自分がおいしいと思ったら、それが真実ですよね。それって、誰かに決めてもらうようなことじゃありませんもの」

　エミリーの言葉を聞いてウィリアムの母親はにっこり笑った。

「わたしたち、気が合いそうね」

　その言葉を聞いてエミリーは思った。

――軟弱だと思ってたウィルが、訓練のときの自分の判断について、まわりに何を言われても変えないで、ぼくはデータを信じる、データしか信じない、なんて最後まで言い張ったのを覚えているけど、ああいうところを、このママさんから教わったんだろうな……。

そんなことを考えているエミリーに、母親が聞いた。

「アップルティーがお気に召したということは、リンゴがお好きなのね。実を言うと、アップルパイも焼いたのよ。ウィルに食べさせるつもりだったけど、先に食べちゃいましょう」

「ほんとですか。わたし、アップルパイって食べたことないんですよ。映画とか小説にはよく出てくるんで、一度食べてみたかったんです」

「あら、アイルランドにはないの？ アップルパイ」

「ええ。似たようなリンゴ入りのアップルクランブルケーキというのはあるんですけど……」

母親は、ああ、あれね、という顔でうなずいた。

「ええ、知ってるわ。そのケーキをアイルランド移民の人たちがアメリカに伝えて、アメリカで作られるようになったのがアップルパイだって、何かの本で読んだ覚えがあるわ。きっと、そのアップルクランブルケーキとアップルパイって親戚みたいなものなのよ。きっとアイルランドでもアメリカでも、わが家《ホームメイド》のケーキが一番おいしいって自慢しているんでしょうね」

「わが家のケーキ《ホームメイド》か……わたしに一番縁がなかった言葉だな……」

「え？」

驚くウィリアムの母親に、エミリーは言った。

「わたし、施設育ちなんです。母はシングルマザーで、子供を育てるのは無理だってことで……だから、ホームメイドの味なんてわかんないんですよ」

「あら……そうだったの。ごめんなさいね。ウィルったら何も教えてくれないものだから……でも、ホームメイドの味を知らなくても、あなたが家庭を持てば、あなたの味がホームメイドになるわ。そうして伝えていけばいいのよ」

「家庭を持つなんて、考えたこともなかったわ……」

「そう、じゃあ今から考えてね」

ウィリアムの母親は、さらっと怖いことを言うと、アップルパイの作りかたの説明を始めた。エミリーがアップルクランブルケーキの作りかたを話し始めたとき、父親に呼ばれてリビングに入っていったウィリアムが戻ってきた。

「ママ、ごめん。夕食は外で食べることになりそう。ジュニアハイスクールの体育館でパーティがあるんだって。主賓がぼくで、同級生とかみんな集まるとかで、断るわけにはいかないみたい」

「あらそうなんだ……残念ねえ……」

エミリーが聞いた。

「警護のサンダース中佐には連絡したの？」

「したよ。地上車で送るって言われたけど、あんな車で学校に乗りつけたら、ウィリアムのやつ、いい気になってるとか言われそうだから、断った。パパの車で行くよ」

「制服で行くつもり？」

そうエミリーが尋ねると、ウィルは少し迷ったように小さく首を振った。

「いや……このパーティは仕事じゃなくて、あくまでもプライベートな集まりだから、制服は着ていかないつもりだ……これじゃあきみのことをとやかく言えないな」

「まあね。制服着てると、気分がシャンとするけど、せっかくの休暇中なんだから、気を抜いて、だらっとしたいときもあるもんね。まあいいんじゃないの？　行ってくれば。あたしはここでウィルのママさんから、あんたの子供のころの恥ずかしい話をいろいろ聞いてるから」

「おい……」

不機嫌な顔をするウィリアムを見て、母親が笑った。

「あら、いいじゃない。昔の微笑ましい話をするぐらい……」

「親から見れば微笑ましくたって、子供にしてみりゃいたたまれないってことだよ！」

「大丈夫、ここで聞いたことは、秘密にするから」

エミリーは、にっこり笑った。

「信用できるわけないだろう！　とにかくママ、あんまり変なことをエミリーに教えないで！」

ウィリアムはそう言い残すと、父親と一緒に客間を出ていった。

玄関まで出て、二人を見送る母親の表情がすぐれないのを見て、エミリーが聞いた。

「何か、心配なことでも？」

「ええ、心配いらないかもしれないけど、ジュニアハイスクールの同級生の子たちがね……」

「いじめられていたの？」

「いじめ……というか、あの子は敬意を持って扱われていなかった、といったほうが正しいかもしれないわね。スポーツと名がつくものが苦手で、本を読むことが好きな、あまり社交的じゃない子供が、スポーツが得意で社交的な子供たちからどう扱われるか……あなたならわかるでしょう？」

エミリーは無言でうなずいた。

ウィリアムが宇宙軍士官学校に入る前に通っていたジュニアハイスクールの体育館には、このロングテールの町の住民が百人ほど集まっていた。誰も皆、顔見知りばかりだ。

ウィリアムを満面の笑みで迎えてくれたのは、このジュニアハイスクールの校長だった。白髪の校長は両手を広げてウィリアムを出迎え、握手しようとしたウィリアムの右手をそのままにして、いきなり抱きしめてきた。

昔、校長が吸っていたかすかなタバコの匂いが混じったジャケットの暖かな空気が、ウィリアムを包む。

――ああ、この匂いだ。同級生から馬鹿にされ、バスケットボールをぶつけられたり、母の作ってくれた昼食のジェリーとピーナッツバターのサンドイッチをゴミ箱に捨てられたりして泣いていたぼくを見つけて抱きしめてくれたときも、この匂いがぼくを包んでくれた。

校長は、ぼくに嫌がらせをしていたサムズとビルを校長室に呼んで、ぼくと握手させた。それ以来、やつらの嫌がらせは方向を変えた。直接にぼくの身体に手を出したり、ぼくの品物を隠したり捨てたり、ということはしなくなった。そういった直接的な攻撃はしなくなった代わりに、やつらはぼくを言葉で攻撃し始めた。

〝ナード《オタク》〟〝チビ助〟〝キューピー人形〟〝スターウォーズ小僧《ベイビー》〟〝カカシ野郎《スケアクロウ》〟……最後の〝カカシ野郎〟ってのは、本当は〝ぼーっとしてる垢抜けない田舎者〟って意味で、カンザス州とかオクラホマ州とか、アメリカ中西部の出身者を馬鹿にする言いかたなんだけど、サムズはそんなの関係なしに、ただの馬鹿という意味で使っていたらしい。

特に〝ナード〟という単語は大好きで、ぼくが何かを言い返そうとしても、「黙んな、ナード」と言葉をまくし立てて、ぼくの言葉を無理やり押しつぶした。授業中に指名されてぼくが意見を発表するときも、お構いなしで、「聞いちゃいねえよ！　黙んな、ナード！」と野次を飛ばして、仲間内で笑いものにしてきた。教師は言葉でたしなめるだけで、まるっきり無力だった。

言葉なんてのは聞き流せばいい。直接暴力をふるわれるよりマシだ。ぼくはそんなふうに自分に言い聞かせてジュニアハイスクールに通っていた。この校長先生だけがぼくの理解者だった。

あのころのぼくにとって、世界とは家と、学校と、ネットの中だけにしかなかった。どこにも行くところはなく、逃げる場所もないぼくにとって、感応端末で読んだり、体感できる物語や知識の世界だけが居場所だった。ぼくがアロイスの適性検査で選抜されたのは、それが理由かもしれないと思っていたけど、宇宙軍士官学校でアレクサンダーと話をして、それは違うということがわかった。アレクサンダーは感応端末をほとんど使ったことがなく、朝から晩までアメリカンフットボールしかやってなかったそうだ。

校長にハグされたウィリアムを見た会場にいた人たちは、拍手と口笛で二人を祝福した。

「おかえり、ウィリアム。立派になったな、きみのような生徒を持てたことはわたしの生涯の誇りだ」

抱きついていた腕を離した校長は、そう言うと、右手を差し出した。

「ありがとうございます」

ウィリアムはそう答えると、その手を握った。大きな温かい手だった。

校長の次に進み出たのは、地元の在郷軍人会の会長、カーネル・スピークスだった。

「立派になったな。やはり実戦を経験したものは目つきが違う。きみは戦士の目をしている。わたしはアメリカ合衆国のために戦った。きみは今、地球上に住むすべての人類のために戦っている。守るべきものの大きさ、重さはわたしの比ではない。がんばってくれ」

ウィリアムは、スピークスが講師として学校に来て、湾岸戦争の話をしてくれたときのことを思い出していた。スピークスは、〝海兵隊武装偵察部隊《フォース・リーコン》の隊員としてM3ブラッドレー偵察戦闘車に乗っていたとき、砂嵐で針路を見失ってイラク軍の戦車部隊のど真ん中に突っこんでしまい、まわりはすべて敵の戦車、という中で必死に頭を働かせて、対戦車ミサイルで敵戦車を二両破壊して脱出に成功した〟という話をしてくれたことがある。

「このジュニアハイスクールで、スピークス大佐から聞いた話を今でも覚えています。あのとき大佐が教えてくれた〝戦場でもっとも必要なのは勇気だ。自分を奮い立たせ、自制心を持ち続ける勇気だ。自制心と理性を保てば考えることができる。考えれば戦う方法も生き延びる方法も見えてくる。それを考えついたものの上に勝利は訪れる〟という言葉はかたときも忘れたことはありません」

　スピークス退役大佐は、嬉しそうに右手を差し出し、ウィリアムの右手を握った。力強い手だった。

　一方、校長や在郷軍人たちのような街の有力者の温かな言葉や態度とは正反対の、冷ややかな視線と罵声を口にする一団がいた。それは、パーティ会場の片隅に固まった、ウィリアムのかつてのクラスメイトたちだった。

「けっ、ナードのくせに偉そうな顔しやがって。見たかサムズ、あの態度。まるで一人前の戦士《ウォーリア》気取りだぜ」

「戦士ってのはオレみたいなタフガイを言うんだぜ。頭でっかちで、手足なんかひょろひょろな、あんなモヤシ野郎が戦士のわけがねえ。あいつにオレのダンベル持たせたら、両手でも持ち上がんねえんじゃねえの？」

「なんか、わたしでも勝てそうね」

「足は、おまえのほうが太いんじゃねえの？」

「ひっどーい」

「バーカ、ほめてんだよ、チアガールのおまえの太ももは最高だってな」

「あんなスターウォーズ小僧でも戦えるんだから、粛清者ってのは、よっぽど弱いんだな」

「ああ、ドローンとかいうロボットを戦わせるだけで、あいつらは弾も何も飛んでこないところでコントローラ持ってゲームやってるだけなんだぜ、きっと。ネットでオレたちに見せてる映像は全部CGさ、決まってんじゃん。アロイスもバカだよな、あんなナード野郎なんか選びやがって。このオレを選んでたら、今ごろ地球のトップエースになって、粛清者なんかゴミクズみたいに潰してやるのによ!」

「さすがサムズ。カッコいい!」

「おうよ。きっと今年じゅうにはウィチタのカレッジからフットボールのスカウトが、オレのプレイを見に来るはずだ。おれの首筋の太さに惚れこむぜ。プロリーグへの道は決まったようなもんだ!」

やがて、校長に促されたウィリアムが、真ん中にあるスピーチテーブルの前に立った。そして、スピーチを始めようとしたそのとき、サムズが叫んだ。

「黙んな! ナード!」

驚いたウィリアムがスピーチをやめるのを見て、サムズとその仲間たちは、歓声を上げて笑い始めた。

パーティに出席していた人々は、なんのことかわからずに、サムズたちを見ていた。事情を知らなければ、それは若者が親愛の情を持ってふざけているようにも見えたからだ。

気を取りなおしたウィリアムが再びスピーチを始めようとしたとき、サムズが再び叫んだ。

「誰も聞いちゃいねえよ! 黙んな、ナード!」

そして、嘲笑の笑いが再び上がった。だが、その笑いは続かなかった。

がつん！　という鈍い音と共に、サムズの後頭部に椅子が投げつけられたからだ。

「痛てえ！　なにしやがる！」

頭を押さえて振り返ったサムズの前に、一人の少女が立っていた。

「調教ができてないようね、このゴリラは。いや、ゴリラに失礼だな、直立猿人《ミッシングリンク》と呼んだほうがいいかも」

「おまえ……誰だよ！」

「人間よ、あんたと違ってね。知識や技能が低いヤツほど自惚《うぬぼ》れがひどいって聞いたことがあるけど、その話、マジだったのね。あんたを見てるとよくわかるわ。さっきから黙って聞いてりゃ、ほんと、バカなことしか言わないのね。世の中にバカのコンクールがあったら、あんたが優勝だわ。わたしからギネスに話しておいてあげるよ！」

少女はそう言うと着ていたジャンパーを脱ぎ捨てた。ジャンパーの下から出てきたのは、きらめく功労章をびっしりと胸につけた、地球軍独立艦隊の制服だった。

「直立猿人は聞いてもわかんないだろうけど、ここにいる人に聞かせるために名乗ってあげるわ。わたしの名前は、エミリー・ハーリントン・リチャードソン。地球軍独立艦隊機動戦闘艇部隊第一中隊所属、階級は少尉。そこにいるウィリアム少尉殿の部下だ！」

そしてエミリーは、胸につけた功労章を指さした。

「バカな直立猿人には、これがなんだかわからないだろうから説明してやる！　こいつは第一級戦闘功労章！　粛清者の機動戦闘艇を五十機以上撃墜したものだけに与えられる勲章で、地球人でこいつを持ってるのは、わたしと、中隊長であるジェームス・パリス・リー大佐だけだ！　その隣のこいつは、肉薄雷撃敢闘章だ！　粛清者の艦隊に対して、光子魚雷攻撃を十回以上行なったものに与えられる！　これはウィリアム少尉殿も授与されている。この勲章の意味がわかるか？　あ？　直立猿人」

「ふざけんな、ぶっ殺すぞ！」

「おもしろい、殺してみろ……あんたは気がついていないようだけど、わたしも、ウィリアム少尉も、人を殺して来たんだぞ、何千人何万人もだ！　粛清者が人だったら、の話だけどな……」

そして、エミリーは、表情も変えずにサムズに近づいて、その目を正面から見つめて、ゆっくりと聞いた。

「あんたは、今までに何人殺した？」

「う……」

言葉に詰まったサムズを見据えたままエミリーは言葉を続けた。

「人殺しを自慢するつもりはないわ。わたしもウィリアム少尉も、誰かを守るために殺したんだから。殺さなければ殺される。この地球がなくなる。海も山も川も畑も家も何もかもがきれいサッパリ消えちまう。それをくいとめるために、わたしたちは戦ってきた！ほかの誰にもできないのなら、わたしたちがやるしかない。そう心に念じて！　いろんなところに行ったよ！　シュリシュクでも戦った！　モルダー星系でも戦った！　あんたらが想像もつかない遥か彼方で、わたしたちは戦ってきたんだ！　それをなんだって？　黙って聞いてりゃ〝ドローンとかいうロボットを戦わせるだけだ〟とか〝弾も何も飛んでこないところでコントローラ持ってゲームやってるだけだ〟とか、挙げ句の果てに〝ネットで流れているのは全部CGだ〟と来た。バカか？　いや、疑問形で聞くことじゃないわね、断定すべきだわ。あんたは力いっぱいのバカだ！　と。その力いっぱいのバカに教えてやる。今、地球上の全人類が必要としているのは、首筋が太いことしかとりえのないあんたのような直立猿人じゃない。そこにいるウィリアム少尉だ！　ウィリアムは選ばれた。選ばれて、そして選ばれし者だけが背負う責務を負わされて、それを果たしてきた！　この意味がわかる？　あんたは選ばれなかった。あんたには才能がない。能力もない。あんたは誰からも必要とされていない。あんたには果たすべき責務はない。責務を背負う資格がない。つまり、本物のクズだ！」

そしてエミリーは壇上にいるウィリアムに向かって声をかけた。

「ウィリアム少尉殿！　あなたからも言ってやってください！　あなたのスピーチを台なしにした、この直立猿人とその仲間に！」

ウィリアムは、やれやれ、というふうに、大きなため息をついたあとで、サムズたちに言った。

「心配しなくていいよ。ぼくが、きみたちも守ってあげるから」

その哀れみのニュアンスが、サムズに残っていた理性の最後の鎖を断ち切った。

「うぉおおおお！」

獣のような声を上げて壇上にいるウィリアムに飛びかかろうとしたサムズは、三歩歩かないうちに、出席者の中に紛れていたＳＰに取り押さえられ、その場で首筋に鎮静剤を打たれて失神した。

裏口から入ってきたサンダース中佐が目で合図すると、治安維持軍の兵士が入ってきて、気を失ったサムズと、暴れて罵声を浴びせる仲間を強制的に連れ出した。

めちゃくちゃになったパーティは、そのままお開きとなり、ウィリアムとエミリーは、サンダース中佐の手配した地上車で家まで帰ることになった。

制服姿のエミリーを見て、ウィリアムは言った。

「制服、持ってきてたんだ……」

「ラゲッジパックに入れてあったのよ。向こうの……ダブリンの式典では着てたしね」

「ぼくも、きみのように制服着ていたら、こんな騒ぎにならなかったのかな？」

エミリーは肩をすくめて首を振った。

「制服着たぐらいでおとなしくなるようなレベルじゃないよ、あのバカは」

「それにしても、なんでサムズはきみじゃなくてぼくに飛びかかろうとしたんだろう？」

ウィリアムの言葉を聞いて、エミリーは目を丸くした。

「え？　あんたの、あの言葉、挑発の煽《あお》り文句じゃなかったの？」

「挑発なんかしてないよ。ぼくは思ったことをそのまま言っただけさ……」

エミリーは笑いだした。

「ははは、すごいよ、ウィル。あんたって天才！　いや天然！　最高！」

「なんだよ、それ……」

不機嫌な顔のウィリアムと、笑い続けるエミリーを乗せて、地上車はウィリアムの家に続く農場の一本道を走り続けていた。

オールド・ロケットマン

そこは、氷と雪に覆われた北極海に面した岸壁だった。一年を通じて溶けることのない厚い氷に覆われたその岸壁の周囲には、海鳥と、時折姿を見せる小型の海棲哺乳類のほかに、動くものの姿はない。だが、その厚い岸壁の下には、多くの人々が生活していた。分厚い岩盤の下にあるのは、冷戦時代にスパイ衛星からの監視を避けるためソビエト連邦が岸壁の内部をくり抜いて建設した戦略型原子力潜水艦の秘密基地だった。にらみ合いを続ける冷戦《コールド・ウォー》が、殴り合い《ホット・ウォー》に変わったとき、この基地から出撃した鋼鉄の巨鯨は、北極海の下からアメリカ全土に核ミサイルを降らせることになっていた。もちろん、そのときにはこの基地もまた、核の業火にさらされていただろう。

だが運命の日は来ないまま冷戦は終わった。冷戦下の世界が予想していた地球最期の日《ドゥームズ・ディ》は最後まで来なかった。だが、それよりも劇的な出来事が世界を一変させた。至高者《オーバーロード》の降臨である。地球上に生きるすべての人類の意識の中に、オーバーロードの思念が響き渡ったあの日から、もうすぐ一年がたとうとしていた。

出港準備が続いているのだろう、栈橋に浮かぶ二隻の潜水艦の周囲では、乗組員たちが足早に歩きまわっていた。

そのとき、栈橋を見おろす位置にある管制室から一人の老人が、デッキの上に出てきた。旧ソ連時代の意匠の軍服を着こんだその男の階級章と略綬は、その男が基地司令クラスの階級であったことを示している。

老人は、デッキに立って栈橋に接岸している原子力潜水艦を見ていた三十代なかばの男に、英語で声をかけた。

「同志艦長。そこは寒い。中に入りたまえ」

声をかけられた男は白い息を吐きながら答えた。

「確かにここは寒いですな、外よりはマシとはいえ十二度くらいしかないでしょう」

「十二度？　ああ、華氏で測ればそうなるな……温度を計測する単位に摂氏を使わない国は、きみの国くらいなものだな。自由世界の旗手を標榜しているくせに、そういう部分はかたくなに守り続けるおもしろい国だよ」

同志艦長と呼ばれた男は、肩をすくめて見せた。

「……おもしろい国だった。と言うべきでしょう。もはやアメリカ合衆国は存在しません。

地球連邦とかいう、インベーダーどもの傀儡《かいらい》国家があるだけです」

「……そうか、そうだな。そしてわたしは二回祖国を失った。一回目はソ連崩壊、そしてこのロシア共和国の消滅だ……冷戦が終結したあとも、わがロシアはこの基地を閉鎖しなかった。かぎられた予算の中で、最低限の機能を維持し続けていた。その理由はわからない。単なる前例踏襲という名前の官僚主義の習性だったのかもしれん……だが、今になってわかった。同志艦長、これは神の意志だ。間違いない。真の神はわれらとともにあるのだ」

老人はそう言うと、桟橋に浮かぶ原子力潜水艦を指さした。

「かつて不倶戴天の敵であったアメリカ海軍の原子力潜水艦が、この基地で、こうしてわがロシア海軍の潜水艦とともに肩を並べて浮かんでいる光景もまた、神の意志なのだ。そうは思わんかね？」

「思います……」

二人の男が見おろしているのは、細長い船体に潜水艦発射型弾道ミサイルを搭載した、アメリカ合衆国海軍に所属していた原子力潜水艦だった。その艦は冷戦時代に設計・建造され、その後は世界の海で核抑止力を担ってきた。

「きみたちがここにやってきたことが、どうやらインベーダーどもに気づかれたようだ」

「時間の余裕は？」

アメリカ海軍の制服を着用している艦長は、高い額を指でとんとんとたたいて聞いた。その鋭い灰色の瞳には、強い意志の光が宿っている。

「半日はある……やつらが地上部隊でこの基地を制圧しようとした場合ならば、の話だがね。もしやつらが衛星軌道上から精密砲撃を撃ちこんできたら、五分で全滅だろう」

「わかりました。では、すぐに出撃に入ります」

「予定では日没と同時に出撃のはずだったが、仕方があるまい」

「ええ、われわれの存在が漏れたという情報がこちらにまで伝わった今の時点で、この基地が攻撃を受けていないのなら、その理由はひとつだけ。海に逃げられることを恐れているのです」

基地司令が、鋭い視線を地下ドックから外へとつながる水路へ向けた。

「海側の包囲網がまだ完成していない、ということか」

「はい。今なら脱出できます」

潜水艦の艦長はそう答えながら、一年前のあの日のことを思い出していた。

――あのとき、オーバーロードを名乗る侵略者は、地球人全員にマインドリセットという名の洗脳を仕掛け、天使に似せたアロイスという堕天使を地球に降臨させた。地球人のほとんどは、洗脳により、いかなる疑問も抱くことなく、インベーダーの手先となってしまった。だが、ごくわずかな……本当にごくわずかな人々だけが、洗脳に耐えた。彼らは偽物の神であるインベーダーの手先となってしまった同胞と戦う苦しみに耐え、今でも、真の神の教えを守るために抵抗を続けている。

——わたしが、洗脳を逃れた部下を集め、原子力潜水艦を奪取してインベーダーの手先となった祖国アメリカを脱走し、宇宙人との戦いを呼びかける同志のいる、このロシアに逃れてきてから一カ月あまり……長くはないと思っていたタイムリミットが、ついに切れたのだ。

艦長は基地司令の顔を正面から見て言った。

「わたしが出撃したら、この基地は降伏してください」

「そうはいかん。この戦いに終わりはない。絶滅か、勝利かだ」

「ですが……」

「ここで死ぬ気はない。基地は捨てるが、わたしは逃げて戦いを続ける」

その強い意志を刻んだ老人の顔を見て、艦長は説得など意味を持たないことを知った。

「わかりました。ご武運を」

「出港を見送らせてくれないか？　共に栈橋まで行こう」

「光栄です」

ふたりが栈橋まで来たとき、潜水艦の司令塔の中から、頭に金属製のサラダボウルのような珍妙なかぶり物をした若者が出てきた。もう何日も着たきりであろう、よれよれのシャツとジーンズは、油の染みだらけだ。

「整備、終わったよ。フローターコイルは問題ないんだけど、艦の真ん中のブッには気をつけて。限界まで出力を落としてあるけど、ちょっとした拍子に、出力が上がるから」

若者は、頭のかぶり物を慎重に整えながら艦長に報告した。

「わかった。気をつけよう」

「出力を……限界まで落とした？　上げたのではなく？」

司令が不思議そうに聞く。

英語には堪能なほうだが、母国語ではない。聞き間違えたかもしれないと考えたのだ。

「出力を上げる？　冗談じゃない！」

若者は、興奮したようすでべらべらとしゃべり始めた。

「やつらの推進機関はすげえよ。慣性を消す、つまり中立化ってボクは言ってるけど、マジでありえないくらいだから。この艦につけたのは、本当は三つのユニットをひとつにして三軸のベクトルを調整しながら加速する仕組みなんだろうけど、無事だったユニットが一個しかない。あいつら、きっとこんな使いかたしないんだろうな。とにかく、すげえパワーが出るから。この原子力潜水艦は一万八千トンあるけど、こいつを百Gで加速できる推力が出るから。マジ死ぬから。これで小型戦闘機用ってんだから、ハンパないよな」

「わかった、わかった」

スラング多めの若者の言葉は、半分ぐらい同じ単語の繰り返しで、司令は閉口したようすで後ろに下がる。興奮した若者の頭から、かぶり物が落ちかける。

「おい、ズレてるぞ」

「うわっ、やっべえっ」

若者はかぶり物の紐を顎で結ぶと、心配そうに艦長を見た。

「なあ、艦長。あんた、遮蔽しなくても大丈夫か？　あいつらの洗脳電波、マジでハンパないから。あんたがやられたら大変だろ。なんなら、ボクの予備を貸してやるから……」

「ありがとう。大丈夫だ」

艦長は柔らかく、だが断固として言った。

「けど……」

「きみの頭脳が脅威だからこそ、インベーダーも洗脳電波を送っているのかもしれない。この艦の改修は、きみなしでは不可能だった。ありがとう」

艦長は手を伸ばした。若者はおそるおそる手を握る。艦長がしっかりと握り返すと、若者の顔がぱっ、と明るくなる。

「頼むぜ、艦長。あいつらに一発カマしてやってくれよ！」

「ああ、任せておけ」

大きく手を振りながらドックを出ていく若者を見送って、司令が苦い顔で言った。

「大丈夫なのかね。彼は」

「彼女です」

「え?」

思わず司令は若者の後ろ姿を見なおす。痩せて棒のようにひょろ長い手足。かぶり物の下から伸びる髪もぼさぼさだ。

「いやはや……」

「彼女はナードです。天才ですよ。地球の宝です。どんな格好をしていたとしても、敬意をはらうべき人間です」

「しかし、洗脳電波とは……」

「それを否定する根拠はありません。彼女が感じているという洗脳電波は、実際にあるのかもしれません。お忘れですか、一年前のことを」

「忘れようとしても忘れられん。今でも夢にみる。インベーダーの親玉が、わたしの頭の中に汚らわしい指を突っこんでかきまわしたことを」

「テレパシー、洗脳電波、呼び名はどうあれ、ヤツらは人の頭の中に直接作用する力を持っています。地球人全員に仕掛けたのはいちどだけですが、彼女は今も何かを感じているのかもしれません」

「こちらの技術者に聞いたが、インベーダーの技術に関する理解と応用は、飛び抜けているそうだな。しかし、もし本当にそうなら、危ないのではないか？　やつらの手先になってしまうかもしれんぞ」

「では、今のうちに殺しますか？」

「そこまではせんよ。洗脳された人間をもとに戻すことを、わたしは諦めるつもりはない」

司令は言った。

彼らが所属する組織〈神軍〉の中では、司令のような考えは少数派だった。インベーダーへの憎悪に理性も良識も捨て去り、洗脳されたほかの人間を殺すことを〝浄化〟と呼んで殺すことをためらわない過激な連中が、数の上では圧倒している。

「ここを脱出する時には、彼女を頼みます」

「わかった。任せてくれ。悪いようにはせん」

「ありがとうございます」

もう一度、司令と握手をかわして艦長は自分の艦に乗りこんだ。

ぎりぎりまで人数は減らしたが、それでも艦長を含めて十一人が必要だった。

「行くぞ、諸君」

艦長は短く言った。艦長と部下のあいだには、士気を鼓舞する演出も、信頼を告げる言葉も不要だった。

全員が無言のまま、持ち場に戻る。

鋼のクジラが、地下のドックを離れる。

司令は敬礼して見送った。

——本当ならば、国をあげて、いや、地球をあげて見送らねばならぬ者たちが行く。

彼らがこの基地に帰ってくることはない。いや、どこにも帰ることはできない。たとえ作戦が成功に終わっても、整備や補給を行なえる施設は、この地球のどこにもない。

それでも、行かねばならぬ。戦わねばならぬから、彼らは行く。


北極海には、統合軍に所属する二十二隻の攻撃型原子力潜水艦が展開を急いでいた。いずれも一年前まではアメリカ、ロシア、イギリスのそれぞれの国の海軍に所属していた艦だったが、いまは地球連邦統合政府の暫定統合軍に所属している。

統合軍の中には〈神軍〉側の艦長をよく知る者もいた。今や地球人の敵となった彼は、旧アメリカ海軍の潜水艦乗りの中で、もっとも優秀なグループに含まれる人間だった。

「あの男が〈神軍〉に加わるとはな……寡黙で真面目で、敬虔なキリスト教徒であることが裏目に出たということなのかも知れんな……」

暫定統合軍海軍の攻撃型原子力潜水艦艦隊の指揮官である、シュライヤー少将の言葉を聞いて、艦隊旗艦原潜アイオワの艦長は笑いを含んだ言葉を返した。

「モルデカイ・ロシュワルトが書いたポリティカル・フィクションに、そんなのがありましたね。真面目でガチガチの教条主義的なキリスト教徒をICBMの基地に集めたら、核ミサイルで堕落した世界を世なおしするんだって言い出した……というやつ」

「あの小説に登場する戦略ミサイル搭載型原子力潜水艦の艦長は、搭載している核ミサイルで、各国を脅して酒と女を要求する自堕落な男だったがな……」

「あそこまで自堕落になれ、とは言いませんが、人間はある程度の緩さを受け入れる余裕があったほうがいいのではないかと考えます。その余裕がないと、根源的な価値観のパラダイムシフトが起きたとき、それを受け入れることができないのだと思います」

「優秀な人間は、自分の中に理想の姿を創り上げ、それに近づこうとする。ただ、それが行き過ぎると自分自身への呪縛になる……優秀な人間が数多く〈神軍〉に身を投じている理由は、それかもしれんな……」

オーバーロードの思念介入を受け、地球人類としての視点を与えられた地球人の多くは地球全体をひとつの国家とする恒星系国家をめざし、今までの国家の枠組みを解体し、統合政府を結成した。しかし、宗教的狂信者たちは、オーバーロードは〝偽りの神〟であり、地球連邦統合政府と統合軍は、宇宙からの侵略者により洗脳された傀儡と決めつけ、真の神の名のもとに地球を取り戻す〈神軍〉を自称する武装勢力を結成し、反統合戦争を挑んできた。

統合軍として再編成された各国軍の兵士にとって、敵である〈神軍〉は、かつての同胞であり、戦友たちだった。海でも、陸でも、空でも、およそ地球上のあらゆる場所で、激しい戦闘が繰り広げられている。

シュライヤー少将のつぶやくような言葉が終わったそのとき。潜水艦の指揮室に増設された情報リンクシステムに〈偵察衛星、目標捕捉〉という表示が映し出され、可視処理された衛星画像が映し出された。点滅する赤い光点が目標、それをぐるりと取り囲むように瞬《また》く二十二個の青い光点が、統合軍の攻撃型原潜の位置を示している。

「一対二十二か……彼に勝ち目はない」

「降伏勧告を行ないますか？」

艦長の問いに、少将は小さく首を振って答えた。

「いや、猶予は与えない。降伏するとも思えない。彼の潜水艦には、地球の大都市を破壊しつくせるだけの数の核ミサイルが搭載されている……それを使わせるわけにはいかない。攻撃開始だ！」

「了解しました！」

艦長の言葉とともに、二十二隻の攻撃型原潜は、一頭のクジラを追うシャチの群れのように、目標を包囲する形でいっせいに動き始めた。

核ミサイルを搭載した〈神軍〉の原子力潜水艦と、統合軍の潜水艦が北極海で戦いを始めたそのころ。

そこから遠く離れたユーラシア大陸のほぼ中央、カザフスタンと呼ばれる地にあるバイコヌール宇宙基地は、新たに結成された地球連邦宇宙軍の兵士たちの訓練施設がつくられ、そこでアロイスを教官とした宇宙飛行士訓練が行なわれていた。

この訓練施設は〈神軍〉から見れば、侵略者の傀儡である地球連邦を象徴する施設であり、彼らにしてみれば地球連邦統合政府の本部と同じレベルにある最重要目標である。暫定統合軍は、常時三個師団の地上兵力を張りつけ、幾重にも張りめぐらした対空レーダーサイト、そしてそれに連動する地対空ミサイル基地を建設し、訓練施設の防衛にあたっていた。

内部に侵入しての破壊工作に対しても、情報部と軍警察が常に目を光らせており、過去において計画実行されたテロ計画はすべて未然に防がれていた。

統合軍と反統合軍との内戦状態にある地球上と違い、宇宙は平和だった。異星人から与えられた宇宙船は、火星まで半日もかからずに到達できる能力を持つ地球人の理解を超えた超越技術《オーバーテクノロジー》の塊であり、それらの装備を手に入れた宇宙軍に対し、旧来の兵器しか持たぬ〈神軍〉は、どうすることもできなかったのだ。

訓練施設全体に、どことなくのんびりとした空気が漂っていたのは、そういった理由もあったのだろう。だが、この日、その空気を一変させる出来事が発生した。

正午少し前、施設全体に緊急事態を告げるサイレンと警報音が鳴り響いた。地上訓練を行なっていた訓練生に対し、退避命令が下されるのと同時に、訓練施設の中央部にあるハンガーから、宇宙戦闘訓練用の機動戦闘艇が引き出されていた。

「何があったんだ？」

整備員とドローンがわらわらと取りついた機動戦闘艇に向かって走りながら、一人の男が聞いた。年齢は三十代後半だろうか、さほど若くはない。彼の名前はウィンザー。階級は大尉である。宇宙軍に配属される前は、アメリカ空軍のベテラン・テストパイロットだった。

『実戦よ』

少し訛りのはいった英語が、男の耳に装着された通信デバイスから聞こえてくる。

「敵の情報は」

『まだ来てないわ。とにかく軌道上にあがれ、って。それだけ』

「高度は？」

『低軌道。五百キロメートル』

「了解！」

大尉は短く返すと、機体の下部に開いたハッチの下に置かれているバスタブのような形のシートに潜りこんだ。寝そべるような姿勢で、ハーネスで身体を固着するのと同時に、シート全体がゆっくりと持ち上がり始めた。機体の中に収納されるのと同時に、シートがうす青い光りに包まれ、改造に改造を重ねたコックピットが浮かび上がった。ウィンザー大尉は、機材のあいだに前回の宇宙戦闘訓練の時にはなかった端末があるのに気がついた。ダクトテープでぐるぐる巻きつけてあるその端末の表示を見ると、それはどうやら重力波《グラビトン》センサーのようだった。

――前回の試験飛行では、重力波センサーは問題なかったが、それをパイロットに伝える感応端末がまるで反応せず、不時着寸前の状態で戻ってきた。おそらくこのメーターは、その対応策なんだろうな……。

大尉はそんなことを考えながらコックピットまわりを見まわした。銀河標準規格《ギャラクシー・スペック》として作られたデフォルトの状態では、座席以外ほとんど何もないシンプルな操縦席だったが、今は、さまざまなメーターがゴチャゴチャ取りつけられている。それは地球人パイロット候補生のほとんどが感応端末をうまく使えないためだ。

――アロイスのパイロットの話じゃ、感応端末にどのくらい深く繋がるかで、使える機材の技術レベルが決まるらしい。アロイスが使ってるレベルのギャラクシー・スペックを自然に使えるようになるのは、マインドリセット後の世代、つまりこれから産まれる赤ん坊、ってことなのだろう。

感応端末に接続すれば、機動戦闘艇を自分の肉体と同じように扱える。いや、肉体以上だ。自分の肉体には後ろに目はついていないし、暗闇では見えない。機動戦闘艇に感応端末で接続すれば、上下左右三百六十度、死角なしの視界が、レーダーや重力波センサーも含めて得られる。さらに思考速度まで上昇し、機体のＡＩに未来予測をさせて、最善の未来を選択することだって可能だというから、子供のパイロットでも人類史上トップレベルの撃墜王《エースパイロット》を超えてしまう。

しかし、それは未来の話だ。おれには関係ない。

アロイスから見れば、旧式もいいところの古い機動戦闘艇で、枯れた技術の寄せ集めなんだろうが、おれのような地球人にとっては何百年、何千年も未来の超技術の塊だ。劣等感は感じるが、不安というほどのものじゃない。おれが感じる不安は、こいつが洗練されすぎている、ということだ。こいつは戦《いくさ》を知ってる機体、つまり、いくつもの実戦の果てに作り出された機体だということだ。

――この機体を作り出すまで、アロイスたちは、いったい誰と戦ってきたんだ？

それを考えれば、統合だ、反統合だと地球で争ってる場合じゃない。外の宇宙にはアロイスが、そして銀河文明評議会が、本気で戦わねばならない敵がいるのだ。でなければ、こんな機体は誕生しない。

思考の一部でそうした考えを転がしながら、大尉は手と目で機体のチェックを行なった。

『敵の情報が入ってきたわ。アメリカ海軍を脱走した、戦略型原子力潜水艦ワイオミングよ。以後、アルファ・ワンと呼称』

「クソったれめ！」

男は思わずののしった。通信の向こうで、女のむっとしたようすがデバイスごしに伝わる。感応端末の使えない地球人でも、そのくらいの感知力はある。

「……すまんな」

『いいわ。わたしも誰かをののしりたい気分だから……』

「戦略型原子力潜水艦で、一カ月ほど前に脱走したヤツがいるって噂は聞いてる……ということは、軌道上の標的は核ミサイルだな？　もう発射されたのか？」

男は記憶をあさる。戦略型原子力潜水艦の搭載した潜水艦発射型ミサイルの数は二十数基。多弾頭型だから分離していれば百発以上の核弾頭がばらまかれる。いずれも一発で都市ひとつを灰燼《かいじん》に帰すシロモノだ。

核弾頭をすべて撃墜するのは手間だが、彼とこの機体であれば可能だ。

『違うのよ。衛星軌道にいるのは、核ミサイルではないわ』

「核ミサイルじゃない？　じゃあなんだ？　通常弾頭か？」

『戦略型原子力潜水艦そのものよ。〈神軍〉のヤツら、どこかで入手したフローターコイルを使って、潜水艦を宇宙船に仕立てたのよ』

「なんてこった……」

大尉は自問自答した。

——そんなことが可能なのか？　いや、できる。考えてみれば、原子力潜水艦は耐圧を計算された完全な気密状態の船体を持ち、動力もすべて閉鎖されたサイクルの中だ。冷却に問題があるので、長時間の稼働は難しいかもしれないが、短期間なら各種機器を稼働させることができる。簡易宇宙船に仕立て上げるにはもってこいの代物だ。

オペレーターの言葉は続いていた。

『それとは別に、北極海に強烈なエネルギー反応が出ているわ、統合軍は大混乱よ』

「エネルギー反応って……核か？」

『わからないわ。支援衛星もブラックアウトしたって情報があるの。とにかく情報が錯綜していて……とにかく飛んで。敵は宇宙にいるわ』

「了解！」

大尉は短く答えると、機動戦闘艇のシステムを発進シークエンスに切り替えた。地上の管制レーダーのデータを読みこんだ航法システムが、発進コースがクリアであることを表示した。

「フローターコイル作動。浮上開始」

ヒューン……という回転音とともに、機動戦闘艇はその場でふわりと浮き上がった。

「微速前進、タキシングウェイに向かう」

『発進準備よし。防空システム認識。進路クリア！』

オペレーターの返信を聞きながら、コントロールスティックをわずかに前に倒す。

空中に浮いた機動戦闘艇はゆっくりと前進を始めた。

――フローターコイルが実用化され、もはや飛ぶために翼を必要としなくなりつつある。きっとあと十年もしたら、パイロット徽章についているウィングマークの意味を知らない連中が出てくるかもしれない。

機動戦闘艇は、ぐんぐん高度を増していく。高度計が二千メートルを超えたところで、大尉は推進装置のスイッチを入れた。ブン……という作動音とともに機動戦闘艇は蹴飛ばされるように加速した。コックピットの中にある慣性吸収装置の表示が赤く瞬《また》き、加速に伴うGを吸収していく。この装置がなければ、大尉は一瞬で押しつぶされ、ペースト状の肉塊になっていただろう。

高度五百キロに達したとき、北極海が見えてきた。大尉の視線の先で、北極海を低気圧と共に覆っていた雲の一部が、きれいな円の形に吹き払われ、その中心部に白く輝くエリアが広がっていた。直径は三百キロメートルほどだろうか。見ているあいだにも、そのエリアは少しずつ広がっている。

「肉眼でも確認した。とんでもないぞ、こいつは……どうやれば、あんなことになるんだ」

『いいからデータを送って。全バンドで』

「あれがアルファ・ワンの仕業か……」

『おそらくね……うわ、温度センサーが真っ白。じわじわと高温域が広がっているわ』

「核を使ったのか」

『わからない。もし使ったとしても、敵か味方かも不明よ。そのくらい現場は混乱してて、情報が入ってこないわ』

「やれやれだ」

大尉が乗った機動戦闘艇は北緯四十五度にあるバイコヌール宇宙基地から極軌道で飛び立っている。従来の衛星であれば、北極から赤道上空を通過して南極へ向かう軌道だ。

それに対し〈神軍〉の原子力潜水艦は、逆に北極の側から打ち上げられ、赤道に向かっている。

従来の軌道の概念でいえば、両者はたがいに遠くすれ違いながら地球を何周もしたあと、近距離を交差するタイミングで戦闘を行なうことになる。

「軌道をひねってケツから追いかけたい。頼む」

『十秒後に五十マイナス四度、七十八パーセント、コンマ二秒』

オペレーターのナビゲートに従い、男は機体を制御する。

慣性の法則をまるで無視したかのように、機動戦闘艇がクルリと軌道要素を変え、アルファ・ワンを追いかける。

『自分で誘導しておいてなんだけど、インチキよね、これって。ツィオルコフスキーに謝れって感じ』

「ツィオルコフスキーの公式なら、テストパイロット時代に大学で学んだぞ。多段ロケットが有効な理由と一緒に」

『フローターコイルといい、グラビトンコイルといい、地球人が必死に物理法則の制限の中で次のハードルへ進もうとしてたのに、物理法則のほうをいじり始めるんだから、宇宙人ってインチキすぎるわ』

「だがそのおかげで、おれは宇宙パイロットだ。きみも将来は宇宙艦隊の提督か、火星か木星の基地司令だろう」

『どうかしらね。提督の椅子ならあなたのほうが近いんじゃない？』

「おれは無理だ。こいつを動かしていてわかる。おれはこの機体のシステム内で一番古くて使えない部品だ。なれたとしても、せいぜい古臭いロケットマンさ」

『それならわたしも同じよ。ツィオルコフスキーとコロリョフに連なる最後のロケット世代。次の時代への架け橋……といえば聞こえはいいけど、しょせんは踏み台世代ね』

大尉とナビゲーションオペレーターは、軽い自虐ネタで笑った。彼らは一年前までアメリカ空軍のテストパイロットと、ロシア連邦宇宙局の宇宙飛行士だった。時代遅れであろうがエリートとしての自負がある。自分たちの境遇を笑い飛ばす心の強さがあった。

しかし、その笑いはすぐに引っこんだ。

『アルファ・ワンの軌道予想が出たわ……ああ、なんてこと』

モニター画面に、カリブ海から這い上がるハリケーンの進路予報のように、時間ごとに異なる複数の円が描き出された。アルファ・ワンの軌道予想だ。そこに、軌道上の施設がアイコンで重ねられる。

軌道予想の中心に、ひときわ大きく、周囲に施設が密集したアイコンがあった。

「〈バビロン・ステーション〉か」

『そうね。予想軌道にはほかにも施設があるけど、大物はこれだけよ』

〈バビロン・ステーション〉は赤道上空に浮かぶ宇宙ステーションだ。アロイスが太陽系に持ちこんだ旧式の輸送船から航行用の機材を取りはずし、円筒形の船体を複数つなげて宇宙ステーションとして再利用している。ここは宇宙に浮かぶ倉庫であり、ホテルであり、学校である。銀河文明評議会からの新しい技術や文化は、〈バビロン・ステーション〉を経由してもたらされる。この機動戦闘艇の受領も、〈バビロン・ステーション〉で行なわれたのだ。

『〈バビロン・ステーション〉は地上からも肉眼で見えるわ。破壊できれば〈神軍〉にとって格好の宣伝になるでしょうね』

「退避できないのか。姿勢制御用のエンジンは残してあるし、少しは動けるんだろう」

『相手しだいね。こっちの技術部がデータを解析して、アルファ・ワンの性能を予測しているわ……わお』

アルファ・ワンの性能が機動戦闘艇の画面に表示された。一瞥《いちべつ》して、男の眉がはねあがる。それまでアルファ・ワンをフローターコイルで船体を浮かばせ、加速は化学ロケットを使っている、と想定していたのだ。

「このデータを見るかぎり、アルファ・ワンは宇宙軍《ウチ》の旗艦くらいの航行性能があるぞ」

『そんなはずは……あるわね。慣性制御システムとか、どうやって手に入れたのよ』

宇宙軍の旗艦コペルニクスは、船体を地球の技術で作り、そこにアロイスが供与した推進装置を取りつけて建造したものだ。実戦で使う予定はなく、技術の獲得と乗員の訓練が目的である。今は〈バビロン・ステーション〉に停泊中だが、出撃まで半日かかるので、ただの置物でしかない。

「武器の搭載については不明か」

『ちょっと待ってね。技術部からの非公式コメントがきてるわ……えーと、北極海の熱反応は、搭載した慣性制御システムによるものと推測。一万八千トンの船体を軌道に打ち上げるさいに生じる余剰熱を北極海に放出……同時刻に指向性のある重力波が各所で観測されており、これが北極上空の偵察衛星を破壊したものと思われる……アルファ・ワンを作った技術者は、人類史上最高の頭脳の持ち主であると推察される……ですって』

「その天才が〈神軍〉側か。惜しいな」

『ブルー・シティの宇宙軍総司令部からの交戦規定よ。〝全武器、全機能を使用自由。アルファ・ワンを完全に無力化するように〟とのこと。了解？』

「了解した！」

大尉は追加された操作パネルに指を伸ばし、パチパチとスイッチを切り替える。男がよどみなくこの動作をすると、アロイスの教官はいつも端正な顔に満足そうな表情を浮かべる。ボタン文化のないアロイスにとっては、この動作は見慣れた、安心できる手順なのだろう。

――スイッチは、確実にオンオフがわかる。これをやっていると、いま何をしているかが、すっと頭の中に入ってくる。やるべきことを身体が覚えている、という安心感がある。アロイスが、ボタンではなくスイッチにこだわってきたのも、そういう理由だったのかもしれない。

男は子供のころ、映画でパイロットがコックピットにずらりと並ぶスイッチを切り替える場面を見るのが好きだった。段ボールにスイッチを描いて椅子の周囲を囲んで、パイロット気分を味わった。それがこの道を志すきっかけだった。

そして今は、映画なら主人公役間違いなしの、地球最強の宇宙戦闘機のパイロットとして実戦任務にのぞんでいる。子供のころの自分に話したとしても、信じてもらえはしないだろう。

地上のナビゲーションオペレーターから通信が入る。

『技術部から、アドバイスがきたわ。アドバイスといえるかどうかわかんないけど、さっきからうるさいから、伝えておくわね』

「技術部から？」

――まさか、〝アルファ・ワンの中に乗っているかもしれない天才を救えるなら救ってくれ〟という依頼だろうか？　だが、それは無理だ。たとえ今の自分がどれだけ子供のころに見た映画の中のヒーローに似ていても、不可能なことはある。

『〝安全な場所から絶対確実に殺せ。でないと殺されるぞ〟ですって』

「……わかった。アドバイスに感謝する、と伝えてくれ」

『え？　う、うん』

大尉は大きく息をはいてコントロールスティックを握りなおした。

――少し浮かれてたな。助けるのは不可能だ、とか。

助けるも何も、実戦では自分が殺される可能性だってあるのだ。おれが操るこの機動戦闘艇に対して、原子力潜水艦を改造したアルファ・ワンが優位にあるのは質量だ。高速で一万数千トンの巨体をぶつけられたら、スーパーテクノロジーの塊であるこの起動戦闘艇であってもひとたまりもない。

　もうひとつ恐ろしいのが、アルファ・ワンの質量を動かしている慣性制御システムだ。アルファ・ワンが北極海から飛び立つときに、指向性の重力波が数百キロメートル上空を飛ぶ偵察衛星を破壊した。同時に発生した余剰熱が北極海の氷を溶かし、崩れ落ちた氷山が包囲部隊に大混乱を引き起こしている。

　つまり、アルファ・ワンに勝つ方法はひとつ……近づかずに遠距離から仕留める。これしかない。これが映画なら、ここは派手な格闘戦《ドッグファイト》を繰り広げたあとで、至近距離まで近づいて、一か八かの一撃で相手を仕留めるだろう。だが、これは映画じゃない。現実だ。単純で確実で安全な手法に勝るものはない。

「機首ビーム砲を使う。サポートしてくれ」

『わかった』

　男はアルファ・ワンの後方、一千キロメートルまで近づいた。

　メインモニターに火器管制システムを呼び出して反応炉のエネルギーをビーム砲に切り替え、安全装置をはずすと、機体は自動的に発射モードに入った。ドッグファイトモードではないので重力波スタビライザが作動し、機体が安定する。ドッグファイトでは、このような等速直進運動は自殺行為だが、今回は違う。確実に完全に敵を消滅させねばならない。光学モニターの中に、拡大された原子力潜水艦のシルエットが映った。

——宇宙空間に浮かぶ潜水艦か……シュールなんてものじゃないな。

大尉は心のどこかでそんなことを考えながら、コントロールスティックについている発射スイッチを入れた。

「発射！」

機首に固定された砲口から、亜光速の高エネルギー粒子の塊が発射された。わずかな振動がコントロールスティックを握る手に伝わってきた。

『命中』

発射から命中まで一〇ミリ秒とかからない。ほぼ瞬時に命中する。

ナビゲーションオペレーターの答えが返ってきた。

『効果、認めず』

——くそ、いくら耐圧構造の鉄の塊でも、このビームをくらって、なんの影響もないわけがない。もしかして、向こうがヤワすぎて、ビームが貫通してしまったのか？

「了解、続けて発射する」

二発、三発、四発。エネルギーの充塡が完了するたびに、男はビームを発射した。全弾命中だ。

七発目でコンソールに赤色の警告が出て、それ以上は撃てなくなった。高エネルギー粒子を圧縮して撃ち出す誘導砲身が、連続発射で過熱したのだ。

『効果、認めず……』

「シールドを装備している可能性は?」

『判明しない。少なくとも外見上にシールドの存在はない』

アルファ・ワンの状態を告げるナビゲーションオペレーターの声は、わずかに割れていた。信じられない気分だろう。機動戦闘艇の機首ビーム砲は、一発で戦艦サイズの物体をバラバラに砕く威力がある。七発も直撃して、被害がない、というのは異常だった。

「了解、機首ビーム砲を強制冷却。続けて発射する」

大尉は静かに言った。兵装のコンソールに指を伸ばし、慣性制御システムのドライブが過熱状態になった時の緊急冷却システムの自動モードを、オフへとスイッチを切り替える。フリーになった緊急冷却システムと兵装システムとを接続し、ビーム砲の誘導砲身の冷却を緊急冷却システムに肩代わりさせたそのとき。パンパンパン、という音を立てていくつかのスイッチが自動で跳ね上がった。緊急冷却システムが許容一杯まで熱を吸収して、使用不能になったのだ。

代わりに、機首ビーム砲の砲身過熱を示す赤い警告表示が消えた。

『機首ビーム砲、再発射可能。三発まで』

「了解。発射する」

八発目。『効果、認めず』

九発目。『効果……効果、あり！』

レーダーに、白い霧が発生していた。アルファ・ワンが撒き散らした何かだ。

「なんだ？」

『解析中……吸熱剤よ。すごい熱量。質量もすごい……技術部の推測では、潜水艦発射型弾道弾のサイロに、ミサイルの代わりに吸熱剤を山のように積みこんでたんじゃないかって。自作の防御シールドで船体を包んで、こちらのビームを吸収。発生した熱は全部、サイロに放りこんでたみたい。そいつが限界を超えて噴出したのよ』

「これまで防御シールドの存在を感知できなかったのは、それがアルファ・ワンの外側ではなく、内側に張られていたせいか。攻撃を受けた外側の耐圧殻は穴だらけになるが、二度と海に潜らないのならば、問題ない。しかも煙幕代わりか……ビーム攪乱の効果はあるか？」

『効果は不明』

大尉は少し考えて、言った。

「霧を避け、前方にまわりこむ」

機動戦闘艇を加速させ、アルファ・ワンが撒き散らす霧を迂回して接近した。

ここにいたっても、アルファ・ワンは通信を遮断したままだ。〈バビロン・ステーショ

ン〉から何度も軌道を変更して機関を停止し、臨検を受け入れるよう通信がはいっている
はずだが、無視を決めこんでいる。

無言のまま飛行を続けるアルファ・ワン。それは、敵の指揮官の決意の表明だった。

——こいつは、まだ諦めていない。

アルファ・ワンに乗り組んでいる〈神軍〉の指揮官は作戦を続行する気だ。そして、作戦の目的が破壊なら、武器は必要ない。アルファ・ワンの慣性質量そのものが、武器になる。アルファ・ワンが体当たりすれば〈バビロン・ステーション〉は粉々に砕け散る。

——つまり、こいつはおれを殺す気だ。おれを殺せば、こいつが〈バビロン・ステーション〉に到達するのを防ぐものはなくなる。

アルファ・ワンはまだ隠し球を持っている。それが何かはわからないが。

——さあ、おれを殺そうとしてみせろ。あるはずだ。まだ何かが。出さないなら、おれがおまえを殺す。

大尉は機動戦闘艇を、アルファ・ワンの進路前方に移動させた。機首をくるりと回転させ、ビーム砲の砲口をアルファ・ワンに向ける。

重力波センサーに目を向けたのは偶然だった。

何か予兆はないか、とセンサーの表示を順番にぐるりと見て、最後に今日新しくつけられたパネルに目を向けた。そのときだった。

重力波センサーの針が跳ね上がった。

テストパイロットとしての本能が、身体を動かした。

機首をそのままに、機体を滑らせる。機体の軋む音が響く。身体が前と後ろに同時に引っ張られる。コックピットの中にゴチャゴチャとあとから取りつけられたパネルがねじれ、ダクトテープに皺が寄る。

アルファ・ワンが猛烈な勢いで加速を開始した。あまりの加速に完成制御システムが追いつかず艦の表面がひび割れ、艦首と艦尾のあいだが何メートルも縮む。中の乗員は、一瞬で挽肉になったはずだ。

アルファ・ワンが加速した先は、〈バビロン・ステーション〉ではなかった。向きは下。中部太平洋のほぼ中央。そこにはアロイスが作り上げた地球連邦の暫定首都ブルー・シティがあった。

統合戦争が集結するまで、地上のあらゆる政治と宗教勢力との決別を掲げて建設されたこの洋上都市には、地球連邦統合政府と暫定統合軍総司令部がおかれている。

軌道上から一万トン超の物体が衝突すれば、その被害は〈バビロン・ステーション〉の比ではない。ブルー・シティは壊滅し、統合政府と統合軍は麻痺状態になる。

——させるか！

大尉は機首をアルファ・ワンに向けたまま、発射スイッチを入れた。

十発目。

ビームがアルファ・ワンに吸いこまれ、次の瞬間、アルファ・ワンは爆発四散した。

『アルファ・ワン、完全破壊を確認……大丈夫？』

ファーストエイドキットから取り出した脱脂綿を鼻に詰めながら大尉は答えた。

「鼻血が出た」

『ひやひやさないでよ』

「すまん。最後のアレはなんだ？」

『技術部の連中は、重力波砲みたいなものだって。慣性制御システムを意図的に暴走させて重力波を発生させ、進路上の物体をはね飛ばしたり引き寄せたり……SFでいうと、トラクタービームみたいなものね。むちゃくちゃ危険だから、アロイスの技術顧問が青い顔してる』

「地上への被害は？」

『なし。破片は小さいし、バラバラになったから太平洋上に広く散らばってそれで終わりよ』

「そうか」

大尉は、眼下に広がる地球を見て思った。

――あいつの狙いは、最初からブルー・シティだったのか、それとも〈バビロン・ステーション〉だったのを最後に切り替えたのだろうか？　敵の指揮官が沈黙したままアルファ・ワンと運命を共にした今、それを知ることはできない。わかるのは、あのアルファ・ワンを操っていた男は〈神軍〉の狂信者だったかもしれないが、本物のガッツの持ち主だったということだけだ……。

このとき、ウィンザー大尉は、自分が地球連邦宇宙軍の最初の実戦経験者であり、それと同時に、地球連邦宇宙軍の最初の英雄として歴史に名前が刻まれたということに気がついていなかった。

それから十五年の時間が過ぎた。

機動戦闘艇の初代パイロットだったウィンザー大尉は中佐となり、そして今、リング級駆逐艦の三番艦、ゾンダーの艦長としてブリッジに立ち、メインモニターに映し出された地球連邦宇宙軍司令長官であるキーファ・ラーケッテン元帥の言葉を聞いていた。

『……われわれは地球防衛の最後の砦である。亜光速で飛来する恒星反応弾に対し、われわれは有効な迎撃手段を持たない。われわれが唯一使えるのは、物理的障壁のみである！　最新鋭の宇宙船に乗りこみ、最先端の兵器で戦うはずだったわが地球連邦宇宙軍が、実戦でできることは、レンガをぶつけることだけだった、というこの事実に、忸怩《じくじ》たる思いの者も多いだろう。われわれは先進文明種族に比べれば、ただの野蛮人、原始人にすぎないということだ。だが、それがなんだというのだ！　われわれは原始人だ。ならば最後まで原始人としての誇りを持ち、戦ってやろうではないか！　われわれが旧式の艦艇で訓練を積んできた理由は、今日この日のためだ！　火砲を撃つことがかなわぬのなら、せめてその操艦の妙をもって、敵に立ち向かおうではないか！　ピケット艦、発進！　恒星反応弾の鼻先に、レンガをぶつける腕前を見せてやれ！』

元帥の言葉が終わるのと同時にブリッジのメインモニターに第一次ピケット艦艦隊を構成する二百数十隻の宇宙船が映し出された。その多くは高質量金属のインゴットを詰めこんだ複数のコンテナを支持架に溶接し、後部に推進器を架設したピケット作戦用の簡易宇宙船だった。正式名称は〝阻止作戦用簡易高質量宇宙作業船〟だが、そんな長ったらしい名前で呼ぶものは一人もいなかった。作業員も、兵士も、指揮官も、大量生産されたこの宇宙船を〝レンガ〟と呼んでいた。その名前の理由は、四角い外見と、何よりもその使用方法がレンガを投げつけるのと変わらないためである。なかば自虐をこめたこの呼び名は、いつのまにか通称となり、地球連邦宇宙軍の内部では、ピケット作戦を〝レンガ投げ作戦〟と呼ぶものも多かった。

動き始めたコンテナ改造船の群れの先頭に立つ旧式の軽巡航艦を見て、ウィンザー中佐がつぶやくように言った。

「いよいよレンガ投げが始まったか……第一次ピケット艦艦隊の旗艦は練習巡航艦のカト

りだな。これが最後のご奉公ってわけか。宇宙軍に配属されている連中は、みんな、あの艦《ふね》にお世話になったものだ」

「艦長も、あの艦に乗ったのですか？」

「ああ、初代訓練生さ。教官も乗組員も全員アロイスだった。見るもの触るもの、みんな地球人の理解を超えていた。艦齢が二百五十年というのにも驚いたが、そんな古い艦でも、地球の衛星軌道から火星まで三時間で行けると聞いて、目を丸くしたものだ。練習航海のとき、感応端末が使えなくて往生したよ……」

ウィンザー中佐はそこで言葉を切ると、副長の顔を見て聞いた。

「……感応端末を使いこなせるきみの世代がうらやましいよ」

副長は小さく首を振った。

「いや、わたしなどは、なんとか思念のやりとりができる程度で、情報の伝達は言葉と文字に依存してしまいます。今の若い連中……二十代前半の連中に比べると、まだまだです」

ウィンザー中佐は、メインモニターの中に表示されているサブウィンドウに視線を投げた。そのウィンドウの中では、粛清者《しゅくせいしゃ》の恒星反応弾を阻止するために命をかけて……比喩ではなく文字どおり命をかけて戦っている迎撃型機動戦闘艇の姿が映し出されていた。

「あの迎撃型機動戦闘艇のパイロットたちの多くは、ごく普通の民間人だったが、感応端末を使いこなせる能力を持っているがゆえに、兵士として選抜され、最前線で戦っている。資質を持たぬわたしのような人間が、偉そうに軍服を着こんで中佐の階級章をつけていることが間違いだ。連邦宇宙軍は新しい組織に生まれ変わるべきだ。そうは思わんかね？」

副官は言葉を選ぶようにゆっくりと答えた。

「確かに、そういう部分はあると思います。それはテクノロジーの進化と情勢の変化により、軍人に求められる資質が変わった、ということだと考えます。アロイスが最初に立てていたタイムスケジュールでは、地球連邦宇宙軍の装備が銀河文明評議会の標準レベルに達するには、三十年から四十年を見こんでいたそうです。まさか、たった十五、六年で本格的な防衛戦闘を展開しなくてはならなくなるとは、誰も予想していなかったのだと思います」

「そうだな、時間的余裕のなさがすべての原因だ。時代はわれわれを追い越してしまった。その時代に追いつくためには、古い衣を脱ぎ捨てねばならん……」

中佐がそう答えたとき、モニターの中に映し出されていたピケット艦艦隊が境界を示すレーザービーコンを過ぎ、単縦陣を組んだ艦から次々に脱出カプセルが射出される光景が映った。単縦陣の中ほどに位置していた救命回収艇が列を離れ、カプセルを回収し始めた。

『全艦艇の回航要員の脱出を確認！』

『恒星反応弾第一波、接触予想時刻まであと二分三十秒！』

『第一次ピケット艦艦隊、迎撃ポイントに向かって加速開始！』

モニターオペレーターの報告と同時に、メインモニターに映っていた雑多な艦がいっせいに推進機を輝かせて加速を開始し、あっというまに視界から消えていく。光学センサーの倍率が変わるに連れて、画質が少しずつ変化していくが、補正効果が高いため、肉眼ではほとんど変化がないように見える。

ウィンザー中佐の見ているサブウィンドウの中の数字が、少しずつ減っていく、その数字は、冥王星軌道上で恒星反応弾を迎撃している迎撃型機動戦闘艇の総数を意味している。時折、恒星反応弾の残弾総数の数字と、迎撃型機動戦闘艇の数字が、まったく同じタイミングで数を減じることがある。それはつまり、携行する高質量実体弾を使いつくした迎撃型機動戦闘艇のパイロットが、恒星反応弾に対して体当たりを敢行したことを意味する。

――もし、今のわたしに感応端末への適応能力があれば、迎撃型機動戦闘艇のパイロットたちの思念を直接受け取ることができる。だが、それは死にゆくものの思念を直接受け取ることになるだろう。感応端末は思念だけを伝え、感情はフィルタリングされている。相手の憎悪や恐怖の感情が伝わることはない。とはいえ、人間の思念と感情は密接に結びつき、そこに明確な線を引くことはできない。

あのパイロットたち一人一人が、どんな想いであそこに赴き、どんな想いで戦い、どんな想いで死んでいくのか、わたしにはわからない。わからないほうが幸せなのかもしれない。だがわたしは、それを知りたいと思う。手紙や言葉では伝えきれない、本当の意思を。

なぜなら、わたしがそう願っているからだ。戦場に出るとき、それは常に死と隣り合わせだ。生きて還れる保証は何ひとつない。死というものから逃れられないと知ったとき、わたしが最初に考えるのは、〝自分がこの世界にいたという証《あかし》を残したい〟という欲求だ。それを妄執と呼んで忌み嫌う価値観があることは知っている。しかし、わたしはそれを醜いものとは思わない。それは、人として当たり前のことなのだ。

中佐がそんなことを考えているあいだにも、モニターオペレーターの報告が次々に飛びこんでくる。

『冥王星防衛ラインを突破した恒星反応弾第一波百十七発、土星軌道を通過！　接触まであと五秒！』

『ピケット艦、加速用意！』

『恒星反応弾軌道補足！　操艦オペレーター、シンクロ開始！』

ピケット艦の役目は恒星反応弾に体当たりすることだ。しかし恒星反応弾には障害物を避けるシステムが搭載されている。事前に探知されて避けられてしまっては意味がない。ましてや相対速度を考えれば、恒星反応弾が避けられないタイミングというのは、ごくわずかであり、そのタイミングを読んで突っこませるというのは至難の業だ。そのため連邦宇宙軍は、このピケット作戦を立案するのと同時に、ピケット艦の操艦オペレーターを選抜し、訓練を行なっていた。それは思考加速処置《ブースト》によって思考と反応を数十倍に加速し、相対的に体感速度を遅くするという訓練方法であり、適性を持つとして選抜された者でも、この思考加速に耐えられる時間は三十分程度。それ以上思考ブーストを続ければ、オペレーターの精神に重大な障害を及ぼすことが判明した。連邦宇宙軍は、交代要員を多数用意し、限界に達したオペレーターを次々に交代させるという方法で、この問題をクリアするという方法を取った。人間を交換可能な部品として扱うこのやりかたには、批判も多かったが実行された。ほかに方法がなかったためである。

駆逐艦ゾンダーのブリッジで見守るウィンザー中佐と副長の耳と意識空間に、モニターオペレーターの声と思念が響く。

『恒星反応弾到達まであと三秒！』

『推進機全開！　突撃開始！』

その報告とともに、第一次ピケット艦艦隊の全艦が蹴飛ばされたように加速を開始し、一瞬に視界から消え去った。ピケット艦は、すべて船体を強化して旧式の従来型の推進機とは別に、高出力型の推進機が取りつけられている。

ウィンザー中佐の意識と知覚にもブーストが行なわれているが、それは思考と反応速度が通常の五割増しになる程度のものであり、いくら目を凝らしても、ピケット艦艦隊の動きを捉えることはできなかった。

視覚が捉えたのは、木星軌道の向こう側で、ピケット艦艦隊と接触した恒星反応弾が爆発するいくつもの閃光だった。

『阻止成功！　第一波百十七発をすべて撃破しました！』

モニターオペレーターの報告が感応端末から瞬時に、そして少し遅れて音声で中佐のところに届いた。感応端末が接続されている意識空間の中には、歓声が渦巻いているのだろうが、中佐のところまでその歓声は届かない。意識を向ける相手を特定した指向性のある思念通話は受け取れても、それ以外の思念を受け取ることはできない。感応端末への適応能力は個人差が大きく、地球人向けに改良を重ねられていたが、すべての地球人がその恩恵を受けられるわけではないのだ。

恒星反応弾の第一波の撃破を喜べる時間は短かった。その直後に、冥王星防衛ラインから、恒星反応弾の第二波が防衛ラインを突破したことを知らせる警報が届いた。

『恒星反応弾、第二波来ます！　総数二百五十三発！』

『さっきの倍か！　よし！　第二次ピケット艦艦隊、阻止行動開始！　第一波が全滅したことで、敵は木星軌道上に阻止障害物があることに気づいたはずだ。回避コースを取る可能性が高い、第三次ピケット艦艦隊も発進させろ！　絶対に木星軌道の内側に恒星反応弾の侵入を許してはならん！』

ラーケッテン司令長官の指示が飛ぶのと同時に、木星軌道上の最終防衛ラインに集結した地球連邦宇宙軍の群れの中から、二つのピケット艦艦隊が動き始めた。

第二次艦隊と第三次艦隊を合計すると、総数は四百隻近い。今回のピケット艦艦隊には、大量生産されたコンテナ改造のレンガ船だけではなく、掃海艇や、旧式の駆逐艦などの戦闘艦も数多く含まれている。その理由は、回避行動を取るであろう恒星反応弾の動きに追従させるためだ。レンガ船に取りつけられている慣性吸収装置と、指向性重力波制御装置は能力が低く、高機動させることは難しいが、もともと戦闘艇として設計されている掃海艇や駆逐艦は、恒星反応弾の動きに追従することができる。

恒星反応弾の第二波は、第一波のときと違い、大きく広がってやってきた。

「間隔を開けてきましたね」

「回避行動の自由度を高めるためだろう、粛清者も馬鹿じゃない。ちょこまかと進路を変えられたら、レンガをぶつけるのに苦労するかもしれんが、やつらの目標はあくまでも太陽だ。太陽に向かって突き進むことがわかっていれば、進路を予測するのは楽だ」

『第二次艦隊、加速開始。十二秒後に、第三次艦隊の加速が開始されます』

回航要員が乗った脱出カプセルを残し、約四百隻に及ぶピケット艦艦隊が加速を開始した。

ウィンザー中佐の意識に、感応端末を通じて防衛艦隊司令部からの命令が来たのはそのときだった。

『追撃艦隊所属の各艦は、所定座標に移動し、ピケット作戦で撃破できなかった恒星反応弾の追撃準備に入れ』

『駆逐艦ゾンダー、了解！』

ウィンザー中佐は短く思念を返すと、副長に命じた。

「推進機半速前進、追撃作戦開始位置まで前進待機！」

命令を下すのと同時に、駆逐艦ゾンダーは前進を開始した。フロアの下から慣性吸収装置の動く音が伝わってくるのがわかる。

ブリッジの三次元立体モニターの中には、ゾンダーと同じ追撃艦隊に所属する軽巡航艦と駆逐艦が、いっせいに動き出す姿が映し出されていた。

追撃艦隊の任務は文字どおり、敵、つまり恒星反応弾を追いかけて撃破することだ。そのためこの艦隊は現在、地球連邦宇宙軍に配備されているもっとも優速の艦を集めて編成されている。だが古い世代の装備では、最大速でも恒星反応弾に追いつくことはできない。そのため地球連邦宇宙軍は、これら優速艦の推進機のリミッターに改造を加え、短時間だけ爆発的に加速できるブースト回路《ブースター》を増設し、慣性吸収装置を大型に換装するという改造を加えた。ブースターが使用できるのは、わずか十秒間。それも一回のみ。この十秒のあいだに恒星反応弾に追いつき、光子魚雷をたたきこんで破壊する。それが追撃艦隊の任務だった。

「さて、ボールボーイのお仕事の始まりだ……」

指定された座標に到着したウィンザー中佐は、そうつぶやくと艦を百八十度回頭させた。背後にあるピケットラインを突破されたことが判明するのと同時に加速して、少しでも恒星反応弾との距離を縮めるための態勢だ。それと同時に感応端末を操作して、指揮系統をピケット艦艦隊の動きをモニターしている管制システムにリンクした。

本来の指揮命令系統であれば、追撃艦隊に所属している駆逐艦ゾンダーは、追撃艦隊司令官からの指示命令で動くことになる。だが、恒星反応弾の迎撃は時間との戦いであり、通常の手続きを飛び越えて、管制システムのオペレーターが直接追撃艦隊に所属する各艦に指示を出すことになっていた。

——感応端末と意識空間へのリンク、そして戦術支援AIが、情報の流れを変えた。各艦隊の指揮官や参謀を通じて伝言ゲームのように情報が伝達するシステムは、もはや時代遅れだ。司令長官も最前線の兵士一人一人が見ているものをダイレクトに見て、感じ取ることができるようになった今、地球連邦宇宙軍の組織はもっとフレキシブルなものに変化していく必要がある……連邦宇宙軍の中に存在する頑迷な、頭の固い古臭い連中をなんとかしないとな……。

そこまで考えてから、ウィンザー中佐は、はっと気がついた。

——何を他人事《ひとごと》のように考えてやがる。自分自身がその、古臭い頭の固い連中の一人じゃないか。

思わず浮かべてしまった自虐の笑いを見られたのだろう、副長が聞いてきた。

「何かありましたか？」

「あ、いや、なんでもない。地球連邦宇宙軍には世代交代が必要だ、と考えたら、まず自分からだな、と思っただけさ」

副長は小さく首を振った。

「いえ、艦長はまだお若いです。本当に世代交代が必要な人間は、自分がそうだとは思っていません」

「なるほど、〝組織にはきみが必要だ〟と他人から言われる人間は本当に必要だが、〝組織にはおれが必要だ〟と自分で言うような人間は必要じゃない、ということだな」

「はい。それを言う人間のほとんどは、誰にも言ってもらえないので自分で言うしかないタイプの人間です」

ウィンザー中佐は、苦笑いを浮かべた。

「きみも言うようになったな……」

「薫陶《くんとう》を受けましたので」

「出世せんぞ？」

「もとより覚悟の上です」

　副長がそう言って笑ったとき、ピケット艦艦隊の管制システムから思念通話が入った。

『恒星反応弾三発が第三次ピケット艦艦隊の迎撃をすり抜け、太陽に進行中！　第十二、十三、十四セクターに配置の追撃艦に緊急発進を命ずる！』

　ウィンザー中佐の視界にある三次元立体モニターに三ヵ所のエリアと、そのエリアごとに配置されている各四隻、合計十二隻の追撃艦が青く点滅したが、駆逐艦ゾンダーはその中に含まれてはいなかった。

「こっちの受け持ちではありませんね」

「他人事のように見ている場合じゃない。追撃艦隊に情報端末をリンクして、戦闘状況を参考にしろ。われわれはシミュレーション戦闘しかやってない。少しでも経験値を積むんだ」

「了解しました」

　副長の言葉とともに、中佐の意識の中に、人間とは明らかに違う、輪郭のくっきりとした思念が入りこんできた。

『第十三セクター配置の駆逐艦アマツカゼのデータにリンクします。アマツカゼは推進機の出力、機動特性がゾンダーに類似していますので、参考になると思われます』

　戦術支援ＡＩの明瞭な思念を受け取った中佐は思った。

　――初期の地球連邦軍の兵士の中に、戦術支援ＡＩとの思念通話を嫌がる人間が多かったのは、明瞭な思念の異質さが受け入れられなかったからだと言われているが、どちらかというと、その理由は、この明瞭さが〝上から目線〟のように感じられたから、のような気がしないでもない。

しかし実戦ならば、この明瞭さは頼りになる。ケイローンやアロイス、そして地球軍独立艦隊の将兵が、戦術支援AIを使いこなせている理由は、共に実戦をくぐり抜けてきた信頼に裏打ちされているからなのだろう。そういう意味で、われわれは決定的に実戦経験が不足している。この太陽系防衛戦が、地球連邦宇宙軍全体の底上げに寄与してくれることを願うしかない。

――地球を守れたら……の話だが。

ウィンザー中佐がそこまで考えたとき。意識の中に、駆逐艦アマツカゼのデータが入ってきた。

『目標の恒星反応弾、捕捉！　接近開始！』

『推進機全開！　最大戦速で追え！　ブースタースタンバイ！　光子魚雷の励起《れいき》が終了するのと同時に、ブースター起動！　肉薄雷撃を行なう！』

駆逐艦アマツカゼの艦長の命令が、ダイレクトに意識の中に伝わってくる。それと同時に、アマツカゼと、目標との位置関係を示すイメージデータが意識の中に投影される。

目の前で見ている自分の艦の状況と、アマツカゼの情報が重なっているが、それは意識の中に何枚ものレイヤーを重ねたようなもので、意識の方向を変えることで、リンク先の情報と目の前の現実を自由に意識の中に呼び出せるし、戦術支援AIが状況をリアルタイムで監視しているので、状況を気にせずにアマツカゼの情報を受け取れる。

アマツカゼは推進機出力を最大にして、恒星反応弾の軌道にクロスさせるコースを一直線に切り裂くように飛んでいる。だが、恒星反応弾との距離は、ほとんど縮まっていない。追撃艦隊が後方から迫ってきていることを認識しているのだろう、恒星反応弾は小刻みに進路を変えたり、大きくスパイラルを描くようなコースを取り、接近を許さない。しかし、一発の恒星反応弾に対し、四隻という数の優位で追撃艦は包囲するように追い詰めていく。それはオオカミの群れが、獲物を追う時のようすに似ていた。

第十二セクターに配置されていた追撃艦は、軽巡航艦コンカラー、駆逐艦ラズベリー、リムペット、そしてアマツカゼの四隻であり、いずれも地球連邦宇宙軍艦隊の中では比較的世代の新しい艦であり、推進機の出力も高いが、何よりも高速航行を行ないながら方向転換ができるように、慣性吸収装置の容量が大きいのも特徴だ。四隻は、その容量をフルに活かして、小刻みに針路を変える恒星反応弾に、ぴったりと追従していた。

『こちらリムペット！　これよりブースター使用！　肉薄接近し雷撃を敢行する！』

『コンカラー、了解！　サポートに入る！　アマツカゼ、ラズベリーは左右から挟む形でブースターを使用し、逃げ道を塞げ！』

『アマツカゼ、了解！』

『ラズベリー、了解！』

アマツカゼとラズベリーが恒星反応弾の左右後方に、そしてリムペットが真後ろにつくのと同時に三隻がブースタト回路を起動した。三隻の駆逐艦は艦体をうす青く帯電させながら、いっきに加速し、みるみるうちに恒星反応弾との距離を詰めていく。ブースターが使えるのは十秒間。この十秒のあいだに狙いを定め、光子魚雷をたたきこむのだ。光子魚雷の速度は恒星反応弾よりも早い。しかし、無誘導であり、直進することしかできないし、やりなおすこともできない。

接近されたのを認識したのだろう、恒星反応弾は身をよじるようにして方向を変えたが、アマツカゼとラズベリーの艦長は、その回避行動を読んでいた。左右の後方についていた二隻は、恒星反応弾の後方から追いすがるような形で、魚雷発射管に装塡されていた十二発の光子魚雷を発射した。真後ろから接近したリムペットと合わせて三十六発の光子魚雷が恒星反応弾を包みこむように接近し、接触と同時に対消滅を起こした。

対消滅のさいに発生する膨大な放射線がモニター内で可視化され、大きな花火のように広がっていく。モニターの中には、ほかにも二つの花火のようなきらめきが映し出されていた。

『全目標の破壊を確認！』

『追撃艦隊、任務終了！　戦線を離脱します！』

ブースターを使用した艦の慣性吸収装置は容量を拡大されているとはいえ、加速状態から完全に減速しきるだけの容量はない。彼らはこのあと、太陽の引力を利用して徐々に方向を変え、彗星のような長大な軌道を描いて減速していくことになる。

「彼らの戦争は終わった。彼らは義務を果たした。次はわれわれの番だな……」

「彗星の気分を味わうのも悪くありませんね」

副官がそう返したとき、モニターオペレーターの報告が飛びこんだ。

『恒星反応弾第四波、確認！　第四次ピケット艦艦隊、発進！』

三次元立体モニターの中に浮かび上がったロングレンジセンサーの概念図には、冥王星防衛ラインを突破したいくつものオレンジの光点が映し出されていた。

「次が来やがったか……冥王星防衛ラインの連中もがんばっているな。十三万発の恒星反応弾を相手にあれだけ戦えるとは思ってもいなかった。やつらのがんばりを無駄にはできん」

声に出してつぶやいたあとでウィンザー中佐は思った。

——わたしは、自分の中にある不安を認めたくなくて、自分で自分に言い聞かせているのだろうか？　いや、そうではない。不安なのは誰も同じだ。誰もが不安を抱いている。もし、ピケット艦が底をついたら……もし、思考ブーストの負荷で操艦オペレーターが倒れたら……もし、追撃に失敗したら……。それは現実だ、そこから目をそらすことはできない。しかしその不安は一人で抱えこむようなものではない。誰もそんなことを要求していない。たがいに不安を認め、それを分かち合うことができれば、人は立ち向かえるのだ。

木星軌道上に展開した地球連邦宇宙軍の将兵は、全力をつくした。襲来した恒星反応弾は実に二十四波に及び、大量生産したピケット艦のほとんどを使いつくし、残数は百隻たらずにまでなっていた。だが問題は、それをコントロールする操艦オペレターの数だった。思考速度と反応速度を上げるブースト処置を受けたオペレーターのほとんどが限界を超えており、失神したり、一時的な錯乱に陥るものが続出していた。それでもなお、超人的な精神力でオペレーションに留まろうとするものもいたが、反応速度が落ちており、意志の力はあってももはや操艦は不可能に陥っていた。

そして、ついに最後の時が来た。

『残存推定艦数百八。第二十五波の総数も百八発です！』

モニターオペレーターの報告には続きがあった。

『後続する恒星反応弾のデータは検知できません。冥王星防衛ラインからも情報は入っておりません。この集団が最後です！』

地球連邦宇宙軍の司令長官であるラーケッテン元帥が、戦術支援ＡＩに対し、自らに思考ブースト処置を施すように指示を出したあとで、乗組員に総員退艦を命じたことを知ったウィンザー中佐も、副官に告げた。

「さて、ではきみも乗組員を連れて退艦してもらおうか」

副官は目を見開いた。

「艦長！　それはできません！」

「言っただろう？　地球連邦宇宙軍には世代交代が必要だと」

「それは一般論です！　中佐のことではありません！」

ウィンザー中佐は小さく首を振った。

「いや、わたしのことだ。幸い、わたしは独り者で、妻も子供もいない。両親はすでにこの世を去り、思い残すことは何もない。この仕事はわたしがするべきだ。さあ時間がない、乗組員と共に脱出艇に移乗しろ」

副長はしばらく黙ったままウィンザー中佐の顔を見つめていたが、やがて、ぽつりと言った。

「あなたは、どうして……そこまでして……英雄を続けるのですか？」

「英雄を続ける？　英雄であったことなどないが？」

「十五年前、あなたは英雄でした……わたしは地球連邦統合政府の職員だった両親と共に、ブルー・シティで暮らしていました。あの時あなたが、あの〈神軍〉の潜水艦を撃破してくれなければ、わたしはここにいません。わたしにとってあなたは英雄です。あのとき、わたしは十七歳でした、あなたの名前は、わたしの魂に刻まれました。わたしが宇宙軍を志願したのは、あなたのもとで働くことを夢見たからです！」

ウィンザー中佐は副長を見つめた。

「……そうか、それは知らなかった。だが、きみはひとつ勘違いしている。わたしは英雄になろうとか、英雄を続けようとか思ったことはいちどもない。わたしは自分のなすべきことをなし、逃げなかった。それだけのことだ……ごく当たり前の、特別なことでもなんでもない……」

「いえ、違います、艦長。その、当たり前のことを、当たり前にできる人間のことを、英雄と呼ぶのです！」

ウィンザー中佐はうなずいた。

「そうか……そうかもしれんな。さあ時間がない、行くんだ。きみは生きて、この戦いの意義を後世に伝えてくれ。わたしも、冥王星防衛ラインで死んでいった召集兵たちも、逃げなかった。それだけを伝えてくれ。地球人類が救われれば、この戦いは忘れ去られていくだろう。逃げることが許されない職務を背負った人々がその職務を果たしたことを、逃げなかったあいつらは愚かだと嘲笑する者たちが出てくるだろう。われわれは、そうやって嘲笑する人々が生まれてくる日のために、逃げなかったのだ。そのことを語り継いでくれ」

副官は無言だった。無言のまま敬礼し、そしてくるりと踵《きびす》を返し、ブリッジから出ていった。その肩が小さく震えているのを見て、中佐は大きく息を吐いた。

救命艇が離れるのを確認したウィンザー中佐は、通信端末を操作して、音声回路を最後のピケット艦艦隊を率いる旗艦である戦艦ウォースパイトに繋いだ。

「こちら駆逐艦ゾンダー、おともします！」

音声モニターから、宇宙軍の第一期生たちの声が聞こえてきた。

『こちら重巡航艦アルハゲリンスク、ともにまいります』

『こちら重雷装軽巡航艦キタカミ、後方にあり！』

――考えることはみな同じか……老兵ばかり集まりやがって……。

同期生の顔を思い浮かべながら、中佐は思った。

――こんなシチュエーションを、どこかで読んだような気がする。なんだっけな？　確かSF小説で、古いロケット乗りが、自分の命を犠牲にして、乗客を助ける話……ハインラインだったっけかな。

そして中佐は、小さく笑った。

――ハイスクールの生徒だったころ読んだ小説と、同じことがおれの身の上に降りかかってくるとは思ってもいなかった。

『第二十五波接近中！　総数百八発！　ピケット艦は前進を開始してください！』

戦術支援AIの思念が送りこまれてくるのと同時に、駆逐艦ゾンダーは加速を開始した。

思考ブーストがかかり、知覚反応速度が引き上げられたウィンザー中佐の意識の中に、感応端末の向こうで誰かがつぶやいている詩が聞こえた。

わが生をうけし地球に
いまひとたび立たせたまえ
わが目をして、青空に浮く雲に
涼しき地球の緑の丘に、安らわせたまえ*

それが誰なのか、中佐にはわからなかった。だが、彼が、自分と同じものを読み、自分と同じことを考えていることは、わかった。

中佐は、それだけで満足だった。

＊　ロバート・A・ハインライン「地球の緑の丘」より
矢野徹訳

遅れてきたノア

雨が降り続けていた。時刻は正午近いというのに、視界は夜のような暗闇に閉ざされ、激しい雨だけが降り続いている。太陽はあの日から見えていない。

雨がたたくのは大地ではない、一面に広がる分厚い泥の海だ。北関東のこのあたりは、あの日まで稲刈りの終わった田んぼが広がっていたはずだ。だが今、目の前にあるのは、稲田《いなだ》の痕跡すらない。かつて緑色の広葉樹で覆われていた里山には、焼け残った短い木の幹が暴風で斜めにかしいだまま、黒い墓標のように立ち並んでいる。

環境作業用の強化スーツを着た平泉乃愛《ひらいずみのあ》は、空と同じ暗澹《あんたん》たる気持ちで周囲の風景を見渡し、そして足もとを見た。スーツのライトに丸く照らされて、関東ローム層特有の茶色い泥の土が、雨に流されていくのが見える。

その泥の中に、何かが見えた。しゃがみこみ、スーツのマニピュレーターで器用に泥をかき分ける。子供の時にマインドリセットされた乃愛の世代は、環境作業用強化スーツを自分の肉体の延長のような感覚で使いこなす。

カエルだった。泥の中で死んでいる。

半年前のあの日。太陽が燃えた日。

恒星反応弾が撃ちこまれた時、日本は夜中だった。爆発の光が地球まで届いた時、最初に焼かれたのはアメリカ大陸だった。地球が自転するに連れて太陽の位置は西へ、西へと進む。太平洋の海水を沸騰《ふっとう》させながら、太陽は日本へ近づいた。

そして夜明けと共に、死が訪れた。

稲刈りの終わった田んぼはたちまち燃え上がり、そこに太平洋を駆け抜けてきた暴風が押し寄せた。家は潰れ、山は焼けた。このカエルは、その時にはまだ生きていたのだろう。そして生の可能性を求めて土の中に潜った。

そして死んだ。土の中で光と風は避けられても、熱が届いたのだ。カエルは土の中で蒸し焼きにされたのだ。

乃愛は小さくため息をつくと、顔を上げて、一面に広がる泥の海を見つめた。

「……幾時代かがありまして

茶色い戦争ありました……」

乃愛の口から、思わず言葉が漏れた。それは、学生時代に読んだ中原中也の『サーカス』だった。

「……幾時代かがありまして
冬は疾風《しっぷう》吹きました……」

乃愛のつぶやきを聞きつけたのだろう。若い男の声が応えた。

『疾風だと？　日本地区に大気擾乱《じょうらん》警報は出てないぞ、乃愛』

「……今のは詩だよ、アル」

アルは、最近、あちこちで見かけるようになった〝トビー〟という愛称を持つ蜘蛛型のドローンだ。太陽表面爆発の被害を最小限にくいとめた長城《ロングウォール》の戦いで活躍したのと同型ドローンである。多脚ならえに、ワイヤー移動も使いこなし、無重力も含めあらゆる環境に適応できる汎用性を持つ。荒れ果てた地上で活動する回収チームの心強い相棒である。脚を広げた歩行モードだと、光学センサーがある頭が乃愛の肩ぐらいのところに来る。

『なぜ詩なんか口にするんだ？』

「そういう気分だったの……」

相棒ではあるが、コンビを組んで間《ま》がないので、たがいの機微《きび》を感じ取れるほどではない。

『気分か。で、そのカエルの死骸はどうする？　回収するのか？』

「しないよ」

『なら、先を急ごう。調査スケジュールが大幅に遅れている。今回調査する〈聖域〉は、本来ならば二カ月前に調査するはずだったものだ』

「わかってるって」

乃愛は不満そうに答えた。

――やることが多すぎて、追いつかないんだもの、仕方ないじゃない。そもそもベテランの調査員の基準でスケジュールを立てるのが間違いよ！　こっちはド新人もド新人。生物学かじってただけの学生なんだから！

その言葉は、胸の奥にしまって言葉には出さない。何を言っても言いわけになるからだ。

乃愛はカエルの体を地面に置いた。降り続く雨で流れる茶色の泥が、カエルの体を隠す。

ずっと陽が差さないのに、外気温が高い。

原因は、海だ。太陽表面爆発によって熱せられた海は、今も表面温度は熱湯に近い。さらに、そこから補充される水蒸気が雲を作り続けて空を蔽《おお》い、宇宙に放射される熱の出口を塞《ふさ》いでいる。

一緒に空気の汚染も調べる。埃や微粒子は基準値より上で濾過フィルターが必要。酸素濃度は限界ギリギリで、二酸化炭素や一酸化炭素などの濃度は基準値を上まわり、レッドゾーンだ。すぐ死ぬことはないが、人が生活できる環境ではない。今の地上は、環境作業用強化スーツなしではろくに出歩けない場所となってしまった。

ぬかるみを、スーツのモーター音を響かせて乃愛は歩く。屋外活動を始めた最初のうちは足を滑らせて転ぶことが多かった。今は、乃愛とスーツの両方がぬかるみの歩きかたを学び、安定して移動する。こうしたことも、若い世代のほうが得意だ。年配の同僚にコツを聞かれた乃愛は、「自分がロボットになった気分で歩くといい」と答えて笑われた。冗談だと思われたのだ。

——冗談じゃないんだけどな。

乃愛は足を上げ、踏み下ろす。スーツの足の裏にあるセンサーが地面の状態を探り、乃愛の体重移動の癖から滑りそうか否かを判断し、足の裏からノコギリのようなスパイクを突出させて摩擦力を確保するのと同時に、フローターコイルを作動させ、スーツ全体の重量を軽量化させて転倒を防ぐ。

フローターコイルによって浮揚したまま地表を移動することができる機体も存在するが、完全な浮揚状態を維持できる大型のフローターコイルを高回転させるには大型のモーターやエンジンを必要とし、最小限の大きさでも軽自動車ほどの大きさになってしまう。乃愛の任務のようなきめ細かいフィールドワークには、地表を歩行する環境作業用強化スーツのほうが向いている。

環境作業用強化スーツを装着した人間は、立って歩く必要はない。中央部にあるシートにすわって足を動かすと、その動きをトレースしてスーツの足が動くシステムになっている。車椅子の車輪の代わりに足が付いていると考えればわかりやすいだろう。機体の重心を下げるのと、歩行の安定性を確保するために、常に中腰で歩いているように見える。その姿勢が、老人が歩く時の姿勢に似ているということで、欧米では〃お婆さん《グランマ》スーツ〃と呼ぶ者もいるらしい。

スーツのシートにすわった乃愛は、フィードバックされてくるスーツの足の動きを感じつつ、周囲を見まわした。

斜面の状態、雨の降りかた、風の強さなどを五感ではなくスーツのセンサー越しに受け取る。この〃センサー越しに受け取る〃というのが大事で、そこが〃ロボットになった気分〃である。

それに〃ロボットになった気分〃は、周囲に広がる風景への過度の感情移入を防ぐ効果がある。地上がこうなっているのを見続けて、士気が下がらない人間はいない。

目の前に広がる一面の茶褐色の泥の海を見つめて、乃愛は小声でつぶやいた。

「これでも、最初に直撃を受けたアメリカ大陸よりは、マシなんだろうけど……」

乃愛のつぶやきを聞いたアルが答える。

『南北アメリカ大陸は、地下シェルターにも被害が出た。地震によって一千万人収容の大地下シェルターが三カ所崩壊し、七百万人が死亡した。残った人々は、ほかのシェルターに移住できたが、人口が過密になったシェルターでは治安が急激に悪化している』

「地上がこんなだものね。いつ外に出られるかわかんないのに、生活が苦しくなったら、そりゃ暴れる人も出るよ」

『よくわからない。カロリーも栄養もバランスが取れた食事が無料で支給される。地下なので寒暖の差もなく、衣類はたいして必要としないし、無料配布されるもので生活できる。公共通信ネットワークは充分な容量を持ち、勉強、娯楽、コミュニケーションに不足を感じることはない。その生活が苦しい、不満だと思うのはなぜなんだ？』

「そりゃあね、アルみたいに欲望がないなら、不満もないよね」

『いや、わたしにも欲望はあるし、むろん、不満もある』

「えっ」

乃愛は驚いて踏み出した側の足をとめた。もう片方の足だけで立つのと同時にバランスが崩れてスーツが傾く。立っていた片足がずるっと滑り始めると、バランスセンサーと保安回路が同時に働き、乃愛の足の動きをトレースしていた片足のトレースがはずれて、スーツは自律行動を始めた。だが、滑り始めた片足はとまらない。転倒を防ぐためにフローターコイルが緊急回転し始めるのと、アルがワイヤーを伸ばしてスーツを引っ張り上げるのはほぼ同時だった。

『気をつけてくれ、乃愛。このあたりは一度、水に浸《つ》かってるんだ。泥にはまると、スーツといえども ひと苦労だぞ』

アルの言葉どおり、太陽表面爆発で海水が温められて膨張したことや、南極をはじめとするほぼありとあらゆる氷河が溶けて消えたことで、日本列島全体が一時的に縄文海進《じょうもんかいしん》もかくやというほどの海岸線の内陸への前進が起こった。

房総半島は島となり、関東平野は海に沈んだ。今は再び海岸線が後退し始めているが、それでも利根川流域をはじめ、かつて東京都であった場所の多くが海の底にある。

緊急回路が作動したフローターコイルの回転がおさまり、スーツに戻ってきた重さを手足の先に感じながら、乃愛は聞いた。

「それよりアル。あんた、欲望があったの？　ご飯とか食べたいの？」

『食欲は存在しない。わたしにあるのは、勤労意欲だ。仕事で成果をあげることで、わたしは自分が存在する価値を確認する。それがわたしの欲望となる』

「はー。ご立派なことだけど、そこはかとなく……なんてったっけかな……そうだ、社畜だ。社畜っぽいよ、アル」

『社畜？』

その単語は、アルの個別データベースには登録されていなかった。アルのなかにあるドローンの意識は、即座に通信回線を通して言葉を検索した。地球の総合データベースの検索の結果、〝社畜〟とはマインドリセット以前の日本社会で使われていた単語であることが判明したが、データベースには複数の矛盾する使われかたが登録されており、乃愛がどういう意味で使用したのかまでは確定できなかった。

『わたしのどこが、その社畜だと思ったんだ？』

「アルはドローンだから、お給料もらってないでしょ。給料がないのに仕事にやり甲斐を感じて仕事したがるのは、社畜」

『よくわからない。経済的な報酬が提示されていないとダメなのか？　そもそも、今は経済活動が大幅に制限されている。わたしがそれを要求することは無意味だ』

「うーん。そう言われると……わたしが子供のころに使われてた言葉だから、よくわかんないんだよね。まあ、ニュアンス？」

乃愛の答えを聞いたアルは、対人インターフェース回路の中に登録されている、意思疎通表現のひとつ〝ため息〟を選択したあとで、言葉を続けた。

『……まったく、きみがそんなだから、わたしの不満が解消されないのだ。わたしの仕事の成果には、きみのことも含まれている。パーソナルドローンとしてわたしは乃愛の安全を守り、回収員としての成長を促すことを己の職務と心得ている。そのために全力をつくすことがわたしの達成すべき目標なのだ』

「そうストレートにくると……ありがとう？」

根が単純な乃愛は、自分のためにそこまでしてくれるドローンに、素直に感動してしまう。が、すぐに眉根を寄せた。

「ん？　てことは、不満があるっていうのは……」

『きみの仕事ぶりだ。まったくもって誉められたものではない。飽きっぽいし、注意力が散漫で、段取りが悪く、仕事の進めかたが遅い。わたしは大いに不満だ』

「やかましい」

乃愛は、ペチン、とドローンのボディを軽くはたいた。

腹は立ったが、しゃべっているあいだに、憂鬱だった気分が少し晴れた。

もとは中小河川の堤防だったらしい泥の斜面を登りきったとき、アルが言った。

『そろそろ次の〈聖域〉だぞ』

「うん。今度は、何か残っているといいけど」

乃愛たち調査回収員の仕事は、地上で生き残った生物を保護することだ。

太陽表面爆発により、地上の生物は大半が死滅した。陽光に焼かれ、放射線を浴び、熱湯になった海で茹《ゆ》でられ、植物も動物も魚も昆虫もプランクトンも微生物も大量絶滅をまぬがれなかった。

太陽の表面爆発は、〝解熱剤〟の作用により短時間で収まったが、大量絶滅は今も続いている。分厚い雲で陽光は遮られ、大気の擾乱はおさまる気配もない。わずかに生き残った生物が数を増やして空いたニッチを埋めるどころではない。

このまま放置を続けていては、生き残った幸運な種も、消えるに任せることとなる。複雑に絡み合った生態系のバランスが崩れた先に待つものは、単純化だ。捕食関係にある片方、捕らえて食う側が滅びれば、食われる側は異常繁殖し、地表を埋めつくして自滅する。食われる側が滅びれば、食うほうは餓死する。

種の多様性を失い、単純化した生態系は、脆弱だ。少しでも多くの種を残し、地球の復興へつなげる。そのための準備が、スペースコロニー〈箱船〉だった。

「〈箱船〉の建設の時に、東北のほうの貴重な原生林が、がっつり土壌ごと宇宙に持ってかれた映像を見た時には、わたし、仰天したんだよね。地面に大穴が開いて、無残なありさまでさ。ここまでやって、何もなかったらどうするんだと。原生林保護のため何十年も運動してた名誉教授の先生、あれで魂抜けたようになって、そのあとすぐに亡くなっちゃってさ」

『結果としてはよかった』

「よかった……のかなぁ？」

『〈箱船〉に入りきらなかった種は数多い。植物、昆虫、細菌は特に顕著だ。植物は種子だけ、細菌はサンプルだけでも保存がきくが、生態系をまるごと、ある程度維持して残せたのは幸運だ』

「そりゃ、こうなっちゃうよりは……マシだろうけどさ」

納得がいかない、という顔で乃愛はあたりを見まわす。百日以上続く雨と夜。

最初の一日で焼けていないとしても、この雨と夜で原生林は枯れ果ててしまうだろう。

――だからよかった？　よかったの？　本当に？　これって、そんなに簡単に割りきっていいものなの？

乃愛は割りきれない。割りきりたくない。

亡くなった老教授が生涯をかけて愛した原生林は〈箱船〉に乗ったものをのぞいて失われた。それは事実だ。しかし、乃愛は老教授の呆《ほう》けた顔を見ている。緊急措置として強権を発動する連邦政府に憤りも覚えた。未消化なままの割りきれない気持ちは、何か別の形で行動することを乃愛に求めた。だから乃愛は、研究室の先輩からの紹介で回収員として働くことになった。

乃愛の座標データの表示によると、〈聖域〉への入り口は、目と鼻の先にあるはずだった。乃愛がアクティブセンサーを作動させると、目の前の泥の山の中から反応があった。登録されているデータと見比べたあとで、乃愛は安堵したように小さくホッと息をついてうなずいた。

「入り口は大丈夫……うん、水に浸かってない」

乃愛と同じようにデータベースを調べていたアルが答えた。

『ここに〈聖域〉を作ったのは、地元の不動産業者と建設業者の団体だ。地形をきちんと理解していたようだな』

〈聖域〉とは、簡易版のシェルターの総称だ。

住民を退避させるのが目的ではなく、その地域の生物相をまるごと保全するためのもので、土や草や樹木を入れ、そこに生きている昆虫や小動物を入れる。地表の生物を少しでも残すため、シェルターと並んで世界じゅうで建設が計画された。

しかし、直前になって長城建設が決定され、資材や労力を、そちらに振り向けることになったため、ほとんどの聖域建設計画は中断された。だが、土地の選定と基礎計画は終わっていたので、地方自治体が主体となって、宇宙に進出しないレベルの地元企業を中心としたプロジェクトを組み、いくつかが建設された。

乃愛とアルがめざしていた目標も、そのひとつだ。

長期間の生存を図るため、大気や水を循環濾過する仕掛けは組み入れてあるが、完全なものではない。アロイスとケイローンが銀河文明評議会に働きかけて地球に運びこんだ先進技術の機材は、すべて人間用のシェルターとコロニーに使われ、各地の〈聖域〉で使用されたのは、すべて地球文明がこの十五年、完全環境都市《アーコロジー》で培《つちか》った地球の独自技術だった。

〈聖域〉の入り口の前に立った乃愛は、三重になっている遮蔽シャッターが跡形もなく破壊され、崩れた土砂で塞がっているのを見て、ため息をついた。

「うーん……外殻が無事でも、この状態だと、中が無事とはかぎらないか……」

太陽表面爆発で地上の氷や海の水が大量に蒸発して地殻にかかる重量バランスが崩れた

ため、世界各地で地震が頻発している。そこに、上空で雲になった水が長雨となって降り続き、洪水や土砂崩れを起こしている。

複合光学センサーで作られた目をくりくりとまわして、その入り口の惨状を確認していたアルが答えた。

『まだわからない。設計図によればホールはこの奥だ。シャッターが破壊されていても、内部には土砂が到達していないかもしれない』

「そうだね。よし、アル。やって」

『了解』

アルは短く答えると、脚を広げ、先端に格納されているスパイクを地面に打ちこんで機体を地面に固定し、丸いボディの背中の部分のハッチを開くと、内部に組みこまれた工事用のアームを伸ばした。

アームの先についている大きな手のようなアタッチメントが、土砂を押しのけ、掻き出し、腕の先から投射されたアークビームが崩れそうな壁面の岩のあいだを焼いて固め、塞がれた通路を切り開いていく。

「アルって芸達者だよね」

『このボディの基本作業手順は、長城建設で培われたものだ。あっちの仕事はたいへんだったからな』

「あ、ちょっと待って。泥の中に何かがある——」

乃愛はそう言うと、アルが掻き出した泥に駆け寄ってマニピュレーターで泥の中に見えたものを掻き分けた。

それはザリガニの死骸だった。泥の中には巻き貝の死骸もあった。

「カワニナだ……この泥、どっかの川底から入ってきたのかな？」

『標高的には、この〈聖域〉が建設された場所は、近くの川よりもかなり高いはずだ。なぜ、川の中の生物の死骸がここにあるのか理由はわからない。記録しておいて、あとで報告書を提出しよう』

アルはひび割れた通路の壁を焼いて固めたブロックで補強し、染み出す地下水のための排水溝を掘り、道を広げていく。大雑把な補修だが〈聖域〉の中を確認し、必要なら中の生物を運び出す数日間だけもてばいいと割りきっている。そのあとなら、別の場所から染み出した地下水が土砂を流し、再び通路を埋めてしまってもかまわない。だが、結局その日は通路の一部を開いただけで終わった。開口部に衝撃波の直撃をくらっても内部に直進させないために、通路はジグザグに屈曲しており、思ったよりも距離が長い。

丘の上の泥水が浸入しないように、入り口に仮設シートを設置して帰路についたアルは、帰り道で乃愛に提案した。

『通路を開くため、工事用ドローンの増援申請を行なおう。わたしだけでは何日かかるかわからない』

「でも。工事用ドローンって、シェルターの拡張や、都市化改造で、どこも引く手あまたじゃない。予約が何万時間分も埋まってるって聞いたよ。外の〈聖域〉を掘り出すのに使わせてもらえるのかな？」

『心得違いをしてはいけない、乃愛。そこを判断するのはきみの仕事じゃない。きみの仕事は〈聖域〉をまわり、状態を確認し、必要があればそこから生物を回収することだ。ほかの仕事と比較してドローンの優先順位を決めるのは、また別の人の仕事だ』

アルの言葉に最初はむっとした顔をした乃愛だったが、最後まで聞いたあとは、少し納得したようだった。

「そっか……なるほど。そう考えていいわけね」

『乃愛、きみは他人の仕事の分まで気にしすぎる』

「そうなのかなぁ……」

乃愛とアルは、シェルターの入り口に到着した。山の中腹に作られた頑丈な扉の上に〈武蔵シェルター　西五〉と書いてあった。

出入り口の周辺には、慣性吸収装置を組みこんだ気流安定装置のスクリーンが展帳されている。どんな巨大台風並の強風が吹きつけても、このスクリーンを通過するさいに運動エネルギーを吸収されてしまうため、このスクリーンの中は、ほぼ無風だ。この先進テクノロジーのおかげで、軌道エレベーターを動かすことができる。

スクリーンの先にあるシェルターのメインハッチは開いたままで、中と外をドローンが大勢行き来している。その合間を縫うように、環境作業用強化スーツを着た人の姿もちらほらと見える。

「お、乃愛じゃーん」

ピンク色のスーツを着た乃愛の同僚の回収員が、跳ねるようにして近づいてきた。

環境作業用強化スーツは、パワードスーツでもある。荒れ地で泥に埋まったりした時に自力で脱出できるよう、力には余裕がある。

「あ、浩美《ひろみ》。やっほーい」

乃愛と浩美は、ぴょん、と一メートルくらいジャンプして空中でタッチした。

二人はシェルターに並んで入る。扉の脇にあるパネルにスーツの手のひらをかざすと、ピッという音がして。それでチェックは終了だ。

シェルターの中と外には気圧差があるため、外から戻ってきた回収員は、待機室で待機し、身体を徐々に気圧差に順応させる。乃愛と浩美はおしゃべりで、その待機時間を潰した。

「浩美の受け持ちのほう、今日はどうだった？」

「ダメだった。乃愛は？」

「こっちも。通路が埋まってて、土砂を取り除く途中で帰ってきた。これから工事用のドローン申請書を書くところ」

「お疲れー。そうだ、終わったらチケットでおいしいもの食べにいこうよ」

「浩美、使いすぎだよ」

「いいじゃない。外できっつい仕事してるんだからさ。新しいアロイスふうピザのお店もオープンしたし」

「え、本当に？　好きだったんだよね、あれ」

「よし、食べにいこう」

シェルター内での経済活動は、大幅に制限されている。シェルターは避難場所であり、生活基盤ができあがっていないという理由でだ。衣食住、生活に必要なものは、すべて支給される。乃愛は回収員としての給料をもらっているが、こちらは使い道がなく口座にひたすら金が積み上がっていくだけだ。

だが、それだけでは社会生活に問題が生じるようになってきている。いくら生きていけるとしても、先の見えない状況で何もすることがない、というのは人の心を腐らせてしまう。そこで、各種の労働には、合わせてチケットが配られ、これで追加のサービスが得られる仕組みが暫定的に始まっている。これらのチケットは給料とは別扱いで、チケットの報酬は拘束時間によってのみ与えられ、働く内容にまでは踏みこまない。たとえば病気や怪我をした人の世話をしているのなら、それが家族であっても与えられる。子供の場合には、勉強するだけでもチケットになる。今ではシェルター内のほぼ全員が、毎日チケットのポイントを稼いでいる。

ただし、そのチケットで得られるサービスは今のところ限定的だ。乃愛は追加で入浴する時にチケットを使うくらいで、使い道のないポイントが貯まっている。

アルに手伝ってもらって作った報告書と申請書を管理局に送信した乃愛は、私服に着替えてから、浩美と合流した。

シェルター間を接続している地下鉄に乗って駅を二つ過ぎ、三つ目の駅がある武蔵シェルターの西三号区画に到着した二人が地下鉄を降りると、駅の中に、ゴウンゴウンという腹の底に響くような低い音が聞こえてきた。

「おー、拡張工事。こんなところまできてるよ」

駅のホームのはずれに猫を抱いた女の子が立っており、その向こうに工事用ドローンが、作業員と組んでシェルターの拡張工事を行なっていた。低い音は工事用ドローンが岩盤を溶融して空間を広げる時のプラントの駆動音だった。

ちょこまかと脚と腕を動かして動きまわるドローンを見て、浩美が言った。

「いよいよ地下都市化だね」

「しばらくは地上で生活できそうにないものね」

浩美が自分の端末を開く。

「わたしが見てまわってる〈聖域〉にも限界っぽいのがあるから、中の収容物をなるべく早く回収したいんだよね。自然公園区画が拡張されるなら、申請してみようか」

「へえ、真面目に仕事してるじゃん」

「まあねー。あ、でもこれって仕事になるのか。よし、勤務時間にやろう」

ぱたん、と浩美が端末を閉じる。浩美は勤務時間外に仕事はしない。

こうした割りきりは、乃愛にはないので少しうらやましい。

武蔵シェルター西三号区画は、もとは物資備蓄のための倉庫だった。そこを改造して各種サービスを提供する商業区画が作られており、最優先されているのが、娯楽とスポーツの施設だった。

「人生には楽しみが必要だって。乃愛も楽しもうよ」

「うーん。どうもねー」

「顔がくらーい。だめだめ、そんなんじゃ。ほらほら、笑顔、笑顔」

「やーめーてー。ほっぺた揉まないでー」

「いやー、柔らかいねー。いいねいいねー」

浩美とじゃれ合いながら、乃愛は整備が進む商業区画を歩く。

目的のアロイスふうピザが食べられる店はすぐに見つかった。そこは、店というよりは、屋台のような簡単な作りの路上販売の店だった。

シェルター内は雨風をしのぐ必要がないので、屋台でも問題ない。行列ができていたので、並んでしばらく待つ。チケットと交換してピザを手に入れ、露天に並べられた椅子にすわる。乃愛は細長い三角形に切ったピザをつまんで持ち上げ、にゅーっと糸をひくチーズに横から嚙みついた。むぐむぐと口を動かし、そしてぱっと顔を輝かせる。

「わ、本当にアロイスふうだ。本格的だ」

「でしょ」

浩美が得意げな顔になる。

アロイスふうのピザの特徴はチーズにある。アロイスのチーズは牛ではなく、地球の山羊に似た動物からとれる乳で作る。アロイスが母星を失った時、コロニーと共に脱出した数少ない家畜だ。アロイスにとって失われた故郷の味で、記念の日や祝いの席では必ずこのチーズを使った料理が出てくる。

「このチーズ、ケイローンやアロイスが送りこんできた脱出船に、山ほど救援物資を積んできた中にあったんだって。全部で一万トンくらいあったらしいよ？」

「チーズが？　一万トン？」

驚く乃愛を見て、浩美は自慢げに言葉を続けた。

「受け取ったのはいいけど、配布する時間も手間もないし、とりあえず近くのシェルターの倉庫に入れとけってんで東関東第二シェルターに積み上げてあったのを、この店の店長が見つけてさ。使わせてくれって申請して、この店をオープンしたんだって」

「臭い、きっつくて、癖があるから配給の食事に入れるには難しいからなぁ……むかし学校の給食で出てさー。あのころは臭いがダメで残したっけ」

「そうそう、わたしも昔は苦手だった。でもさ、大きくなると、味覚って変わるよね。子供の時にダメだったものが食べられるようになったりさ」

「わかる。変わる」

懐かしい記憶を掘り起こし、おしゃべりを楽しんだあと、これからデートだという浩美と別れて乃愛は地下鉄の駅に戻った。

工事現場は来た時と同じようにやかましく、そのようすを、猫を抱いた女の子が見ていた。

「……ん？」

何かが気にかかり、乃愛は駅のプラットホームに立ったまま、自分の記憶を探った。

——あの子、たしか、わたしたちがここに来たときも、あそこに立ってたよね？

乃愛が見ている前でプラットホームに下り列車がやってきて、乗客を降ろし、乗せて、走り去った。

猫を抱いた女の子は、誰かを出迎えるでもなく、そこに立ったままだ。

乃愛は猫を抱いた女の子に近づいた。乃愛に気がついた女の子が警戒するように猫をぎゅっと抱きしめると、猫がミャアと鳴いた。

乃愛は警戒させないように、腰を落として目線を合わせると、微笑みを作って話しかけた。

「えーと、わたし、平泉乃愛。あなたの名は？」

「しのぶ、です」

「この猫は？」

「ロッテ、です」

しのぶに名を呼ばれ、猫がニャアと鳴いた。

「しのぶちゃん、ずっとここにいたよね。誰か待ってるの？」

しのぶはぷるぷると首を振った。

――さて、どうしようかな。学校なんかもまだ始まっていないし。

シェルター内では、地下都市化に合わせて学校の開校準備も行なわれている。しかし、地上であったように、全員がひとつの校舎に集まって半日を過ごす、という形の学校ではない。普段の学習はそれぞれ自分の住む場所で個別学習を行ない、何かイベントがある時に集まる、という形になるはずだ。

乃愛はロッテをあやしながら、しのぶと会話をした。

しのぶのようすから、ある程度は予測していたが、子供同士の喧嘩、それも、子供たちによるいじめが発生しているようすがあった。

原因は、猫のロッテだ。

「ロッテの耳を引っ張ったり、ヒゲを抜こうとしたりするから、やめて、って言ったの。そうしたら、猫なんか連れてきて生意気だって……」

ペット問題は、シェルター建設において最初に議論になったことのひとつだ。シェルターへの疎開において、各自が持ちこめる品はギリギリまで減らされている。ペットも、事前に届け出がないものはすべて禁止。また届け出があった場合も、厳しいチェックがなされた。大気や水の循環系システムに負荷をかけるようなペットは容赦なく禁止された。この武蔵シェルターでは熱帯魚は禁止、コイやナマズなどの淡水魚は公園区画の池に放されて、あとは放置となっている。

そして繁殖禁止は、どのシェルターでも適応される原則だ。犬猫も不妊処置されたものしか許可がおりない。ロッテも不妊処置がされている。しのぶに意地悪をしている子は、飼っていた犬が不妊処置されていなかったせいで、地上に残された。どうなったかは想像するにあまりある。子供にとっては、素直に受け入れがたい現実であろう。

――どうしよう、かなぁ。

乃愛は悩んだ。しのぶの話を聞くかぎり、この問題は乃愛にどうこうできるものではなさそうだ。しかも、しのぶの話が全部正しくても、相手の子たちには、また別の意見があるはずだ。

――そもそも、人間の集団を狭いところに押しこめ、ストレスをかけておけばいじめのような行動が一定の確率で発生するのは、当然のことだものね。それが学校か職場かシェルターか、って違いだけ。えーと、講義の内容はなんだっけか。善悪とか倫理の問題と考えるな、可能なかぎり心の内側には踏みこまないで、原因ではなく言葉と行動を解決せよ、だっけ。

大学で教員資格を取るために受けた講義の内容を思い出す。親やカウンセラーを巻きこんで本格的に対応しようとすれば、解決に時間がかかるし、乃愛にそこまでする義理も余裕もない。乃愛の回収員の仕事だって、ストレスたまりまくりなのだ。

かといって、このまま言葉だけの励ましをして立ち去るのはイヤだった。

乃愛は端末を取り出した。

「しのぶちゃん。ロッテに隠れ家を作ってあげよう」

「え？」

「ロッテが蹴られたりしてケガしたらかわいそうだからね。ロッテの隠れ家を作って、普段はそこにロッテを入れておこうよ」

「でも……どこに？」

「しのぶちゃん、最初に来た時にカプセル個室もらったでしょ？」

「うん。でももうお引っ越ししたよ？」

シェルターに人々が収容された当初、ストレスの問題を深刻化させないため、プライバシーを確保できるカプセル個室にひとりひとりが入り、そこで睡眠や休養が取れるようになっていた。その後、シェルター内の整備が進んだことで、子連れ家族には2DKの、独身者には六畳一間ほどの部屋が与えられ、カプセル個室はほとんどが空室となっている。これは、いざという時には、新しく疎開してきた人の収容施設として利用するためだ。日本ではまだ問題になっていないが、世界各地で地震などによりシェルターが破損し、避難した人が他のシェルターに移り住む事例が発生している。避難した人はまず空室となっているカプセル個室へ移り住み、シェルターの居住区画の拡充が終わるまで、そこで暮らす仕組みとなっている。

「腕輪、出して。お姉さんがロックはずしてあげるから」

しのぶの腕には、端末リングが巻いてある。そこに乃愛は自分の端末をかざす。乃愛の報酬チケットには余裕がある。乃愛は自分の端末で報酬チケットを使い、しのぶが使っていたカプセル個室の使用許可を得る。ひと呼吸ほどの時間のあとで、端末に認証表示が出たのを見て、乃愛はにっこり笑って見せた。

「はい、これでよし。とりあえず三カ月分とっておいたから。お姉さんの通信先も登録しておいたよ。何かあったら連絡して」

「うん。……えと、ありがとう」

「いいのいいの。お姉さんも猫好きだし。猫には隠れ家が必要だよ。散歩とか、ここじゃ自由にできないしね」

「うん」

もちろん、乃愛の本音は違う。乃愛の目的は、猫の隠れ家にかこつけ、しのぶの隠れ家を用意することだ。他の子と物理的に距離を置き、時間を置けば、こじれた人間関係も自然と修復する可能性がある。この手の問題に正面からぶつかってなんとかできるほど、乃愛は人として成長していない。

ここでしのぶとロッテを見捨てなかったのも、余裕のない自分の心に、罪悪感という重荷をのせないためであり、できるだけのことをしたという満足感を得るためだった。他人にどう思われようが、乃愛の中ではそうなっていた。

しのぶとロッテと一緒にカプセル個室のある区画に行って、ロックがはずれていることを確認してから、乃愛は自分の部屋に戻った。

乃愛の部屋は、とても他人に見せられる状態になかった。私物は少ないのに、なぜか乱雑になってしまう。

「まあいいか、今は部屋に入れるオトコがいるわけじゃないし」

まるで昔は部屋に入れる恋仲の相手がいたかのような口ぶりで、乃愛は寝具であるマットに身を投げた。可変反発マットは、乃愛の身体を強めの反発で受け止めたあと、すうっと身体を包みこむように形を変える。そのままマットに顔を埋めてつぶやいた。

「……あれでよかったのかなぁ。いらないことしたかなぁ」

そのままゴロゴロと寝具であるマットの上で転がりながら、端末をいじり、ぼんやりと配信されたニュースをながめた。

世の中は、惨憺《さんたん》たるありさまだった。

「まーた自殺者が増えてる……このニュース、やめやめ」

ポン、と別のニュースに切り替える。

モニターの中では、ニュースキャスターとテレビでよく見る解説委員が話をしていた。

『これだけの被害を出して、果たして太陽系の防衛は成功したといえるのか？　疑問に思うという意見は多くあります。解説委員のオルコットさん、どうでしょう？』

『成功失敗を問う前に、わたしは太陽系の防衛は終わっていない、と考えます。粛清者が、いつまた次の攻撃を仕掛けてくるかわからないのですから』

『ですが、恒星反応弾は無力化されたのでは？』

サブ画面に、太陽系防衛戦の情報が流れる。

恒星反応弾による太陽表面爆発は、発生から十六時間が経過した時にゲートから発射され、撃ちこまれた〝解熱剤〟により一日あまりで収束した。恒星反応弾の爆発によって太陽内に作り出され、地球防衛の〈アルテミスの日傘〉や転移ゲートに太陽ビーム砲を発射していた〝亜空間プリズム〟と呼ばれる特殊な物理現象も、〝解熱剤〟により分解して消えた。

『恒星反応弾は無力化されました。しかし、粛清者は人類系種族を滅ぼすことを諦めていません。モルダー星系の戦いからの流れをみるに、やがて次の手を打ってくるでしょう』

『次の手、ですか』

『ええ、たとえば、粛清者が得意とする次元断層を巨大化するという方法があります。この攻撃方法は、ゲートを使用不能にする時空震を引き起こす可能性があります』

「うげ！　ウソでしょ？」

下着姿になり、ストレッチで身体をほぐしながらニュースを聞いていた乃愛は、顔をしかめた。

今、地球に送られてくる支援補給物資のほとんどは、ゲートを使って届いたものだ。もし、ゲートが使えなくなり、今ある備蓄物資だけで戦うとなれば、地球は滅びる。

モニターの中のやり取りは続いていた。

『えー……シミュレートによると、星系内のゲートを完全に使用不能にするレベルの次元断層を作れば、粛清者も転移攻撃ができなくなる、とのことですが』

『はい。ですが、近隣の星まで転移し、そこから十年、二十年と時間をかけて、亜光速で遠征艦隊を送りこんでくることはできます』

『そのような作戦が……可能なのでしょうか？』

『今は不可能でしょう。何十年も本拠地を離れて作戦行動を取る艦艇は、粛清者側にもないと考えられます。そんなものが必要だった試しがないからです。ですが、彼らがこのアイディアを実行に移す気になれば、どれだけ時間と資源がかかろうが、必ず実現させます。われわれの敵は、そういう存在です』

「てい」

乃愛はストレッチしながら小さくかけ声をかけて足を伸ばし、足の指でニュースを切り替えた。

モニターの中に、禿頭でうす青い肌色を持つ筋肉質なケイローン人らしい男が映った。環境技術者らしいその男は、拳《こぶし》を握って力説している。

『わたしは、地球再生に、不安は何ひとつ存在しないと断言しよう。地球環境は再生する。わたしの計画に従えば、過去の地球よりも生産性の高い星になることは間違いない』

太陽表面爆発によって傷ついた地球環境の回復をどのように行なうかは、銀河連邦評議会から派遣された複数の環境技術チームが中心になって議論が進んでいる。

端末で再生されているニュースは、ケイローンが送りこんだチームが提案した地球再生計画案のひとつについて報じているようだった。期間は提案された計画案の中で最短の十年。短い理由は、ケイローンがシュリシュクで使用している人工惑星から土壌や生物相をまるごと移植するためだ。かかる費用は去年の時点での地球総生産で三千年分と天文学的な金額になるが、そのほとんどをケイローンが融資してくれる。

モニターに映ったケイローン人の言葉は続いていた。

『多様性は生態系の強靭さにつながるが、生産性は単純な生態系のほうが高くなる。新たに再生される地表は、人工惑星に近い単純な生態系を持つことになるだろう。海洋も地中海や日本海などを封鎖してバイオ藻の培養場で覆うことで、概算で五百億の人口を支える資源の生産が可能に――』

それ以上は、聞くにたえなかった。

乃愛は端末を摑み、壁にたたきつけた。回収員に支給された端末は頑丈なので、この程度のことで壊れたりはしないが、AIが乃愛の気分を察してスリープモードに入る。

ばふん、と乃愛はマットに顔を沈めて足をばたばたさせた。

それから顔をあげ、ずるずると床を這っていって投げた端末を拾い上げる。友人たちのグループにつないだ。

『聞いた、今の？』

『ごめん、なんの話？』

『アレか。ケイローンの地球再生計画案か』

『メシ食いながら聞いていたが、ひどかったぞ。あれで再生されるの、地球じゃないよな。シュリシュクの人工惑星のレプリカがひとつ増えるだけだ』

グループのメンバーの多くは、あの日が来るまで同じ大学に通っていた連中だ。大学が焼けて消えたあとも、こうしてネット上で集まって、ダラダラとおしゃべりをするのが息抜きになっている。

『どれどれ……うわあ、予想図の日本海が、まだらなピンクに染まってる。なんだ、赤潮か？』

『バイオ藻の培養場だそうだ。加工すれば各種の薬品が生産できて、輸出できる。地球再生にかかる金を、そうやって支払う計画だとさ』

『さらば越前ガニ。まあ、現時点で絶滅に近いんだが』

『海産物はなぁ……海表面は熱湯状態が長いから、近海のは諦めたほうがいい。生き残ってるのは、深海に逃げることができた連中だけだ。松葉ガニ、というかズワイガニなら、普段は深海で暮らしてるから、生存の可能性はある』

『せっかくウナギやマグロが海洋牧場での量産体制が整って、絶滅の心配なく、いつでも食えるようになったのに、海洋牧場全滅とか、許されざることであるよ』

『海はまだいいよ。深海に生き残りはそこそこいるみたいだし。淡水魚はマジでアカン』

『琵琶湖は復活したんだろ？』

『そら、雨が半年降り続いたせいだ。あの日に一回、干上がっとるわい』

『諏訪湖は表面にシールドをしていたので、ある程度は無事だったみたいだぞ』

『湖の生態系はまだ調査中だ。あのあとの長雨が祟《たた》ってる』

『シールドって、アラル海復活計画で使ってた技術だっけ？』

乃愛のグループでは、ケイローンの計画の評判は悪かった。しかし、現実的であることは、誰もが認めることだった。

『冗談じゃないわよ。わたしは、あんな計画のために泥にまみれて地上歩きまわってるんじゃないわ』

『ケイローンの計画はひどいものだが、あいつらに実績と実行力があるのは認めないとな。残念だが、今の地球人の環境技術なんざ、子供のままごとレベルだ』

『それによ、ケイローンにやらせたら、地球が再生されるまで金はあっちが持ってくれるんだろ。返済も百年単位で待ってくれるわけだし。嫌だから、気にくわないから、って蹴飛ばしても、ほかに有効な方法なんかないじゃないか。自分の有能さは、他人を助けることで示す。他人を貶《おとし》めても自分の有能さを示すことにはならない、ってのがケイローンの文化らしいけど、そういう種族が地球人の上級種族でいてくれることを感謝すべきだと思うぞ？』

『何につけても先立つものは金かぁ……地球にあるもので、なんか売れるものはないのか？』

『技術じゃ万年単位の遅れだしなぁ……銀河標準だと原始人だぞ、おれら』

『いや、万年単位というのは技術の基盤になっている科学理論のレベルで、そのレベルだと、上級種族でないとそもそも理解できない。ケイローンたちみたいな中堅種族とぼくたち途上種族とのあいだにある差は、生産設備など社会のインフラの差だ。まあそれも、百年単位で考えたほうがいいレベルだけどね』

『百年先の前に、まず目の前の金だ。SFだと、こういう時に何を売るんだ？』

『人間だな。星々を渡り歩く傭兵だったり、天翔《あまかけ》る十字軍だったり』

『そいつはもう売ることが確定してる。ほかにないか』

『クジラの歌を売るのってなかったっけ』

『あったあった。デイヴィッド・ブリンだったかな。ほかにもあるはず』

『恒星間貿易を扱ったSFだと、情報が売れるな。小説とか音楽とかの娯楽作品も』

『地球のは、けっこうほかの星で評価されてるって聞いたぞ。芸風が広いらしい』

『地球の娯楽作品の評価は高い。が、評価が高い作品が売れるかというと、そうじゃないのは、よその星でも地球のマーケットと一緒だ』

『そんな現実、知りとうなかった……』

作家志望のひとりが、天を仰いで慨嘆するイメージを流す横で、それまで黙って何かを調べていたひとりが、声をあげた。

『こいつを見てくれ』

『なになに……地球産果実が大人気？　皿に盛ってあるの、ミニトマトか？』

『どういうことだ？』

　市場動向を示すニュースの片隅にあったのは、シュリシュク星系で地球のミニトマトがブームを巻き起こしている、というものだった。先の粛清者との戦いでの地球の粘り強い戦いぶりはケイローンでも評判を呼び、地球ブームのようなものが起きている。しかし、基本的に己を頼むところの強い、文化的には保守的なケイローンでは、地球のファッションなどは浸透しにくい。そんななか、ケイローン人の料理にうまく合う食材として注目を集めたのが、ミニトマトだった。

『意外なものが売れてるな。トマトって、ケイローンのほうにはないのか？』

『似た作物はあるらしい。だけど、酸味が強くて調味料に混ぜて使うんだそうだ。ミニトマトは大きさといい、味わいといい、ケイローンの料理との相性が抜群だとさ』

『へー……けどよ、ケイローンの連中、どこでミニトマトを知ったんだ？』

『太陽系防衛戦で一緒に戦った時じゃないか』

『ああ、なるほど。こっちで何かの折りに食べて、ということか』

『それだけじゃないぞ。ほら、太陽系防衛戦の前に、疎開でシュリシュクに行った連中がいるだろう？　その中に、ミニトマトの種を持っていって、あっちで育てたヤツがいるらしい』

『あの疎開って、私物はトランクで一個だか二個だかだろ？　その中に、ミニトマトの種をわざわざ入れて旅立ったヤツがいるのか？』

『ミニトマトだけじゃないぞ。そいつ、トランクのほぼ全部、地球のいろんな野菜や穀物の種やら実やらでいっぱいにして旅立ったらしい。私物のトランクにほかに入ってたのは、種を包む布がわりに使ったパンツとかの下着だけだそうだ』

『本当にすげえ！』

『いやいや、すごくないって！　パンツぐらい、どこの星でも安く手に入るだろう！　なんでそこで、地球でしか手に入らない、伝統の染め物の手ぬぐいとかにしとかなかったんだよ！　パンツで野菜の種を包むという発想のほうがむしろありえない』

『ようするに、発想は人によって違うってことだ。その考えかたの違いが、価値を生み出す可能性につながる。やはり多様性こそが大事である証明だな』

『無理矢理にいい話にしようとしてるが、パンツで多様性を力説されてもなぁ……ところで、それって疫学的にはどうなん？』

『パンツぐらい、洗ってあるだろ』

『いい加減、パンツから離れろ。持ちこまれた野菜の種の件だ。外来種だろうってことだよ！』

『そこは問題ない。シュリシュクは、ケイローンだけでなく、いろんな種族が集まってる星だからな。きちんと区画で分けてある』

『でも、疎開者のパンツで包んで運んだ種で収穫した数だけで、ミニトマトがブームになるのか？』

『パンツだけとはかぎらないだろう。ブラに包んで持っていった種もあるかもしれん』

『言ってなかったが、この話の人、おっさんだからな？』

『おっさんだからって女性用の下着を持っていないとはかぎらない。これも多様性だ』

『イヤな多様性だな……』

集団で会話しているので、だんだんと内容がグダグダになってきたが、これはいつものことだ。シュリシュクでブームになっているミニトマトは、〈箱船〉の農業プラントで量産されたものらしい、などの新しい情報を調べて持ち寄った友人もいて、もしケイローンの地球再生案が実行に移されたなら、可能なかぎりもとの地球の生態系は宇宙に移植する必要がある、という話題へと移行していく。

そうしたおしゃべりをなかば聞き流しながら、乃愛は眠りについた。

——この布団代わりのマット、イマイチなんだよねぇ……大学の寮に置いてきた枕、持ってきたかったなぁ……焼けちゃっただろうなぁ……好きだったんだけどなぁ……

ぼんやりと、そうしたことを考えながら。

その夜、乃愛はパンツの模様の入った皿に盛られた大量のミニトマトを食べる夢を見た。

だが、そのミニトマトには粛清者の苦い毒が入っていて、乃愛は夢の中で悶え苦しんだ。

翌日。地上はあい変わらず雨。大気擾乱注意報が出ている。

時間どおりに起き、乃愛は部屋を出て食堂に行く。

列に並んでいるあいだ、A定食の焼き魚モドキ定食とB定食の豚汁モドキ定食のどちらにするか、少し考える。夢見が悪かったので、食欲はあまりないが、回収員の仕事は、食べないともたない。朝でかけると、昼はスーツを着たままの行動食で、夜までちゃんとした食事はないのだからなおさらだ。

配給の食事は、備蓄された食材を使ったものをのぞけば、基本的にすべて同じものだ。再生産システムで培養された食用藻の塊に特殊な音波を与えると歯ごたえが変化する。これに幾種類かのソースを振りかけて味を調《ととの》え、肉モドキ、野菜モドキにするのだ。モドキであるから微妙に味と食感は違っても、中身は同じである。栄養バランスはよく、小さな調理施設で短時間に大量に配給できる。ただし、毎日食べるとたちまち飽きる。むしろ、回収員に配られる行動食のほうが、味はいい。備蓄食料からよいものを優先的に割り当てられるからだ。

この食堂のスタッフには、地上では料理屋をやっていたおばちゃんがいて、味つけが単調にならないように、日々、手を加えている。

香ばしい匂いが、列の先のほうから漂ってきた。

——あ、焼いてる。電熱器、使っていいことになったんだ。

食用藻は匂いがない。飽きやすい理由のひとつだ。食堂のおばちゃんは、表面を焦がすことで香りをつけようとしたのだが、どうやって焦がすかが問題となった。

地下シェルターは火気厳禁だ。火事が起きて空気が汚染されれば、区画単位で大勢の命が危険にさらされる。調理用電熱器のようなものですら、安全基準を幾重にもクリアしないと使わせてもらえない。

——電熱器使って焼いているのは、A定食、焼き魚モドキ定食か。よし、そっちにしよう。

順番がきた。乃愛はA定食の札に端末をかざす。ピッと音がして〈まいどあり!〉の文字が端末に浮かんだ。

厨房になっている部屋では、おばちゃんがせっせと細長い魚モドキを焼いていた。やはりA定食のほうが人気なのだ。ちょっとでも手を加えたものを食べたい、という人がそれだけ多いのだろう。

列を進みながら、小皿を受け取る。魚モドキは切り身風に形を整えられ、網目模様がつけられていた。そして米かパンを好きなだけ。米や小麦などの穀物はまだ備蓄が充分にある。そして最後に、菜っ葉がひとつまみ。シェルターを拡張して、全員に個室が行き渡ったあと、最初に造成されたのは菜園だった。食卓に新鮮な青物が一品あるのとないのとでは、心の安定に差がつく。

「いただきます」

焼き魚モドキを箸でほぐして口に入れる。

——微妙。

おばちゃんのがんばりには頭が下がるが、できたものは、かけた手間と期待にかなうものではなかった。

——これぱっかりは、しょうがないかぁ。

乃愛が子供のころに、マインドリセットが行なわれて、その後は統合戦争という地球人同士の戦争があった。戦いは激しかったが、乃愛の近くでは激しい戦いはなく、戦争によって何か生活が変わった、という意識は乃愛にはない。

乃愛の祖母の世代の、さらにその母の世代。乃愛は会ったことのない曾祖母の時代にも日本では戦争があり、そこでも敵の攻撃を避けるために地下に潜ったり、配給の食糧を食べたのだ、ということを学校で学んだことがある。この時に聞いた当時の生活と、今のシェルター内の生活には雲泥《うんでい》の差がある。

アルが言うように、衣食住が満たされ、働く必要もなく、端末をいじってダラダラ寝て過ごしても生きていけるシェルターの生活に、不満を抱くいわれはないのかもしれない。

「うがあぁっ！」

乃愛から少し離れた場所にすわっていた、初老の男が叫び、食事の入ったトレイをひっくり返した。

皿が床にたたきつけられ、音をたてて跳ね上がった。

「こんなもん、食えるかっ！」

男はわめき、厨房に向かってどなり散らした。言ってることは支離滅裂だ。「なんでこんなものを食わなきゃいけないんだ」「どうせみんな死ぬ」「こんなものを食わせていいと思ってるのか」「おまえらもっといいものを食ってるんだろう」「みんなおれをバカにする」「真面目にやってきたのに、何もかも失った」「おれの人生をどうしてくれるんだ」「許せない、ぶっ壊してやる」エトセトラ、エトセトラ。

期待に反してがっかりだった食事が、さらに味気ないものになった。厨房にいるおばちゃんの顔が蒼白になっている。

乃愛は我慢できず、立ち上がった。男の怒りはどう考えても筋違いだ。怒りそのものはわからないでもないが、ここで食堂のおばちゃんにブチまけていいものじゃない。

「いい加減に――」

「しなよ」と叫ぼうとした時、男がかくん、と膝をついた。そのままうずくまり、横倒しになる。

「……え？」

乃愛と周囲の人間が駆けつけると、男はすうすうと寝息をたてていた。

「どういうこと？」

ヒュンヒュンと外で音がして、赤色の小型車が到着した。

「失礼します！　要監視者の介助にきました！」

救急隊員は中に入り、手ぎわよく眠っている男を外に運び、小型車の後部を展開してストレッチャーを作り、そこに乗せた。

呆気にとられているあいだに、男を乗せた赤い小型車は静かに去っていった。

食堂の常連が厨房のおばちゃんを慰めている。どうもあの男は、前にも問題を起こしたらしい。

乃愛も何かおばちゃんに声をかけようとしたが、常連の「あんなヤツは収容所に閉じこめて外に出さなきゃいいのにな」という言葉に、少しムッとしてしまい、タイミングを逸してしまう。

食事はまだ半分残っていた。味はまったく感じなくなったが、意地で完食する。

大きな声で、「ごちそうさま！　ありがとう！」とおばちゃんに声をかけてトレイと食器を返却し、乃愛は食堂を出た。

地下鉄で浩美に合流し、食堂のできごとを口にする。

「それ、あちこちであるよ。わたしも見た」

浩美は目が赤かった。寝不足だろうか、と考えてから浩美が昨日デートだと言っていたのを乃愛は思い出す。ちょっとうらやましい。

「本当に？」

「騒いで迷惑かけるヤツ、要監視者に指定されると皮膚の下に発信器と鎮静剤を埋められるの。また何かやったら、自動で薬がまわっておとなしくなる」

「自動で？　やばいんじゃないの？」

地下シェルターにも段差のようなものはある。汚染処理施設のタンクを掃除中に鎮静剤を打ちこまれて眠ったら、そのままタンクの中に落ちて死にかねない。

「やばい。だから、そういう処置されたら、仕事させてもらえない」

「それってどうなのかなあ……仕事がないんだったら、ますます悪化しそう」

日中、シェルター内で人が多いのは、清掃業務や農場の仕事だ。そこでの労働は、〝自分は社会的に無益な人間ではない〟と自尊感情を得る役目もある。

「わたしもそう思うよ。でもね、乃愛」

浩美は普段の陽気さとはまるで違う、沈鬱な顔で言った。

「シェルターの生活ってさ、今のところ何もしなくても生きていけるけど、それは設計段階で想定した地上の環境が、もっと酷いものだったから、その差で余裕があるだけ」

もし、恒星反応弾の迎撃が、もっと失敗していたら。

もし、上級種族による介入で太陽表面爆発が収束しなかったら。

〈アルテミスの日傘〉や長城がきちんと機能しなかったら。

「その時には、みんながもっときつい仕事をしないと、生きていけなかったと思う。そして要監視の人は、さらにきつくて危険な仕事に放りこまれてただろうね」

「それよりはマシってこと？」

「マシっていうかさ……シェルターの生活って、見かけほど平穏じゃなくて、裏ではギリギリでまわってるんだよ。そりゃあ、このまま一年でも二年でも、何もしないで生きていけるのは生きていけるよ。でもそのぶん、わたしたちの人生も、何もできないまま、何年も無駄になってるんだよ？」

「浩美……」

「わたしの友達に、要監視にされちゃった子がいてね……ううん、友達でなくて恋人、なんだけどね。何もなかったら、今ごろは結婚しようかどうしようか、って話になってたんだと思う。大学に行きながらでも子供は育てられるし、そっちにしようかとか……そういうの、真面目に考えるヤツだったから……精神的に追い詰められちゃって……」

浩美が顔を伏せ、嗚咽《おえつ》を漏らしはじめる。

乃愛は何も言えず、浩美を抱きしめた。

同じ車両に乗った周囲の人間は見て見ぬふりをしていた。

誰も、心に余裕なんかないのだ。


作業現場に出るため、アルと合流した時、乃愛は心からほっとした。

浩美はすぐに泣きやみ、「恥ずかしいところ見せちゃったね」と笑っていたが、無理をしているのは明らかで、一緒にいればどうしても気を遣ってしまう。

『おはよう、乃愛』

「おはよう、アル」

乃愛はぎゅっと、アルに抱きついた。

『これはどういう行為だ？』

「いやあ、ドローン相手だと気を遣わなくていいから。人間だと、顔で笑って心で泣いて、とかいろいろあるし」

『意味不明だ』

「いいから和《なご》ませろ」

　ペチペチとアルのボディをたたいていると、ガチャガチャとアルよりひとまわり小さい、乃愛の腰ほどの高さのドローンが四体、集まってきた。

「わ、何？　え？　アルの子供？　アル、結婚してたっけ？」

『ドローンが子供を作るわけがないだろう。申請していた作業用ドローンだ』

『ドウモ』『ドウモ』『ドウモ』『マイド』

　ドローンたちが乃愛に挨拶する。発音が片言のようになっているのは、コミュニケーション能力にさほど重きが置かれていないためだ。

　乃愛とアル、四体の作業用ドローンはリフトで地上に出た。

　目的地は昨日と同じ〈聖域〉である。

『ルート情報は転送したとおり。だが地面の状態は雨や地震の影響で日々、変化している。常に予備回線をオープンにして、情報を共有すること』

『リョウカイ』『リョウカイ』『リョウカイ』『ガッテン』

　作業用ドローンに音声で指示を出すアルを見て、乃愛が言った。

「アルって、お母さんみたい。意外な属性だよね。でも、なんでいちいち声で指示するの？」

『きみにも聞いてほしいからに決まっている。というより、彼らよりきみのほうが心配だ』

「うるさい」

乃愛は唇を突き出して不満そうな顔になった。

シェルターの外の世界は、いつもと同じ泥と雨の世界だった。墨を流したように真っ黒な空からは、汚れた雨が降り続いている。

その風景を見つめた乃愛が、ふう、と小さくため息をついたとき。ずずん、という地鳴りとともに足の下の地面が揺れ、濡れた地面に細波《さざなみ》が立った。

——地震だ。けっこう大きい……けど、もう慣れっこになっちゃったな。

それは太陽表面爆発で氷河が溶けたり海水が大量に蒸発した結果、地殻に加わった重量バランスが変動したため発生するようになった地震だった。火山や造山運動と関係なく、世界じゅうで地震が頻発するようになっている。

そのとき、乃愛の耳に、ピッピッピッ！　という警報音が届いた。

「大気擾乱警報！」

乃愛は小さく叫ぶと、モニター表示を拡大した。局地的な気圧の変動による最大風速七十メートルほどの空気の大きな乱れが、近づいてきている。

『乃愛、退避するぞ。あの大きな岩の陰へ移動だ』

「うん、了解！」

アルが指示したのは、二百メートルほど離れた場所に壁のようにそそり立つ一枚岩だった。乃愛とアルが岩の陰に入り、四体の作業用ドローンが、その周囲を盾となって囲む。

「この岩、なんかヘンだね。砂岩みたいだけど、あんまり風化してないし、まるで地面に刺さってるみたい」

乃愛が、ざらりとした、硬い岩の表面をなでながらつぶやくと、アルがこともなげに答えた。

『これは岩ではない。長城の欠片《かけら》だ』

「え？　じゃあ、これってもとは月の砂？」

『そうだ。ユスティニアヌス防壁の成れの果てだ。長城を構成していたユスティニアヌス防壁は、軌道上にこれから建設されるテラフォーミングベースの邪魔になるため、粉々に砕かれ地表に落とされた。われわれのような地表調査員がシェルターを出られるようになる前、まだすべての住民がシェルターに避難しており、地表が無人だった時の話だ。おそらく町はずれに、この破片が落ちてクレーターを作ったのだろう。だが、そのクレーターも雨で流された土砂に埋められて見分けがつかなくなっているのだと思う』

「このあたり、建物っぽいのが全然ないのは、こいつが落下したせいか……よそだと、コンクリとかの頑丈な建物は、けっこう残ってるものね」

会話をしているうちに風が一瞬、やんだ。

続いて、ばん、と突風がぶつかってくる。ごうっ！　という音とともに見えない圧力の塊がたたきつけられた。身体全体に衝撃がくる。岩陰に隠れていても、風はまわりこみ、そのまま体を浮かそうとする。保安回路がフローターコイルを緊急停止させたのだろう、スーツは本来の重量を取り戻し、うずくまるように姿勢を低くしてずっしりとすわりこむ。

アルが、きゅんっとアームを伸ばして乃愛の背を支える。

『全員、体を寄せろ』

『ヨセロ』『ヨセロ』『ヨセロ』『ムギュ』

アルの指示で、四体の作業用ドローンが押しくらまんじゅうのように体を寄せ合って風をふせぐ。一体だけ、タイミングがずれたらしく、他の三体に押されて弾き出されそうになってアワアワしていたが、アルはそいつのボディにもワイヤーを伸ばして引き寄せた。

「最近、また大気擾乱増えたね」

『太平洋のヒートポンプが、試験的に運用を開始したからな』

「そっか……どの地球再生計画でも、海洋の熱を捨てないと、始まらないものね」

降り続く雨の供給源は、太陽表面爆発で熱せられた海だ。大量の蒸気が大気中に放出され、海表面で膨張した空気と共に上昇し、雨を降らせている。

風が完全に収まるまでの待ち時間を利用して、端末を開いて勉強する。

地球上でこれまで使用してきた軌道エレベーター、軌道ロープウェイは、太陽表面爆発時にすべて破壊されるか撤収された。

新たに暴風に耐える設計になった強化軌道エレベーターが、太平洋上に建設された。海洋の熱を吸収し、宇宙に放出するヒートポンプを設置するためだ。

乃愛は、アルからヒートポンプ試験運用のレクチャーを受ける。

「ふむふむ……熱を充分に放出するまで、大気の擾乱は収まらない。時には、今より激しく風が吹き荒れることもあるから要注意、か」

『降り続く雨も、頻発する地震も、原因となったのは半年前の太陽表面爆発で、今はその影響が続いている』

「つまり……人類に可能なのは、対症療法だけってこと？　原因はもう終わっちゃってて、なのに地震も雨も続いてるわけだから」

『そうだ。最初にするべきことは、まず、海が蓄えている熱を宇宙に捨てること。熱量が下がれば雲が減り、放射冷却で夜のうちに地球はさらに熱を捨てることができる。続いて大気汚染の除去だな。大気成分を調整し、気圧を下げ、生身で外に出ても健康被害が起きないようにする』

「地震は？」

『それは、もっと長い目で見る必要がある。地殻の歪みを取り除くのは、中堅種族でも難しい高度な環境技術が必要になる』

「まず取り戻すのは青空、か。うん、そうだね。それがいいよ」

乃愛は真っ黒な空を見上げた。これが青空になり、環境作業用強化スーツなしで地上に出ることができると考えただけで、気分が浮き立つ。

待つことしばし。

大気擾乱警報が解除になり、一行は移動を開始した。

めざす〈聖域〉に到着し、土砂を取り除く作業を始める。

『ワッセ』『ワッセ』『ワッセ』『ドッコイショ』

四体の作業用ドローンの力は、たいしたものだった。アルより小型だが、排土用のアームは太く、伸ばせば倍近い長さになる。壁面を崩壊させないように岩盤を固着する溶融アークビームの出力も、アル以上はありそうだ。おそらく、作業用ドローンがこなせる仕事量はアルの二倍近いのだろう。一体だけ、少し鈍《どん》くさいのがいて、こちらはアルの一・五倍くらいだろうか。

通路を埋めた土砂がみるみる取り除かれていく。

だが、土砂が取り除かれるにつれ、アルのようすが変わっていくことに乃愛は気づいた。アルに表情はなく、声に変化はない。ただ、アルの口が重くなってきた。必要最小限のことだけを話し、会話が続かない。

やがて、その理由が乃愛にもわかった。

衝撃波の直撃を受けても内部に影響が及ばないように、迷路状にジグザグに屈曲するよう設計された通路の壁が、おびただしい土砂で破壊されているのだ。計算された強度を遥かに超える勢いで土砂が飛びこんできたとしか考えられない。土砂の総量は膨大なものになり、〈聖域〉のホールの中まで埋まっている可能性が高い。

時間が過ぎていく。

『乃愛、そろそろ今日は戻ったほうがいい』

アルの言葉に、乃愛は時間を見てから首を振った。

「もうちょっと、だけ」

『だが、中を調べる時間はないぞ』

「目星だけはつけておきたいの。応援で借りてる作業用ドローン、何日も続けて使えるとはかぎらないしね」

やがて、ホールにつながる青い扉が見えてきた。

「わたしだけなら入れそう。アルはあとからきて」

『注意しろ、無理はするな』

「わかってる」

体を横にして、隙間をすり抜ける。ホールにつながる隔壁扉がある。ロックをはずすが開かない。乃愛は隔壁扉についた手まわし式のハンドルを握る。硬い。スーツの筋力強化機構を使って力をこめると、隔壁扉はゴギギギ……という軋《きし》み音を立てながらゆっくりとまわりはじめた。

まわすのと同時に、隔壁扉に隙間ができはじめた。十センチ、二十センチ……内部は真っ暗だ。スーツのライトで照らす。小部屋になっていて、もう一枚の扉がある。エアロックと同じ構造だ。ハンドルをまわし終えると環境作業用強化スーツが入りこめるくらいの隙間ができた。四つん這いになって、隔壁扉をくぐって小部屋に入った乃愛は、スーツの腰からケーブルを伸ばし、内側の扉ぎわの壁にある、情報モニター用の端子にコネクタを差しこんだ。

ピ。ピピ。ピ。

スーツと扉のあいだでデータが交換される小さな信号音が響いた。スーツからアルへは自動でデータ転送される。

ひと呼吸もしないうちに、データ分析を終えたアルの声が後ろから聞こえた。

『乃愛。残念ながら、ホールの気密は破られている』

アルの言葉を聞いた乃愛は、無言のまま内側の隔壁扉に手をやり、ハンドルをまわした。

この隔壁の開閉機構は生きていた。ハンドルは抵抗なく、くるくるとまわり、ホールへとつながる最後の扉が開いた。

「来て、アル。中に入れるよ」

『了解した』

作業用ドローンが三十分ほどかけて、アルでもなんとか通れるまで通路を広げた。アルは、ボディをゴリゴリと壁にねじこむようにして通路をすり抜け、ホールへと入ってきた。

非常灯のオレンジ色の明かりが、泥に汚れたアルのボディを淡く照らす。

アルはぐるりとカメラをまわして、全体を把握した。ホールのなかば以上が、流れこんできた土砂に埋められている。壁に亀裂があり、そこから水が流れこんでいる。外と大気の組成、温度はほぼ同じだ。

この〈聖域〉は、死んでいた。

中の植物は枯れ、一緒に運びこまれた動物たちも、無残な骸《むくろ》をさらしている。

何があったか、アルは推測した。大量の土砂が流れこむことになった通路や壁の亀裂は頻発する地震より強い衝撃が原因のようだ。

――長城の破片が落着した時か。

太陽表面爆発から、一週間から十日が経過した時。

最初の一日に耐え、その後の群発する地震にも持ちこたえて中の生命を守ってきた〈聖域〉の近くに、長城の破片が落ちた。想定外の衝撃に、壁が割れ、外から土砂と熱風が入ってきた。中の動物はこの時点で死んだ。植物は、それから一カ月か二カ月かは生きていたはず。

だが、土砂でエネルギーセルが押し流され、照明や空気の循環システムが停止したままでは、生き残った植物も枯れ果てるのは時間の問題だった。

アルは、黙ったまま戻ったあとのレポート提出に必要な情報を集めた。

乃愛も、沈黙したままだ。ホールに入ってから、ずっと、乃愛は黙っている。

乃愛はホールの中央にある、枯れた木のそばにいた。

それは大きな桜の木だった。

地上にあった時には、きちんと手入れされていたであろう、立派な木だった。学校か公園か神社か。おそらくそういう場所で大事にされてきた木に違いない。生態系の多様性の維持、という意味では特に重要な木ではない。乃愛が暮らす地下シェルターにも、公園区画でスペースを割いて桜の木が植えてある。

それでも、地元の人は、わざわざ地下に作った〈聖域〉の中心に、まずこの桜を移すことを選んだ。

いつか地上に戻ってきた時に、自分たちの故郷に、この桜を戻すために。

その桜が、枯れていた。

「ねえアル……ここ、わたしたちの星だよね」

絞り出すような声。

『もちろんだ。地球は銀河文明評議会が認めるところの地球人の星だ』

「じゃあなんで、わたしたち、こんなことになってるのよ。なんで！」

スーツのましゃがみこんだ乃愛は、スーツの腕で、死の静寂に満ちた〈聖域〉の地面を殴りつけた。

「わたしたち、そりゃ、聖人君子みたいな生活はしてなかったわよ。ご飯食べるために自然に手を加えまくったし、いろんな生き物を絶滅させたし、地球人同士でも戦争やったりしたわよ。でも、こんな目に遭う理由なんか、どこにもないわよ！」

ガンガンと地面を殴る。スーツの力で殴る。地面が抉《えぐ》れ、土が飛び散る。

「あげくの果てに、地下のシェルターに押しこめられて！　いつまた粛清者がやってくるか、ビクビク怯えながら暮らして！　次はどんなやりかたで殺されるのか心配ばっかり！　あげく、心が折れたら〝要監視者〟ってタグ付けられて薬でおとなしくさせられて！　わたしたちの星で、なんでこんな思いをして生きていかなきゃならないのよ！」

乃愛の息が荒い。

アルは時間を確認し、言った。

『乃愛、時間だ。今日はここまでにして、帰ろう』

「……うん」

激情に駆られてしたことが恥ずかしいのか、乃愛は帰り道のあいだ、ほとんど口を開かなかった。

　アルは自分なりに考えてみたが、ドローンなのでよくわからない。

　そこで、四体の作業用ドローンにデータ通信で聞いてみる。

『パートナーである乃愛が傷ついている。これでは仕事の効率が下がる。きみたち、何か意見はないか？』

『ナイ』『ナイ』『ナイ』『ナイ……』

　こうした相談は、作業用ドローンには無理だったか。アルがそう考えていると。

『……コトモナイ』

　一体の作業用ドローンは他の三体と反応が違った。

　四体のドローンは、同じ人間のサンプルから作られたバイオチップをもとにしている。キャラクターには微妙に差があり、Dはやや内向的な気性だった。行動の前に、さまざまな可能性を検討し、〝いらないこと〟まで考えてしまうので、作業用ドローンとしては作業効率が落ちてしまうが、そうして常に思考を重ねている分だけ、例外的な処理に強い。

『ふむ、Dの第十三案にBの意見を加えてやってみよう』

　Dのアイディアをもとに、ほかの三体とも検討を重ね、アルは決断した。

　黙りこくったまま歩き続ける乃愛の背中に向かって、アルは声をかけた。

『乃愛、提案がある』

「……何？」

ぶっきらぼうな反応は織りこみずみだ。

『歌を歌いたい。歩きながら聞いてくれるか？』

「は？」

乃愛が足を止め、何かの聞き間違いではないかという顔で振り返り、アルを見る。

『きみが昨日、周囲の景色を見て詩を口ずさんだだろう。わたしも今日のこの風景をみて、歌を歌いたくなった』

「……別に、いいけど」

乃愛は興味なさそうに答えると、前を向いて再び歩き出した。

『よし。では諸君、始めるぞ』

乃愛の後ろでアルが音頭を取るように手を振り、歌いはじめた。

『カーエールーのーうーたーがー……』

アルの声が響いたとたん、乃愛は驚きのあまり思わずバランスを崩した。足もとの地面がずべっと滑って泥を跳ね上げる。スーツが素早く反応し、転倒を防ぐ。

それは、乃愛もよく知っているメロディだった。

——これって、カエルの歌っ？《カエルの合唱》よね、これっ？

アルの歌は原曲のドイツ語みたいだった、自動翻訳される歌詞には、岡本敏明がつけた懐かしくもユーモラスな響きがあった。

アルに続いて、ドローンAが、Bが、Cが、順番に歌いはじめる。

――しかも、輪唱ときたよ。

分厚い雲の闇の中で。

降り続く雨の下で。

ドローンが歌う《カエルの合唱》が響き渡る。

ドローンたちは大まじめだ。拍子を取るように、雨の中、腕を振って歌い続ける。

アルの歌が終わると、ドローンDの歌が少し遅れて入る。

アルと、ドローンABCがDにカメラを向ける。Dがあわてて早口で追いつく。

――いるよね、こういう子。意気ごんで早くなったり、タイミング見失って遅くなったりする子が……いや、わたしのことなんだけどさ。

アルに続いてAが歌い終わり、BがCが歌い終わり、声が小さく寂しくなり、そしてDが歌い終わる。

《カエルの合唱》の輪唱が消える。

雨音だけが残る。

「……」

乃愛は沈黙したまま。

『……』

アルも黙ったまま。

『……』『……』『……』『……』

四体のドローンも、声を出さずに、じっとしている。

だが、彼らドローン同士でデータ通信は行なっていた。

『失敗だったか。まあ、ダメだろうとは思ったのだが』

『ワタシモ』『ワタシモ』『ワタシモ』『アレ?』

乃愛が足を止めた。

「くっ……」

ぎゅっ、と拳を握る。

「くっだらなー!」

乃愛が天を振り仰いで叫ぶ。

「何? この風景で、《カエルの合唱》? ドローンの感性ってどうなってんのよ!」

『カエルにこそ、ふさわしい風景ではないかな? 雨と泥。まさに両生類向きだろう?』

「空気読みなさいよ! せっかく掘り出した〈聖域〉が壊れて、中の生き物がみんな死んじゃってて、人がすごい虚無感に襲われてる時に、《カエルの合唱》! しかも輪唱! シュールすぎるわ! どういう神経してるわけ?」

乃愛はひととおり糾弾を終えると、足早に歩き始めた。ドローンたちがそのあとを追いかける。

『もう少しゆっくり歩け、乃愛。地面の状態はよくない。さっきも足を滑らせていただろう？』

「さっきのは……ああもう、いいから大丈夫だって」

乃愛は足を緩めることなく進み、シェルターまで、一度も振り返ることはなかった。

だから、乃愛の唇の端がピクピクと動いていることも、アルやドローンたちに見られることはなかった。

ゲートをくぐり抜け、気密エリアに戻ったところで四体の作業用ドローンとは別れることになった。

『デハコレデ』『デハコレデ』『デハコレデ』『シツレイシマッス』

手を振る作業用ドローンたちを見てアルが言った。

『彼らは明日は乃愛たちと同行せず、ほかの仕事に割り振られる。〈聖域〉の調査は明日も続くが、構造物が大きく崩れないかぎり、彼らの仕事はないだろう』

「そうだね」

乃愛は四体のドローンに近づいて、一体ずつ、抱きしめた。

「今日はお疲れさま。それと、ありがとう……《カエルの合唱》、ちょっと嬉しかった」

『ドウモ』『ドウモ』『マイド』

作業用ドローンたちは手を振って去っていった。彼らはこれから補給とメンテナンスを受けることになる。ドローンたちを見送った乃愛は、アルに向きなおって言った。

「さ、アル。今日の報告書を作るわよ」

『了解』

アルがまとめたレポートに手を加えて報告書を提出した乃愛は、事務局の建物を出て地下鉄の駅に向かった。今日はこれで終わり、あとは居住区画に戻るだけだ。

居住区の駅のホームに降りた乃愛の耳に、かすかに猫の鳴き声が聞こえてきたのは、その時だった。

──あれ？

鳴き声の方角に目を向けると、小さな女の子が猫を抱いて、誰かを探すように列車から降りた人々の顔を下から見上げている。その少女の目は、乃愛を捉えると同時に、ぱっと微笑みに変わり、猫を抱いたまま乃愛に早足で駆け寄ってきた。

「乃愛お姉さん、こんにちは」

「こんにちは、しのぶちゃん。それと……ロッテだっけ」

「うん、ロッテだよ！　これからおうちに帰るんだけど、乃愛お姉さんのこと思い出して。

端末《ブレスレット》に聞いたらここにもうすぐ来るって。お礼を言おうと思って」

「そっか」

乃愛としのぶは並んで歩く。

「隠れ家、ロッテも気に入ったみたい。ロッテの首輪で、近づいたら開くようにしたんだよ」

「よかったね」

「お昼にも、乃愛お姉さんのこと端末に聞いたら、外にいるって聞いてびっくりしちゃった」

「お姉さん、回収員の仕事してるから」

「本当？　回収員って、外の生き物を助けるお仕事でしょう」

「お姉さんはまだ見習いみたいなものだから、〈聖域〉って生き物用のシェルターを見てまわるお仕事だけどね」

「こっちに連れてくるの？」

「そういうこともあるわ。でも、人間用シェルターは入れる数がかぎられてるから」

しのぶは少し考えてから、乃愛に聞いた。

「ねえ、乃愛お姉さん。〈聖域〉の中でシェルターに入れなかったペットとか、保護することない？」

「うーん、〈聖域〉はペットとか入ってないんだよ、昆虫や小魚、リスやイタチみたいな野生の生き物だけなの」

「そっか……」

しのぶが顔をうつむかせる。

――友達に、飼ってたペットをシェルター内に入れられなかった子がいて、そういうのから関係がこじれたって言ってたよね。もし見つかったら、って思ったんだろうな。

世の中は、そう優しくはない。

地上で別れたペットが、すごい偶然で助かっていて、回収員がそれを連れて帰ってもとの飼い主と再会する、というできごとは実際にある。しかしそれは、ニュースになって皆の注目を集めるほどにレアなケースだ。

誰もが幸せになるハッピーエンドは、現実には存在しない。そもそも、現実にはエンドがない。地球にエンドがあるとすれば、太陽が爆発した日が、それに一番近かったろう。死だけが終わりを連れてくる。

「その……あとから、逃げこんだりとか、ない？　アメリカで〈聖域〉にアライグマの親子が逃げこんでて助かった、ってニュース見たんだけど」

「そういう、野生生物保護の仕組みになってる〈聖域〉もあるんだけどね。このへんのは小さくてシンプルな作りだから、あとから入ってきたりはできないの……」

ふと、乃愛は泥に埋もれた〈聖域〉を思い出した。

――もしかすると、あの泥と一緒に何かが……〝長城〟の破片が落ちたタイミングにもよるけれど、泥の中に、何かが生き残っているかも。

「乃愛お姉さん？」

「あ、ごめん、しのぶちゃん。うん、お姉さんが担当している〈聖域〉には、地上に残されたペットはいないの。ごめんね」

しのぶは乃愛を気遣うように笑顔を作って言った。

「ううん。いいの。言ってみただけだから……」

しのぶの家族が暮らす居住エリアの近くで、乃愛はしのぶと別れた。

手を振って別れて、少し歩いたところで、乃愛は小さくため息をついてつぶやいた。

「……期待させちゃったな」

乃愛はまだまだ駆け出しのレベルでしかない。大学で少しは勉強したが、本格的なフィールドワークを始めたのは回収員になってからだ。アルのアドバイスを受けながら、見よう見まねで手伝っているにすぎない。

だが、そんなことは小さな子にはわからない。乃愛もベテランも、しのぶにとっては同じ大人だ。自分を助けてくれたのと同じように、友達のペットも助けてくれるかも、としのぶが考えたとしても無理はない。これを、勝手に期待して、勝手に失望するほうが悪い、と割りきるには、相手が子供すぎた。

「乃愛お姉さん！」

突然、背中からしのぶの声が聞こえて、乃愛はぎょっとした。自分のため息と独り言が聞こえたか、と思ったのだ。

振り返る。しのぶとロッテが、通りの向こうにいた。しのぶは手をメガホンのように口にあてている。

「なに？　しのぶちゃん？」

「ありがとう！　乃愛お姉さん！　とっても、とっても、ありがとう！　お仕事、がんばってね！」

しのぶの顔は、真っ赤だった。

乃愛はしのぶに手を振ろうと手をあげ、自分の手を見て、そして拳を作った。

拳をぐっと、高く天井に向ける。

しのぶが笑顔になり、同じように小さなげんこつを作って、天井に向けた。

走っていくしのぶを見送り、乃愛は微笑む。そして通行人の視線がちらちらと自分に向いているのに気づいて、真っ赤になり、そそくさと足を早めた。

——見抜かれちゃってるなぁ……アルにも、しのぶちゃんにも。

人として未熟だ、とは思うが、それを隠そうとは乃愛は思わない。

──自分の未熟さを隠すよりも、フォローしてくれる人に感謝しなきゃ。

そして、どうやって恩返しできるかを考える。

結果を出すことが、恩返しじゃない。

結果につながるかどうかは、運次第。

結果につながらなくても、諦めない。全力を尽くすことが、恩返しだ。


翌朝、乃愛が地下鉄に乗ると、浩美がいた。

「おはよう、浩美」

「おはよう、乃愛」

たがいに少し、ぎこちない。

しばらくして、浩美から声をかけてきた。

「昨日、仕事のあとで相談員さんのところに行ってきてね。要監視者のことで」

「うん」

「要監視者になるのは、風邪をひいたり、アレルギーが出たりみたいなもので、我慢すれば大丈夫ってことはなくて、能力とか関係なしに誰にでも起こり得ることだから、それが将来のキャリアにおいて、ペナルティになることはないって」

「そうなんだ」

「記録は残るけどね。それは反社会的な人間とか、犯罪者予備軍とかではなくて、あるタイプのストレスには弱い人ってだけ。お酒が飲めない、とかと同じ分類」

「……でもそれって、将来の仕事の選択の幅が狭くなるってことだよね」

「そうなるね。でも、本人も気づかないまま、実際にその仕事について、責任を負わされる立場になってから明らかになるよりは、ずっとマシでしょ」

「あ」

浩美に指摘されて、乃愛は納得する。

「アロイスの人事制度は、そういう個人の心理的な特性を重視するんだけど、そういうのってロストゲイアーになってから強化されたみたい。故郷を失い、放浪していると、それまで立派でまともだった人がストレスで壊れることが増えてきて。結局そういうことって、訓練したり、我慢させたりではどうにもならないことが多いから、事前に心理特性をチェックして適材適所に配置したほうがいいってことになったんだって。知識やスキルの不足は、教育やドローンやAIで補えるけど、心理特性のミスマッチは人格に手を加えることになるので、補いにくいってことみたい」

「地球の人事制度も、将来はアロイスふうになるのかな」

「なるみたいだよ……ていうか、わたしたちって、そういうので選ばれてるみたいだよ」

「ええっ？」

「地上ってひどいことになってるし、〈聖域〉も全滅してたりで、回収員の仕事は心が折れそうなこと多いでしょ。だから、そういうのに耐性がある心理特性を持っている人が選ばれるんだって」

「知らなかった……あれ、でも昨日、わたし、心が折れたっぽい気がする。大丈夫なのかな」

「本当に？」

乃愛が話をすると、浩美は《カエルの合唱》の輪唱のくだりで吹き出した。

「折れてない、折れてない。乃愛、心がぽっきりいっちゃう人ってね、《カエルの合唱》を聞いたら、馬鹿にするな！　って叫んで、その場で暴れてドローンを壊そうとしたりするんだよ」

「そうなの？」

「乃愛、この仕事に向いてるよ。そこで笑っちゃうんだから、心が強いっていうか、鈍感なんだろうな、うん」

「うーん……なんか傷つくなぁ」

「心折れそう？」

「折れる折れる。ぽっきりいく。だから慰めて！」

乃愛がふざけて浩美に抱きつく。浩美がきゃあきゃあ言って、同じ車両の乗客ににらまれ、ふたりして頭を下げた。

シェルターの外は今日も雨だった。

出入り口に環境作業用強化スーツを着て立った乃愛から、浩美の言葉を聞いたアルは、小さく頷いた。

『きみの友人の言うとおりだ。きみの心理適性は回収員に向いている』

「事務局でわたしのパーソナルデータから心理適性チャートを抽出して見せてもらったんだけど、まだ地球では使われていない言葉がたくさんあって、よくわからなかった……でも、アロイスがそう言うなら、そうなんだろうね」

『わからないことがあって当然だ。粛清者の侵攻に備える必要があったため、すべてが前倒しになったが、きみたち地球人は、銀河文明評議会に入って、まだ十六年なんだ』

「そうなんだろうね……でも、わたしは急ぎたい。故郷の星をこのままにしておきたくない。子供たちを、地下に閉じこめておきたくない。青空を――」

乃愛は手を東の空にのばす。

スーツのセンサーが、雨粒を感じ取る。淀んだ空気を感じ取る。低く垂れこめた雲を感じ取る。その向こうに、わずかな赤外線の反応。太陽だ。

「青空を、取り戻したい！　空が晴れる日に向かってできることをやるんだ。まずは回収員のお仕事を全力でがんばるんだ！」

『そうか。ならば平泉乃愛。わたしも全力できみをサポートし、青空を取り戻す手伝いをしよう』

「お願いね」

乃愛はそう言うと、泥の海の中に足を踏み出した。

〈聖域〉の出入り口は、応急の保護シートを貼ってあったため、雨が吹きこんだようすはなかったが、構造物の内部に生じた亀裂から流れこんだ水が通路を伝わって流れ出しており、岩盤を掘削し溶融して作られたブロックの上に、流出した土砂が三角州のように堆積している。

『このまま地下水が流れこめば、作業できるのはあと三日か四日が限度だな。そのあとは埋まる。それも完全に。昨日、修復作業の途中で発見したが、かなり大きな亀裂が入っている。昨日の今日でこの状態になっているところから見て、作業用ドローンを申請して正解だった。わたしだけで通路を開いていたら、作業の途中で崩れて、何もかも失われていた可能性が高い』

「まにあった……ってこの場合、言えるのかな」

『あくまで推測であり、確定的なものではないがね』

少しでも、地下水を排出するためなのだろう、アルは排水用の溝の泥を掃除しはじめた。

「手伝おうか？」

『いや、ここはわたしに任せて先に行け』

「うん……うん？」

ホールへ向かっていた乃愛は、足を止めて振り返った。

「今の言いかた……死亡フラグっぽいよ？」

『死亡フラグ？』

「ドラマだと、この次のシーンで残った側が危険にさらされちゃうのが定番だからさ……」

『なぜドラマの話が出てくるんだ？　現実とドラマは違う。確かにわたしはドローンであり、必要なら自分を危険にさらすことはある。だが、無意味な危険にさらすことはない』

「必要ならって、どういう場合？」

『きみを守るために必要なら、だ』

「……もしかしてわたしのこと、くどいてる？」

『なぜそうなる！』

「冗談だってば」

乃愛はクスクスと笑い、そのままホールへ向かった。

ホールの中は、非常灯の赤い明かりの下、薄ぼんやりとした死の静寂にあった。

乃愛はまず、フローターコイル内蔵型の自律浮揚型ライトをホールの天井に向けて三機飛ばした。小さな推進プロペラがついた円筒形のライトは、空中に浮くと同時に発光を始め、乃愛の前方に二機、後方に一機位置すると、乃愛の動きに追従し始めた。

白い明かりの中では、ホールの無残な姿はよりいっそう明らかになる。流れこんだ土砂に、ホールの中は埋めつくされ、枯れた草木の表面に赤いコケのようなものがこびりついていた。泥の中は小魚やザリガニの死骸が混じり、ケージの中では小動物が萎《しな》びたミイラになっている。

乃愛は外から流れこんできた泥をすくい、容器に入れて試薬を垂らし、紫外線を当てる。まばらな光の点が見えた。

地表が高熱で炙《あぶ》られ、大気組成が変わっても、土壌細菌やコケなどのいくらかは生き残っている。

「ん……可能性はアリ、だね」

昨日のしのぶとの会話で、乃愛はヒントを得ていた。〈聖域〉の中にもとから収容された生き物が全滅していても、外から入ってきた泥の中に何かが生き残っているかもしれない。

そう考えたきっかけは、最初の日に〈聖域〉に入った時に見つけた、泥の中に混じったザリガニや巻き貝の死骸だった。

——この近くにある川は、もっと低い場所を流れてる。なら、流れてきた泥とザリガニは、別のところから……昔の農業用のため池や、養魚池のような場所から来た可能性が高い。でも、太陽表面爆発で地上が焼かれた時、ため池はあっというまに蒸発して、干上がってたはずだ。干上がったそのあとに雨が降り続いて、ザリガニの死骸が流されてきた可能性もある。

乃愛は〈聖域〉の中心に立つ桜の枯木を見上げた。

——このあたりの住人は民間の資本で〈聖域〉を作るくらい郷土愛が強い。もしかしたら、ため池にシールドを作って蒸発を防ごうとしたのかもしれない。ため池を覆うくらいのシールドならば、個人でもできる。

泥に目を落として、乃愛はつぶやいた。

「……湖底の泥の中でなら。もしかして、あの日の熱線の中を生き残っていれば、あるいは……ドジョウとか……難しいかな……」

乃愛のやっていることは、かける手間と時間に見合うか、という点では疑問が残る。

ここでドジョウを一四二匹回収したところで、将来の地球の生態系の回復に寄与する割合は小さいからだ。

だが、それを言うならば、回収員の仕事そのものの価値が、今は未知数だ。もし、ケイローンの地球再生計画が実行されれば、もとの地球の生態系回復は重要視されない。生産性には寄与しない。

だが、それがどうした、と乃愛は思う。

――明日にでもまた粛清者がきて、何かよくわからない超技術で地球も太陽も吹っ飛ばすかもしれない。そんな不確定の未来に怯えて生きるなんて、まっぴらゴメンよ。

乃愛は、自分が生きたい未来をめざすと決めたのだ。

そこに行けるかどうかは、わからない。でも、めざさなければ、どこにも行けない。

だから、この〈聖域〉で生きているものを見つけ、回収したい。

連邦政府が長城建設のため、地球各地の〈聖域〉を作るのを諦めたあとも、この地に住む人は自分たちの手で〈聖域〉を作り上げた。そこに故郷のシンボルとして、桜の木を持ってきた。

桜の木は枯れてしまったが、〈聖域〉を作った人たちに、乃愛は何かを渡したかった。

自分たちのしたことが無駄ではない、と思ってもらいたかった。

たとえ本当は無駄であったとしても、何もかも無駄に終わるとしても、最後まで諦めずに生きていくために。

――〝どうせ何をやっても無駄だ〟って思いながら生きていくなんて。死んでいるも同然じゃない。そんなのを許しておけるほど、わたしは枯れてなんかいない。

浩美と、浩美の恋人には、幸せであってほしい。

しのぶと、猫のロッテには、青空の下で駆けまわってほしい。

食堂のおばちゃんにも、食堂でわめいて連れていかれた老人にも、もうちょっとマシな未来があっていいはずだ。

そして乃愛にも。そしてアルにも。《カエルの合唱》を輪唱したドローンたちにも。

「……見つからないなぁ」

とはいえ、思いだけで現実を変えるのは難しい。

『どうだ？　乃愛』

かなりの時間が経過し、排水用の溝の掃除を終えたアルがホールに入ってきた時にも、乃愛の成果はゼロだった。

「ダメ。魚や水棲昆虫の死骸はけっこう見つかったから、考えは合ってると思うんだけど……ちょっと遅かったかなぁ」

半年が過ぎている。

『ふむ。そうか、ではわたしは桜の木を調べてみよう。生きている部分があれば持ち帰って培養できる可能性が高い』

乃愛は立ち上がって、ホールの中心の桜の木に向かうアルを見つめた。

――もし恒星反応弾が太陽に命中していなければ、今ごろは、どんなふうだったろう？

季節など、もはやなくなったも同然だが、暦《こよみ》の上では春だ。

あの桜の花は咲いていたんだろうか？　それともまだだろうか……。

満開の桜を思い浮かべていたそのとき。

何かが視界の隅で動いた。そんな気がした。

「……ん？」

外から流れこんだ水の動きだろうか？　それとも……。

乃愛は息をとめて目をこらす。泥の中で何かが動いている。

その動くものをじっと見つめたとき、流れこんだ水分の多い泥の中から、ぴょこん！

と、二つ並んだ小さな丸い突起が飛び出した。それは目だった。

――いた！　生きてる！　生きてる！

小さなカエルが、泥の中から目を出して、あたりをうかがっていた。

「カエルが生きてる！」

乃愛は泥をかきわけ、スーツのアームを慎重に、慎重に動かして、カエルをすくい上げた。それは、小さな、三センチにも満たない、若いトノサマガエルだった。

「アル！　いたよ！　生きてた！　見つけたよ！　カエル！」

大声で叫ぶ乃愛のもとにやってきたアルは、スーツの手のひらで動くカエルを見て、満足そうに言った。

『乃愛、きみは遅れてきたことを悔やんでいたが、きみが遅れたことで、このカエルは助かったんだ。泥の中で冬眠したままであれば、きみがそいつに気づくことはなかったろう』

乃愛はカエルのいた地面に目を落とした。

アルの言うとおりだ。わたしが、もっと早くこの〈聖域〉を見つけて、ここに来ていたら、このカエルは泥の中に埋もれたままで、わたしは気づきもせず立ち去って、そして二度とここには来なかっただろう。

乃愛の目から涙がこぼれた。

「ありがとう。生きていてくれて。わたしに、あなたを救わせてくれて、ありがとう」

乃愛の手のひらで、カエルはまるで返事をするかのように、くわっと大きく口を開けた。

そして、その大きな目を、くりんとまわした。

日陰者の宴

銀河文明評議会に所属する種族の総数はいま現在も増え続けている。特に、この数百年のあいだに、その数は加速度的に増加した。これは、今から二百五十万年ほど前に、銀河文明評議会が、数十億隻の播種《はしゅ》船をこの銀河系の中に放った第二十七次播種計画の結果である、と言われている。

播種船は、船内に冬眠状態の知的亢進化《こうしんか》遺伝子を持つ人類の祖先となる生物を数万体収納しており、銀河系内を移動しつつ、生息可能な環境を持つ惑星を発見すると、その惑星上の気候温暖な区域に、繁殖可能なまとまった数の生物をカプセルで投下する。冬眠状態で地上に降下した生物は、冬眠から覚めたあと、しばらくのあいだカプセル内で飼育されたあとで地表に放たれ、その後カプセルは自然分解し消滅する。樹上生活から、地上歩行型に組み替えられたその生物が惑星の環境に適合すれば、やがて惑星上で人類に進化し、何百万年後に文明を興す。投下した惑星に関する位置データなどは、銀河文明評議会に登録され、巡回調査船が数万年ごとに調査に訪れる。この間隔が短くなるのは、播種された人類が、ほかの肉食生物との生存競争に勝ち抜き、大規模な天変地異による環境の激変による絶滅の危機を乗り越え、火や道具を用い始めた時点である。この前文明期に達するとランクが上がり、調査船は千年単位で訪れるようになる。

播種船によって播《ま》かれた生物が、その惑星で生き延びる確率は千分の一以下であり、そこから前文明期に到達できるのは、さらにその数パーセント。前文明期から、文字による知識の継承と蓄積を経て、蒸気機関や内燃機関の発明による産業革命にまで達するのはさらにその数パーセントにすぎない。

また、さまざまなアクシデントによって播種された原初人類が生き延びることができなかった惑星であっても、地球型の環境を持つその惑星に対しては、その後も継続的に観察が続けられ、先進種族の植民惑星や、粛清者《しゅくせいしゃ》の侵攻を受けて母星を喪ったロストゲイアーに、新たな母星として提供されることになる。しかし粛清者の攻撃目標が上級種族から途上種族に変わったこの数百年のあいだに、母星を喪ったロストゲイアーの数は増え続け、それに対し居住可能な惑星を新たな母星として提供される種族は、ロストゲイアーの中の、ほんのひと握りの種族だけであった。

その理由は、ロストゲイアーとなった途上種族のほとんどが、命からがら脱出してきた者ばかりで、技術も資産も持たない状態であり、たとえ新しい母星として居住可能な惑星を与えられたとしても、そこで自給自足できるだけの新たなインフラを構築する余力がないと判断されたためだが、ロストゲイアーたちは、銀河文明評議会のこの扱いを、母星は褒賞《ほうしょう》として与えられるものと受け取った。

銀河文明評議会にどれだけ貢献したか、それが基準になるとすれば、もっとも目に見える貢献は、粛清者との戦いにどれだけ関与してみせるか、である。この目的のために、生き残った種族全員を軍事組織化し、傭兵国家を作り上げたロストゲイアーがいる。その名をケイローン。第二十七次播種計画によって誕生した人類の中で、もっとも早く銀河文明評議会に加わり、もっとも早くロストゲイアーとなり、そしてもっとも多くの犠牲を払って、新しい母星を手に入れ、わずか数百年で銀河文明評議会の序列階級をのし上がり、中堅種族の一角を占めるに至った種族である。

ケイローンの母星であるシュリシュクは、惑星ではない。惑星サイズのスペースコロニーを、百二十一個公転軌道を軸にして繋げた惑星軌道リングである。

惑星サイズの円筒形のスペースコロニーは、公転軌道軸を中心にしてそれぞれ自転しつつ、公転軌道を移動して太陽の周囲をまわり、コロニーとコロニーのあいだには、恒星系を守る艦隊の基地と、惑星軌道リングを守るためのシールド発生装置などが備えられた防衛区域が設けられており、ケイローンは、このリング状の惑星コロニーの中に、すべてを集約している。惑星サイズのコロニーを建設するコストを考えれば、ほかの星系に植民を行なったほうが安上がりであるが、ケイローンはあえて拡大政策を取らず、シュリシュクの建設と、他星系の開発を並行して行なってきた。それはケイローンという種族の歩んできた過酷な歴史によるものかもしれない。

ロストゲイアーの地位から這い上がるために傭兵国家として歩み始めたケイローンは、移民船を戦場に同行させ、家族ぐるみで粛清者と戦った。それは地球の歴史で言うところの遊牧民に近い生活だったに違いない。ケイローンにとって戦争とは日常であり、日々の糧《かて》を得るための生業《なりわい》でもある。こうしてできあがった国家体制は、教育も行政も流通も製造も通信も、およそ人間の生活を営むにおいて必要なことすべてを軍事組織が行なう、という軍事国家だった。ケイローンには民間という概念が存在しない。ケイローンはいわゆる国家社会主義のような体制で運営されており、〝ケイローンは戦場で育ち戦場で死ぬ〟と言われるゆえんである。

シュリシュクには第一方面から第七方面までの七つの方面本部付き軍大学が置かれており、上級幹部課程に進んだ者は、兵卒からのたたき上げだろうが、幼年士官学校出のエリートだろうが、経歴にいっさいの区別はなく、ここで高度な部隊運営と作戦計画立案に関する知識をたたきこまれる。この大学に入学したものは、卒業と同時に佐官の階級が与えられ、新たな任地へと向かうことになるが、それ以外にも、最前線に長く赴任している古参の士官に対しての、新しい装備の扱いや、それらの装備の運用などについての専科教育などもこの大学で行なわれており、新任の士官や現場たたき上げの士官などが入り交じった軍大学の風景は、いわばケィローン軍の縮図のようなものだった。

そのシュリシュクにある第三方面軍大学の第三十講義室の前に、ひとりの男性士官が立っていた。年齢は、まだ若い。二十代なかばだろうか。制服についている階級章は少佐。胸には経歴と資格を示すいくつもの略綬、そしてその上に銀色の参謀章が光っているが、実働部隊を示す青い線がないところをみると、艦隊や部隊をひきいる司令部付きの参謀ではなく、兵站業務や作戦立案を行なう、いわゆる後方勤務参謀《デスクワーカー》だろう。

「いよいよこの日が来たか……」

少佐が講義室の表示を見上げて、感慨深そうにつぶやいた時、それに答えるように後ろから女性の声がした。

「キミのことを信用しないわけではないが、最初が肝心だからな。脳内妄想を垂れ流して喜ぶ空想好きサークルのオフ会にならないように、わたしも同席する。何かトラブルがあったらすぐに対応できるようにしたい」

振り向くと、そこにひとりの女性士官が立っていた。年齢は二十代後半か。階級章は中佐。そしていくつもの戦役に参加したことを示す略綬の上に輝く参謀本部章と、そして秘書官章が、その女性士官がエリート中のエリートであることを意味していた。

「それって、わたしのことを信用していないということですね、先任」

先任と呼ばれた女性士官は、にっこりと微笑んだ。

「信用しているとも。信頼はしていないがね」

目が笑っていなかった。

女性士官の冷たい視線を背中に受けつつ、少佐は講義室の開閉スイッチを入れた。講義室のドアが開くと、受講席に座っていた年齢も性別もバラバラな三十名ほどの士官から視線が集中した。

少佐は一回深呼吸すると、講義者の演台の後ろに立って、声を張り上げた。

「はじめまして、諸君！　わたしはケイローン軍統括作戦中央本部、作戦資料管理担当参謀の、アオル・イリグス少佐である。過去に意識空間の中で行なわれていた、仮想戦記フォーラムでお目にかかったことがあるかたも何人かいらっしゃるようだが、本日、こうやって、意識ではなく実体としてここに集められた諸君は、年齢も、性別も、階級も、職種も、経歴もすべてバラバラだ。ほとんど全員、実体として会うのは初めてだろう。研修という名目で、ケイローン各地で任務についている諸君を集めたのは、わたしだ。実際にきみたちの所属する部隊や部署に手をまわし、研修を無理やりねじこんだのは、そこでこっちをにらんでいる女性士官殿だがね」

扉の近くの席から飛んでくる女性士官の視線は、背筋が凍てつくほどだ。

少佐は、小さく咳払いをしてから言葉を続けた。

「集まってもらった理由を説明しよう。諸君には、これから、粛清者支配宙域への探査、侵攻に関するアイディアを出してもらう。階級、経歴、性別、年齢はいっさい関係ない。媚《こ》びる必要もなければ、支配的に振る舞う必要もない。とはいえ敬意は忘れないでほしい。求められているのは、きみたちの発想であり、発想と発想がぶつかりあって生まれる発見であり、諸君個人ではない。そして、ここでの集まりの結果がどのようなものになっても、諸君は責任を問われない。責任を問われるのはわたし……では貫目《かんめ》が低いので、そこにいる上司である女性士官だ。なので、気にせず自由にやってほしい」

背中に感じる女性士官の視線は、黒体放射の三Kまで下がった。

その代わり、少佐の前にいる三十人は安堵したようすだった。

制服の胸のところには、階級と所属と名前、そして経歴を示す略綬が付いている。眼鏡などの端末を通して検索すれば、女性士官の名前と、職務内容が秘書官であり、直属の上司がケイローン軍第三軍の総司令官であるデグル上級大将であることはすぐにわかる。

デグル大将は、誰かにはしごをかけてやることはあっても、かけたはしごをはずして逃げることはしない。そういう人物であることは、誰もが知っていた。

「聞いていいかね？　どういう基準でわしらが選ばれたのか？」

メンバーの中で最高齢の、百歳を超えた老人が少佐に聞いた。端末を通じて、戦術支援

AIが、その老人は、長年、最前線の工作艦で勤務していた技術将校で、今は予備役大佐であることを少佐に告げる。

「今回の研究会にお呼びしたかたは、作戦立案に役立つ見識や経験を持っているかたがたです……というだけでは、納得してもらえそうにないので、わたしが勝手にひとつだけ追加した基準をお教えします。ここにいるみなさんは、全員その基準を満たしています。もちろん、わたしもです……」

そこまで言ってから、少佐は少しだけ考えた。

――これをそのままダイレクトに口にしていいものだろうか？　人によってはかなり不快に感じるだろう。しかし、だからといってここで自重できるような人間なら、わたしはここにいない。わたしが追加した基準は、そういうものだ。

少佐は、ゆっくりとした口調で言葉を継いだ。

「みなさんは等しく、〝空気が読めない〟人間です……」

それを聞いた三十人がきょとんとした顔になり、続いて、これまでの人生でそれぞれに思いあたることがあるのか微妙な顔になるのと同時に、出入り口脇の席のほうから大きなため息が聞こえてきた。

「さあ、前置きはこれくらいにして、始めましょう」

こうして始まった最初の全体会合は、〝空気が読めない〟人間を集めただけあって、いきなりとっちらかって遠慮のない、よい意味では刺激的な、悪い意味では野放図な話し合いとなった。

「銀河文明評議会の管理する宙域を離れ、未知の宙域に侵攻するのであれば、わたしたちの知る成功例を最大限活かすべきです」

そう口にしたのは、この中で最年少の、士官学校を出て三年の新米中尉だった。勤務評価に極端なプラスとマイナスが並ぶ問題児で、同僚とあわや決闘沙汰になるほどの騒動を起こし、ほとぼりを冷ます目的で前線から離れた無人星系の警備隊に島流しになっていた男だ。見るからに生意気な面構《つらがま》えをしている。しかし、彼はその赴任先で、目覚ましい活躍を見せた。

彼が警備していた無人星系には、人類が居住可能な惑星はない。だが、複数のゲートネットワークを結ぶハブとなっていた。ケイローン軍の上層部は、粛清者の目標は人類が居住する惑星を持つ星系であり、この星系に対する攻撃はないものと判断し、小規模な警備隊しか配置していなかったのだ。だが、この星系に対しても粛清者は四発の恒星反応弾を撃ちこんできた。それを、最小限の戦力しかない警備隊ですべて迎撃したのが、この中尉の所属する警備隊だった。

少佐が警備隊の成果に興味を持って調べたところ、この中尉の名前が出てきたのだ。彼はモルダー星系の事例を分析し、次に粛清者が取る戦術として、戦線後方の星系に無差別恒星反応弾攻撃を仕掛けてくる可能性が高いと判断、軍学校に独自の研究レポートをあげると同時に、自分の担当星系の警備隊の戦力で可能な恒星反応弾の迎撃計画を立案していた。レポートそのものは評価されなかったが、基地のデータベースに残っていて、恒星反応弾が実際に飛来した時に、AIが即座に基地司令に提示したのである。

「今回の成功例、というのはきみの立てた迎撃計画のことかね?」

参謀が聞くと、才能については申し分のない中尉は、そう来るだろうと思っていました、と言わんばかりの品のない笑いをニヤリと浮かべ、得意そうに答えた。

「あの計画も大成功でした。でも、もっと成功を収めた作戦計画があります。粛清者の無差別恒星反応弾攻撃作戦です。彼らの戦いが成功したからこそ、銀河文明評議会はヨロイトカゲのように手も足も首も引っこめて守りを固めるだけの消極戦略を放棄し、打って出るしかなくなったわけですから」

ヨロイトカゲというのは、ケイローンの慣用句によく出てくる地球で言うところの亀によく似た生物だ。危険を感じると硬い鎧のような甲羅の中に手足を引っこめて棒のようになってしまうことから、手も足も出ないことの表現に使われる。

少佐はたしなめるように言った。

「言葉は正確にな、中尉。銀河文明評議会は、従来の戦略を放棄したわけではないぞ。この研究会にしたところで、あくまで将来のたたき台の基礎にするためのものだ」

中尉は馬鹿にしたように鼻を鳴らした。

「ふん、上のほうはまだそんなヌルいことを言ってるんですか。そんなに意味をなくした従来の戦略と心中したいんですかね。自殺願望でもあるんでしょうね。権力を持った人間が愚かなままだと、わたしたち下っ端は、その愚かさに巻きこまれて死ぬしかありませんが、そんなのはまっぴらごめんです」

言いたい放題である。これが普通のメンバーを集めた会議なら、即座に険悪な空気になってもおかしくない。実際、何人かは不快感を露骨に示していた。だが、その不快感よりも勝《まさ》るものがあった、好奇心と探究心である。空気が読めない人間を集めたことの利点はここにあった。隣の人間が不快に思っても、どうとも思わないほかの人間は、周囲に遠慮することなく、平然と話を進め始めた。

「中尉、きみは今、粛清者のやりかたを〝成功例〟と言ったな。その件に関して意見を聞きたい、やつらの成功は、何に起因するのだろう？」

中尉は、待ってました、とばかりに持論を展開する。

「原則で言えば、自由度の高さですよ。どこに、いつ、どれだけの戦力を投入して戦うかは、攻める側が決め、守る側は決められない。それが攻める側の主導権です。士官学校で最初に学ぶ基礎の基礎ですね、これは」

どうしてこの中尉は常にひとこと多いのかと少佐は思ったが、言っていることに間違いはない。これまで、粛清者は常に攻める側で、人類側は常に守る側だった。人類側が主導権を手放してもなんとか戦うことができたのは、ゲートネットワークによる内線を利用しての戦力の集中がある。

「しかし、学ぶといっても、粛清者のやりかたは片道攻撃……自殺攻撃だ。成功しようが失敗しようが、投入した戦力は大半が失われる。人類が学ぶには無理がないか」

「何も人間を送りこむ必要はありませんよ」

「何？」

中尉はあらかじめ用意していたのであろうプレゼン用のデータを、講義室の大型ディスプレイに投影した。

「こいつは……無人機か。どこかで見たな」

「守護天使シリーズじゃないか。あれの巡航艦タイプだ」

「ああ、そうだな。ふむ、あれは拠点防衛用だが、こいつは少し改良してあるな。航続距離を伸ばしたタイプか。哨戒任務用か」

「そのとおりです。こいつを送ります」

「おいおい。守護天使がどうなったか、知らないわけじゃあるまい」

銀河文明評議会が、星系防衛の切り札として作り上げた守護天使システムは、そのネットワークごと粛清者に奪われ、戦線に大穴があいた。

「こいつにはドローンを搭載します。それに、使い捨てです」

「使い捨て？」

「まずは情報収集です。初手として百万隻のドローン巡航艦を用意し、百隻から三百隻ずつのグループを作って未知宙域の探査を行ないます」

中尉がシミュレーションを起動する。

ドローン巡航艦のグループが、未知宙域に進む。進むにつれて探査する星系の数は増えるので、グループは分かれていく。そうして粛清者支配宙域に到達したドローン巡航艦は、迎撃を受けて消耗し、全滅して消えた。

「あっというまに消えたぞ。まさか、また百万作って送りこむんじゃないだろうな」

「いえ。これで充分です。どこが粛清者の星系かわかれば、次に送るのはこいつです」

鏃《やじり》のような形状の黒い巡航艦モデルが表示された。

外見は先の偵察型と同じだ。名前と機能だけが違う。

「惑星／恒星破壊兵器……どういうものだ？　粛清者の恒星反応弾と同じものか？」

「わかりません。まだ存在しない兵器ですから。ですが、粛清者宙域に侵攻するならば、必ず拠点破壊型の兵器が開発されるでしょう。それを搭載します。動かすのはもちろん、ドローンです」

「これも使い捨てか」

「そうです」

「だが、これを投入しても、破壊できるのは偵察した粛清者側の最前線の星だけだぞ。彼らに大打撃を与えることはできない」

「だからどうしたと言うのです」

中尉は悪びれたようすもなく平然として言った。

「ここまで状況が悪化したのも、粛清者に戦略的フリーハンドを与えたせいです。ならば、今度はやつらに、自分たちの宙域を守るためにリソースを使ってもらいましょう。恒星反応弾を量産するかわりに、迎撃型機動戦闘艇を量産させるのです」

少佐は、ようやく、この中尉が内面に抱いている危機感を理解した。

モルダー星系に続く太陽系の戦いは、紙一重の形で人類側の勝利に終わった。恒星反応弾の迎撃について多くの戦訓が得られ、各星系の軍で研究が進んでいる。恒星反応を抑制する〝解熱剤《アンチパイティックス》〟の生産と配備も軌道に乗った。

もし、次も同じ形で粛清者が侵攻してくれれば、銀河文明評議会は被害を最小限にして戦うことができるはずだ。

次も、同じ形であれば。

だが、そんな保証はどこにもないのだ。

恒星反応弾による後方星系への攻撃は、あと一歩で、人類側の防衛体制に大穴を開けるところだった。次の攻勢で、恒星反応弾よりも有効な兵器が使われたら、今度こそ、銀河人類側は致命的な損害を受ける可能性があった。

それを防ぐためには、粛清者側の持つ兵器開発などの資源を、防衛にまわさせるしかない。そうやって、ようやく人類は粛清者と戦略的に互角の立場になるのだ。

「今の人類と粛清者の関係は、一方的にすぎます。粛清者は攻勢をかけ、そのための戦力や兵器を開発する。人類は守勢のため途上星系を発達させ、ゲートネットワークを作って防衛力を高める。これまではそれでもよかったのでしょうが、恒星反応弾のような新兵器が出た以上、このまま守勢を維持するのは座して死を待つのと同義です」

中尉はそう言っておのれのアイディアを結んだ。

この侵攻部隊のアイディアに対し、その目的について見識を示したのは、補給担当の大尉だった。彼は兵卒からのたたき上げの事務屋で、これまでは〝普通に有能〟という評価を受けていた。

その評価が変わったのは、中尉と同じく、先の粛清者の攻勢時である。後方星系が恒星反応弾の攻撃を受け、物流が大混乱になり、事前の輸送計画がことごとく破綻《はたん》したさい、この補給大尉が魔法のような手腕で兵站を立てなおしたのである。

どうやったのか調査した少佐は、仰天した。

補給大尉は、近隣星系の廃棄係留物資の情報をデータベース化しており、そこから物流が途絶えた物資を調達していたのだ。

　廃棄係留物資というのは、過去の戦いにおいて前線近くの星系まで輸送したが、そこで戦いが終わるなどして不要になり、留め置かれた物資の総称である。銀河文明評議会における兵站は、必要な時に必要な量の物資が前線に届いているためなら、ある程度の無駄を許容する仕組みになっている。〝必要になる物資〟はもちろん、〝必要になるかもしれない物資〟も、輸送能力が許すかぎり、前線星系へと運ばれる。必要になってから送り出したのでは手遅れになる。これは、確実に最前線に物資を補給するために用いられる〝推進補給〟と呼ばれるシステムである。

　前線星系での戦いが終わったあと、消費しなかった物資の多くはそのまま近くの無人星系にまとめて係留される。これを移動できる艦艇があれば、シュリシュク星系のような大規模工廠《こうしょう》のある拠点まで回送され、モスボールされる。しかし、コンテナに詰めた資材や物資の中には、後方星系で新たに生産したほうが、後方まで輸送するコストよりも安くあがる物もある。こういったものは、書類上は廃棄処分とされるのだ。

　こうして前線で使用されなかった物資は流れ出さないように重力錨《グラビトンアンカー》でまとめて一カ所に係留し、ビーコンで廃棄物資であることを示し、放置されてきた。

　廃棄係留物資が必要とされる時が来るとは、誰も思わなかったのだ。データベースを作った補給大尉にしてから、実用のためにやったことではない。わざわざ無人星系に足を運んで調査をした理由は、帳簿を綺麗にする快感、美意識だと認めている。

少佐は、その美意識に利用価値を認め、研究会に呼んだのだ。

中尉が示した侵攻作戦のアイディアを見た補給大尉は断言した。

「最優先で調査するべきは、粛清者領域における生産と物流です。ほかにありません！」

「粛清者には謎が多い。生物的、文化的、政治的な調査もあると思うが？」

補給大尉はその意見に対し、力強く首を振って見せた。

「そんなもの、後まわしです。粛清者には多くの謎がありますが、わたしたちが解かなければいけない謎はただひとつ。彼らの戦力はどこで生産され、どうやって集められているのか、です。その証拠として、逆を考えてみましょう」

「逆だと？」

「これですよ」

補給大尉は、銀河文明評議会のゲートネットワークを画面上に表示した。そのネットワーク上を、色とりどりの光の粒が流れていく。

「これは、銀河のこのあたりの宙域の生産と物流を模式化したものです。この情報を粛清者が手に入れたら、どうなると思いますか？」

講義室の中がざわついた。

ケイローンは中堅種族だ。

マインドリセット以前の、同じ星の中でケイローン人同士で戦争をしていたのは、遠い歴史の話である。今のケイローン人にとって戦争とは、途上種族の星系に侵攻してきた粛清者と戦力と戦力をぶつけ合う、血なまぐさいが単純なものだ。

目の前に見せられたのは、彼らが最適化してきた戦いを、根底から覆《くつがえ》すものだった。

補給大尉が示したのは、戦略的な意味での通商破壊戦だったからだ。

「真っ先に狙われるのは、ゲートネットワークのハブ星系だな」

「この前の恒星反応弾攻撃でも狙われただろう」

「あの時は、ハブかそうでないか関係なしに二発から四発が撃ちこまれた。ゲートがあるから撃ちこまれたんだ」

「新型の実体弾を打ち出す砲身に必要な金属の精錬は、ここところ……それとこっちの三星系に集中している。この三つがやられると、今あるストックだけで戦うことになるな」

「おいおい。そんなの二度か三度の戦いで消耗しつくすぞ」

ざわつく出席者を見まわして、補給大尉は胸を張ってみせた。

「これでおわかりいただけたでしょう。物流は、人体でいえば血管と血液です。太い血管を切れば、弱る。弱れば殺せる。人類でも、粛清者でも」

出席者の多くは、補給大尉の言葉よりも目の前に見せられた事実に気を取られていた。

「こうしてみると弱点だらけだな、人類宙域って」

「ヤバい。殺されない方法がわからない」

「メグナ星系に、機動部隊の基地を置くんだ。今のところ被害が少ないのは？　第二軍か。そいつで機動防御する」

「メグナ星系はゲートのハブじゃないぞ？」

「ハブじゃないが、一回のゲート移動で四つのハブ星系に行ける、三回のゲート移動で、このあたりのほぼ全星系に到達できる。ここを拠点にするんだ。今すぐやろう。おれが計画案出す。そっちで輸送計画立てろ」

何人かが先走り、外部に通信しようとしたので、少佐はさすがにとめた。

「待て、待ってくれ！　今日ここに集まったのは防衛じゃなく、侵攻のための研究会だ。というか、許可なく成果を外に持ち出すな。殺されるぞ」

「誰に？……って、ああ」

われに返った出席者たちのざわめきが、すっと消えた。

少佐の背中に刺さる女性士官の視線は、痛いほどだった。

話が広がりすぎた反動か、侵攻作戦に対する反応は下火になり、続いて議題にあがったのは技術面での諸問題だった。

「現用艦艇を遠征に使うのなら、システムの冗長性のため、搭載火器の半分は下ろすことになります。あいたスペースに、予備エンジンのモジュール搭載は必須ですね。単艦あたりの火力はそうですねぇ……三分の一くらいを見てはどうでしょう」

「ずいぶん減るな」

「現用艦艇は、短期決戦型に最適化しています。基地で補給と整備をがっちり行ない、ゲートをいくつかくぐったら、もう最前線です。前線での損傷や不具合は、細かい修理に時間と手間をかけるのではなく、モジュール単位で交換して乗りきります。それで生き残ったら、工廠がある後方星系まで送り、そこで修理……いや、ほとんどは解体ですね。細かくなおしながら大事に使うよりは、新しい艦を用意するほうが経済的なので」

技術研究所で艦艇のデザインを担当している研究者のひとりが言った。

「これまでの戦略環境への過適応だな」

「前線の要望を汲み取り続けると、どうしてもこうなっちゃうんですよ。長期間の単独行動ができ、故障があっても代替艦なしでも動かせる艦、なんて求められてませんから」

「まったく存在しないのか？」

「あるにはあります。なんらかの理由でゲートネットワークが機能不全した場合に備え、自力での超空間跳躍能力を高めた長距離哨戒型の巡航艦が。巡航艦といってもサイズは戦列艦なんですが」

「そいつを使えばいいじゃないか」

「設計は百年前で、少数生産したのがろくに使われず、モスボールされてます。前線でバリバリ活躍して改良を積み重ねた現用艦艇と、どっち使います？」

「現用艦艇でよろしく」

「新型艦艇をイチから作るとなると、十年はかかる。現用艦艇をモジュール交換で長距離用に改良して投入するか」

「研究会が始まったら、担当する設計班を作ってそこにやらせよう」

艦だけが問題ではなかった。別の出席者からも意見が飛んだ。

「それはそうと、通信はどうする？　銀河系内の通信でさえゲートがなけりゃ成り立たないのに、ほかの銀河系からどうやって情報を送受信するんだ？」

その意見を受けて返答したのは、頬骨がそそり立つ痩せ型の女性だった。技術将校を示す少佐の階級章の上には、複数の専門課程卒業と数十の資格取得者であることを示す略綬が燦然《さんぜん》ときらめいている。技術少佐は怜悧《れいり》な視線を周囲に向けて言った。

「今の星系間通信は、ふたつの要素で成り立っています。ひとつは、星系全体に張りめぐらされたアンテナを統合して、一個の巨大なアンテナとして使用していること。もうひとつは、ノイズ除去、転送レート微調整などの細かなノウハウが蓄積されていること。長距離侵攻艦隊は、このふたつを持つことができません」

「デカいアンテナを用意するだけなら、長距離侵攻艦隊のうちの八隻……最低でも六隻だな。アンテナモジュールを搭載した通信艦を、星系全体に八角形か六角形になるように配置して通信するというのはどうだ？」

「理論上は可能だが、アンテナは作ればそれでいいってもんじゃない。広げたあと、調整に時間がかかる。そうだな、十日はほしい」

ここで言う一日、一時間という時間の概念は地球上のそれとは異なる。星系ごとに自転周期公転周期が異なるため、いわゆる銀河標準時間と呼ばれる単位が定められている。シュリシュクを構成するリング状の惑星コロニーの自転と公転は、この銀河標準時間に合わせており、ケイローンに時差はない。

十日、と聞いて全員が唸る。

「敵地で、通信艦を広くばらけさせて十日も動けないってのは、どうなんだ？」

「粛清者がいる星でやることはない。情報収集したあと、無人星系でやればいいだろ」

「えー、その十日間って、調整のために超空間通信波、出しっぱなしですよね。バレますよ。一発でバレます。わらわら寄ってきますよ」

「超空間航行で粛清者側の星系から十日以上離れた星まで移動して……」

「境目付近はそれでいいかもしれんが、敵地深く入れば、そこまで戻るほうが大変になるぞ」

「途中で待ち伏せくらいますね」

「じゃあ、星系規模のアンテナは諦めて、一日で調整できるレベルのアンテナで通信するとしたらどうなる？」

技術少佐が、デスクにある端末を操作しながら言った。

「シミュレーションします……ダメです。転送レートがお話になりません」

「どのくらいまで低下する？」

「一時間かけて八文字くらいにまで低下します」

「なんだそりゃ。ケタをひとつかふたつ間違えてないか」

「間違えてませんよ。……あ、間違えてた」

「ほらみろ、どのくらいになる？」

技術将校は怜悧な視線を、発言者に投げて言い返した。

「十時間かけて八文字ですね。一時間で一文字転送できない計算です」

「待て、おれに計算させろ」

「ご随意に」

技術将校はそう言い放つと、小さくバンザイするような仕草で、手を端末から離して見せた
文句をつけた出席者は、最初得意げな顔で端末に入力していたが、やがて眉間に縦じわが寄ってきた。

「……ホントかよ。こんなことになるのか？　これは……いや、大丈夫だ。転送用の通信アルゴリズムを切り替えて低レベルで送れるものを作れば、もうちょっと実用的に……」

「そもそもの伝達可能な情報量に限界があるわけです。アルゴリズムをいじっても、一を十にすることはできません。アルゴリズムは魔法の呪文ではないのです」

技術将校に、ピシャリと言われて頭を抱えている出席者を見て、横にいた男が声を上げた。

「アルゴリズムをいじるくらいなら、いっそのこと高速艦を艦隊から分離させて、直接情報を持ち帰らせたほうがよくはないか？　〝伝令使《クーリエ》〟ってやつだ」

「そんな高速艦、あるのか」

「あるぞ。基本設計は古いが、最近になって新しい任務に使えないかってことでいろいろといじってる」

そう答えたのは、補給本部装備課の使役艦担当の士官だ。使役艦というのは、輸送艦以外の、軍で使われてはいるが戦闘に従事しない艦船のことで、この士官はその整備管理と開発担当をやっている。

「新しい任務ってなんだ。ここで言っても構わないのか？」

聞かれた使役艦担当士官はうなずいた。

「大丈夫さ、もうじき公式に広報される予定の情報だ。〝解熱剤〟を撃ちこむ任務だよ。

各星系の防衛拠点に配置して、粛清者が恒星反応弾を使ってきた時に発進して、最短時間で反応をとめる。時間との勝負だからな」

「表面爆発が起きる前に撃ちこめれば、被害はきわめて限定的ですむものな」

「しかし、その高速艦は、星系内で使うことを前提に設計されているんだろう？　長距離航行を考えて作られたわけじゃない。参考にはなるが、伝令使として使用する艦艇は新設計にならざるを得ないだろう」

「そう言われてみればそうだな。既存の艦船と、長距離侵攻作戦に使用する艦船とは、要求されるものが違う。いわば設計思想の根本が違うってことを念頭においておかないとダメだな」

通信をどう確保するかについては、その後もいくつかの意見が出されたが、これといった決め手に欠けるものだけで、意見が出なくなった。少佐は、通信に関しての討論をいったん保留とし、このあとも継続して開催される研究会では、長距離侵攻艦隊の通信は超空間通信と高速艦の両方向で実用性を検討することになった。

通信の件が片づくのと同時に、少佐が出席者を見わたして言った。

「さて、次は、長距離侵攻艦隊を運営する上において最大の問題である補給について考えてみよう。先ほど発言してくれた補給の専門家から、概念を説明してもらえるとありがたい」

通商破壊戦について発言した補給担当の大尉が、ゆっくりとした口調で話し始めた。

「補給の専門家と言っても、わたしは流通に関して論文を書いたわけでも学位を取ったわけでもありません。ただひたすらに補給の現場で、補給の仕事を続けてきただけです。その経験から言わせていただければ、補給とは、〝必要な時に必要な物が必要な場所に存在する〟という状況を維持し続けることだと考えております。それを可能にする方法はふたつの要素を必要とします。備蓄と供給です。備蓄だけでは、それを使いつくせば終わりですし、備蓄できなければ供給ラインが断たれれば終わりです。長距離侵攻艦隊に対する補給ですが、後方からの補給なしで動かすパターンと、最小限の補給を受け取るパターンがあります。ですが、どちらも困難を伴います」

「〝補給なし〟ってのは、自前で運ぶってことか。艦隊の後ろに輸送艦が長蛇の列を作ってついていくことになるぞ」

補給担当の大尉がうなずいた。

「はい、今、ざっくり計算しましたが、艦隊が百隻だとしたら、最低でもその二・五倍、二百五十隻の大型輸送艦を随伴させなくては長期の遠征はできません」

「戦闘できないだろ、それじゃ」

大尉は首を振った。

「なるべく戦闘を行なわない、行なっても自衛戦闘を一回もしくは二回というのが前提で、今の数字です。本格的な艦隊戦闘を行なうのなら、消耗する慣性吸収カウンターマスや、弾薬などの数字はけたはずれに跳ね上がります」

出席者のひとりが言った。

「自給自足というのはどうだ？　工作艦を随伴させて、消耗する物資のいくつかは現地で資源を採集して生産するというのは？」

反論したのは、軍需工場の生産ラインでモジュール化された戦闘艦の設計を行なっている、これまた、たたき上げの初老の大尉だった。

「ダメだダメだ。論外だ！　資源採集にどれだけ時間がかかると思う？　複合資材を構成している元素だけでも数百種類に及ぶんだ。その元素をひとつひとつ精錬して取り出し、それを組み合わせて初めて基本的資材ができあがる。もしこの世に奇跡的な星系があって、そこに純粋な金属結晶がそのまま転がっている惑星があり、精錬の手間が省けたとしても、それを合成するプラントはどうするつもりかね？　氷でできた小惑星を溶かして水を手に入れるくらいならいいが、金属の精錬とか合成とか、敵地でやることではない」

「〝敵に禄《ろく》を食《は》む〟というのは？　粛清者の星系から奪うんだ」

「敵がどこにどれだけいるのか、それすらわからない、それをこれから調査するのに、何が奪えるかなんてわかるわけがない。それを兵站の前提にするのは、いくらなんでも無理だ」

補給を受け取らずに艦隊を進める案は、たちまち行き詰まった。

これは当然のことで、銀河文明評議会の艦艇はどれも、充分な補給と整備がある前提で設計されている。星系防衛が目的であり、常に間近に惑星や泊地《ベース》が存在しているのが当然、という考えかただ。補給が受け取れない状況下で、さらに長期間にわたって作戦行動を続けるという状況が存在しなかったし、そういう状況になることも想定外だったのだ。

「やはり、長距離侵攻艦隊とは別に補給船団を用意して、補給を後方から届けるしかないな。受け取り地点を事前に連絡して、そこで受け取るしかない」

「となると……長距離侵攻艦隊が今どこにいるって、補給部隊はどうやって知るんだ？」

「そりゃ、超空間通信で……ああ、そうか。そっちも要検討だったな」

「ましてや敵地深くだ。補給部隊をあと追いでフラフラ動かしてたら、いい餌食だぞ」

「警戒されてるだろうしなぁ……いや、粛清者なんで、まるで警戒してない可能性もあるんだが」

「それは希望的観測、いや、願望にすぎん。願望が成就することを前提にして物事をすすめるというのは、愚か者のきわみだぞ？」

「逆にするのはどうだ。補給艦隊は手ごろな無人星系まで行って、物資をためこんでおく。物資集積所《デポ》を構築するんだ」

「ふむ。長距離侵攻艦隊は、その無人星系に行って物資を受け取るのか」

「大量の物資を運べるが、あくまで手ごろな無人星系が、補給艦隊の行動範囲内にあるという前提の話だな、それは」

「やはり、敵地深くまで入ってからは無理があるな、ゲートが使えればいいんだが、持ち運び可能なゲートって、どこかにないかな……」

それを聞いて、ひとりの男が、え、という顔をした。

「ありますよ、持ち運び可能なゲート」

その答えを聞いた参加者が色めきたった。

「なんだと？　本当か？」

「聞いたことがないぞ！」

ある、と断言したのは、転移ゲートの転送管理部門の責任者で、ゲートが転移可能な質量を増大させる次元断層の固定化装置の改良を個人的に研究していた、少佐の階級を持つ中年の男だった。

「いや、実際にみなさん……ほら、輸送船で運んで、前線星系で組み立てて使っているじゃないですか。モルダー星系でも、太陽系でも。簡易ゲートってやつです」

全員が顔を見合わせる。

「そうか、使い捨てでいいんだ！　分解された簡易ゲートを運んでいって、粛清者の支配下の銀河のどこか、発見されにくい場所で組み立てて、次元断層を構築してこっちの星系のどこかの補給基地にあるゲートと繋げてしまえばいい。手に入る物資は無尽蔵だ」

「だが、簡易ゲートといっても、超空間通信と同じで、接続までに時間がかかるし、重力波歪曲で次元断層を発生させてそいつを固定するには、強力なエネルギー源が必要になる。重力波と動力炉の存在は確実に敵に察知されるから、長時間の使用はもちろん、反復して使用するのも危険だぞ」

「うむ、それに遠距離だと転送可能な質量の上限はかなり低い。最大でも駆逐艦サイズ……は難しいな。もう少し小さな恒星系内用の内航貨物船サイズでなんとか、というところかな？　そのへんは計算してみなければわからないが。実用レベルでいけそうな予感がする」

「長距離侵攻艦隊が簡易ゲートを使用するさいに問題となる点は、さっき言っていた組み立て時間と、エネルギーと重力波の遮蔽だ。このふたつを解決できれば補給の諸問題はいっきに解決するぞ」

「もっと小型化できないか？　小型のものなら組み立て時間も短縮できるし、重力波やエネルギー源の遮蔽も楽にできそうだ。今の簡易ゲートよりももっと小さくして、そうだな……輸送コンテナくらいのサイズのものをやりとりできるだけでいいんじゃないか？」

「そうか！　物資を届けるだけでいいんだから、別に輸送船とかを送りこむ必要はないんだ！　コンテナサイズでやりとりできるなら、通信カプセルも送れるし。長距離侵攻艦隊と後方とで、人員の入れ替えもできるぞ！」

「人を通せるほど、次元断層が安定するかは疑問だがな」

「いや、これは検討すべきだ。いざとなった時に、長距離侵攻艦隊の将兵を後方に脱出させる手段があるかないかは、士気に関わる！」

その発言が終わるのと同時に、少佐の携帯端末が、この講義室を使用できる残り時間が少ないことを告げた。

――第一回の会合にしては、それなりに成果が出せたな。とりあえず、このへんで締めよう。

少佐は、出席者を見まわして口を開いた。

「そのとおりだ。諸君、忘れるな。ケイローンは、決して前線の兵士を見捨てない。救出のためにあらゆる手をつくす。それこそがわれらの矜持《きょうじ》であり、われらの力の源泉だ。この基本原則を確認して、今日の会合を終わりたいと思う。このあとの予定は特に組んでいない。宿舎に戻ってもらっても構わないし、気のあった仲間と論議を交わすのもいいだろう。だが、あくまでも今回は研修であり、旅費と日当が出ている仕事であることを忘れないでほしい。では、わたしからは以上だ。ご苦労！」

参謀の言葉に、全員がうなずいた。

最初の全体会合が終わったあと、少佐は、先任の女性士官に食事に誘われた。誘われた、と言っても、それは軍大学内にある食堂で、長テーブルに並んで食べるだけで、色恋沙汰は皆無である。

ケイローンの郷土料理であるグラールと呼ばれる麺料理を、フォークとスプーンが一体化したケイローンふうの食器で口に運びながら、先任女性士官が少佐に言った。

「キミ、仕込んでないか？」

「仕込む？　何を？」

「今日の全体会合だ。初顔合わせにしてはえらく活発な意見交換だった」

先任女性士官と同じグラールを食べながら、少佐は首を振った。

「ああ、そのことですか、いえ、仕込んでなんていませんよ。あれは、いつも周囲に黙らされてる連中ばかりなんで、今日はここぞとばかりに自分が普段言いたいことをしゃべりまくっただけです」

「本当か？　なら、たいしたものだ」

先任女性士官は、先割れスプーンのような食器をクルクルと指の上でまわして聞いた。

「いつもやってる意識空間を使っての会議とは違った熱気を感じた。実際に人を集めて会議を行なうのは手間と時間を考えると実に非効率だ。だが、利点も多いように思えるが、何が利点なのか、それがわからない。教えてくれ」

「そうですね……ひとことで言うと入力する情報を制限できることでしょうか」

「入力する情報？」

「ええ、意識空間での会議は、目的とか大枠がきちんと決まっていて、あとは細部を詰めて各自が自分のやることを理解するには、最適なんですよ。会議に百人、千人集まっても混乱しない。それは、情報の流れが個人ごとに決められているからです。ひとりひとりの理解に合わせて、ＡＩが補助してくれる」

　先任女性士官は、怪訝な顔になった。

「この研究会は、それではダメなのか？」

「はい。なにせ、何も決まってません。粛清者の支配下にあるほかの銀河に侵攻するといっても、それが何を目的としているのかすら、決まっていない。参考になる前例もない。だからまず、全員に腹の中にあるものをぜんぶ出させるんです。案の定、おもしろいものを腹にためてた連中が何人かいました」

「そうか……中には人としてどうか、みたいなのもいたな」

「あの若い中尉ですか。ありゃ、絞れば絞るだけ、アイディアを出すタイプですよ。使えないアイディアも多そうですが、周囲に刺激を与えて議論を活発にしてくれる」

「取り扱い注意な劇物ってわけか。まあ、成果さえ出せればいい。期待しているぞ」

　その言葉を聞いた少佐の顔に浮かんだ笑いを、女性士官は見逃さなかった。

「何がおかしい？　それとも成果なんか出せっこない、という自嘲の笑いか？」

問い詰めるような言葉を聞いて、少佐は小さく首を振ってみせた。

「いや、世の中はどう転がるかわからないものだな……と思いましてね。扱いが百八十度変わったことを、おもしろがっていただけです。〝粛清者に対して攻勢に出る〟という概念を話すたびに、笑われてきましたからね。そんなことはありえない、夢物語だ、空想だ、そんな馬鹿話は酒を飲んでからやれ、勤務時間に考えるようなことじゃない、もっとまじめに仕事をしろ……みたいなことを言われ続けてきました。意識空間を使った会合は、あくまでも個人的に、自費を使って、仲間内だけでやってきたんですよ。まさか、正式に軍の予算を使って、人を呼び集めて、軍大学の講義室で白昼堂々、仕事としてできる日が来るとは思ってもいませんでした」

「情勢が変わった……いや、時代が変わったと言ったほうがいいのかもしれない。銀河文明評議会の上層部、雲の上の殿上人《てんじょうびと》の考えていることなどわかるわけもないが、粛清者の支配下にあるほかの銀河に対する長距離侵攻艦隊について、打診があったことは事実だ……」

先任女性士官はそこで言葉を切ると、小さく肩をすくめてから言葉を継いだ。

「……打診を受けたものの、わがケイローンにそんな概念があるわけがない。ケイローンの戦いの歴史は、侵攻してくる粛清者をどう防ぎ、どう撃退するか、という歴史だ。戦争とはそういうものだ、という概念しか存在しない……」

「それで、わたしの私的な研究会、同好会といったほうがいいかもしれませんが……こいつに声がかかった、ということですね」

「そうだ、日陰者の仲間内の会合は、正式な軍の会議となり、キミたちの馬鹿話は、仕事になったんだ。ケイローンの未来はキミたちにかかっている、がんばってくれ」

「やりますよ。先輩には、士官学校時代からお世話になってますから……ところで、その赤い丸いのはなんです？」

少佐は、先任女性士官が別枠で注文したサラダに載っている、見慣れぬ小さな赤い果実を見て聞いた。

「うむ、地球産の〝ミニトマト〟とかいう果物だ。太陽系で戦っているあいだに、わが第三軍の中で流行した。この軍大学の食堂を運営しているのも第三軍だからな。なかなかうまいぞ。食べてみろ」

「へえ、地球産の果物ですか、初めて見ます……では」

少佐は、そう言うと遠慮なく自分の先割れスプーンをのばし、プスリと瑞々《みずみず》しい赤いトマトを刺して口に入れた。薄い皮を歯で破ると、酸味と甘味が口の中に広がる。

「これは……おもしろい味ですね。初めて食べましたが、これはうまい」

「ああ。地球の食材は野趣あふれるものが多い。あの星を守ることができて本当によかったと思う」

先任女性士官は、少佐がこれまで見たことのない、優しい笑顔を見せた。

その笑顔を見ながら少佐は思った。

——日陰者の宴は今日で終わった。正式に軍の業務に格上げされれば、今までのように、適当に言いたいことを言い合って、結論も出さぬまま、無責任にすごすわけにはいかない。夢物語は実行計画に変わった。空想は現実になった。地に足がついたのなら、歩き出さねばならない。それが人類の証《あかし》だ。

宇宙軍士官学校　大事典

大事典中の①〜⑫の数字は登場する巻数を表わしています。

■ア行■

アーケルコン【艦名】③　士官学校訓練艦隊所属の攻撃型機動戦闘艇母艦。攻撃型機動戦闘艇七十機、偵察用ドローン、欺瞞《ぎまん》用ドローン各三十機を搭載。

アイル・ルクス【人名】⑦⑧　ケイローン軍第三軍混成旅団総司令官。中将。途上種族艦隊総括責任者。

アクエリアス基地【軍事基地】⑨　太陽系防衛軍所属の迎撃型機動戦闘艇部隊の発進基地。太陽系外縁部に浮かぶ準惑星エリスの軌道上に十二ある基地のひとつで、それぞれ黄道十二宮の星座にちなんだ名前がつけられている。

アケボノ【艦名】⑨⑪⑫　地球軍独立艦隊第二雷撃艦隊に所属する駆逐艦。艦長は依田《よだ》真人《まさと》。

アジーン・ゲート【転移ゲート】⑨⑫　地球の静止軌道上に設置された三つの大型転移ゲートのうち、アフリカ大陸上空に浮かぶ転移ゲート。

アバターシステム【システム名】③⑤⑦⑫　総人口の九割を失ったアロイスが、兵士の消耗を防ぐために開発したシステム。バイオテクノロジーと超空間通信システムと精神感応通信システムによって生み出された遠隔操作ロボットのバイオ版。魂の入れ物である本体を安全な場所に置き、意識だけをアバターに載せて、戦場に赴く。戦死しても、オリジナルのあるかぎり、なんどでも再生できる。

アラウム【人名】⑪　サジタリウス基地所属の太陽系防衛軍機動戦闘艇部隊第一中隊長代理。中尉。

アラミス【人名】⑩⑫　サーチー星系軍艦隊の機動戦闘艇部隊指揮官。中佐。

有坂恵一《ありさかけいいち》【特別士官候補生】①〜⑫　治安維持軍東アジア方面軍西東京基地に少尉として勤務時に、特別士官候補生としてアロイスに選抜される。各種訓練で優秀な成績をおさめ、練習戦艦アルケミス艦長、ついで訓練艦隊旗艦センテリオン座乗の艦隊司令官となる。士官学校生をひきいて臨んだシュリシュクにおける〝魂の試練〟では圧倒的勝利を勝ち取り、ケイローンから地球に対して破格の援助を約束される。だが、その優秀さゆえに准将に抜擢され、士官学校生で編制された地球軍独立艦隊をひきいてモルダー星系防衛戦に派遣され、実戦を経験する。粛清者《しゆくせいしや》の通信ジャミング攻撃で混乱した戦線を見て、独断専行で途上種族連合艦隊司令長官としての権限を駆使し、途上種族で編成された独立艦隊を指揮。敵の転移攻撃を効果的に迎え撃った功績で正式にケイローン軍第三軍混成旅団途上種族連合艦隊司令長官となる。最終の階級は少将。

アルケミス【スペース・コロニー】①④~⑩⑫ アロイスの巨大なスペース・コロニー。アルケミスの原形は約九百八十年前、アロイスの首星の人口増加に伴い建設され、当初は二十万人を収容していた。アロイスの首星が失われるさいに、脱出船として使われる。その後、銀河文明評議会の管理下に置かれ、スカウトプロジェクトのための教育コロニーに改造され、現在に至る。特別士官学校はここに設置された。

アルケミスⅡ【艦名】⑤~⑦ 有坂恵一たち一行がケイローンの首都惑星シュリシュクへ向かうさいに搭乗した新型戦艦。バルカン砲のような円筒形の船体の直径は、練習戦艦アルケミスの二倍、全長は三倍。船体が太くなったぶん、円柱の周囲に切られているレールガンと機動戦闘艇のリニアレールの数も二倍以上に増え、船体の中央より少し後方に格納されている機動戦闘艇の数もアルケミスの二倍に増えている。

アルジェリー【艦名】④ 士官学校アリサカ艦隊所属の砲撃特化型重巡航艦。

アルテミスの日傘【防御装置】⑪⑫ 太陽風に対するシールドとして月を使えないか、というアイディアから生まれた。恒星反応弾により太陽の表面爆発が起きた時に放射される強烈な放射線を、巨大な遮蔽シールドで防ぎ、そのシールドが吸収したエネルギーを、月の裏側の地下に縦横に張り巡らした超伝導ケーブルで捨てることにより、月の地殻をラジエーターとする計画。新月の日から前後三日はほぼ八割、地球をカバーするシールドを作ることができる。

アルバトロス【艦名】⑦　地球連邦宇宙軍所属の機動戦闘艇母艦。リーの所属していた一〇一機動戦闘艇教導大隊の母艦。

アレクサンダー・パターマン・ルガー【練習生】③～⑧⑫　愛称アレク。北アメリカ自治区ユタ州出身。ジュニアハイスクールの生徒だったころからアメリカンフットボールの選手として活躍しており、リーダーとしての素質を持ち、訓練生の人望も厚い。有坂恵一の教場総代。シュリシュクにおける第一回〝魂の試練《クラス》〟では分隊長として敵揚陸艦に突入し、ブリッジを制圧、勝利に貢献した。

アロイス【種族】①～⑫　銀河文明評議会に、四万七千五百十一番目に加盟した知的生命体。文明レベルは、エリルセナント線におけるβ《ベータ》セブンに達している。今から百年前に粛清者の侵攻を受け、首星と勢力圏にあった四つの植民惑星をすべて失ったのち、ロストゲイアーとして認定され、銀河文明評議会の管理下に入る。母星を失ったアロイスは、銀河文明評議会にドローンの人格を供給することで、ロストゲイアーの境遇から抜け出し、さらにエリルセナント線文明レベルα《アルファ》種族をβランクに引き上げるリフトアッププロジェクト、及びスカウトプロジェクトに従事することで功績を認められて、アリルレウス太陽系を貸与された。雌雄同体。

アロワニ【人名】⑧　モルダー連邦軍総司令官。大将。

アンカ【人名】⑧　惑星モルダーの静止衛星軌道上に設置された恒久型転移ゲート〈ワイゼル・ゲート〉のエネルギー供給管理者。機関大尉。

アンゲル・ビアンキ【人名】⑤⑦　地球連邦宇宙軍総司令部司令官。中将。

解熱剤《アンチパイティックス》【装置】⑫　銀河文明評議会の上級種族ジュバックにより作成された粛清者の恒

星反応弾の効力を失わせ、太陽の表面爆発を押さえこむ薬剤。

アンティラパターン【思念波】⑫　規定の蘇生時間よりも短い時間で急速に蘇生させたアバターの中に、五千七百万分の一ほどの確率で、ほかからの思念波が混入してしまうことがある。原因は不明。このさいに発生する思念波のパターンをアンティラパターンと言う。粛清者側の思念攻撃の一種と思われるため、この症状が出た場合、記憶や、自我領域などに改変が行なわれていないかどうか、確認する必要がある。

イオ・ゾンバ【練習生】⑦　地球軍独立艦隊所属の機動戦闘艇部隊第二小隊の小隊長。

イカン【人名】⑧　惑星モルダーの恒久型転移ゲート〈ワイゼル・ゲート〉に所属する作業艇四号の艇長。〈サーチタグ〉取り付け要員。中尉。

イクリ【人名】⑧　モルダー連邦国家主席。

イジェフスク基地【軍事基地】④⑤　太陽系外縁部の準惑星ハウメアの軌道上に設置された前進基地。粛清者の強行偵察型無人探査機を最初に発見した。

イジマシ【練習生】⑤　ロシア出身。ライラ・ヨルゲンセンの教場《クラス》。粛清者の強行偵察型無人探査機を撃破するさいに、練習生ウィリアムと同じく「撃たれる前にロングレンジビーム砲で敵の射程外から集中砲火を浴びせて撃破する」という意見具申をした。

イズスール【人名】⑦⑫　アロイス人。途上惑星教導推進省東アジア担当のタロムの部下。第三課所属。

伊藤【人名】⑨　練習生依田真人の中学時代のクラスメート。もと学級委員。

イムヤ・リィシア【人名】④　イジェフスク基地の知覚センサーオペレーター。アフリカ系の女性。

イラストリアス【艦名】⑩　地球軍独立艦隊所属の機動戦闘艇母艦。

教導者《インストラクター》【総称】①～⑥⑨　銀河文明評議会のリフトアッププロジェクトにもとづき、粛清者の侵攻に対抗できるよう下級種族を教育・援助する種族をさす。人類にとってはアロイスがそれにあたる。

インビンシブル【艦名】④　地球連邦宇宙軍所属の機動戦闘艇母艦。

インブレス【種族】⑦〜⑫　エリルセナント線上の銀河文明評議会加盟順位二千二百三位。文明レベル、α《アルファ》セブン。ケイローンの被指導種族。二十八年前に侵攻を受けたが、撃退に成功。その後、インブレス星系政府はケイローンからの要請がなくとも積極的に戦力を派遣している。種族全体がひとつの宗教によって教化されていたため、オーバーロードの存在を神として素直に受け入れたが、その裏返しとして、上級者の判断を無批判で受け入れることを美徳とする硬直化した価値観を持っており、臨機応変な対応ができなかったが、途上種族艦隊を編成したさいに総司令官となった有坂恵一の指揮の下で、思考の自由度が必要であることを知り、変化し始める。

ヴァレリー【練習生】⑩　地球軍独立艦隊所属の軽巡航艦ユリシス艦長。

ウィリアム・マコーミック・スターム【練習生】③〜⑫　愛称ウィル。北アメリカ自治区カンザス州出身。見るからに気の弱そうな、メガネをかけた少年。有坂恵一の教場《クラス》。根が素直な、ひねくれていない参謀タイプという珍しい性格。機動戦闘艇パイロットとしては、技量は並み程度だが、常に自己を客観視し、戦場全体を俯瞰《ふかん》して見ることができるため、猪突猛進型の天才肌パイロットであるエミリーとペアを組んでいる。

ウー・フー【艦名】③　士官学校訓練艦隊所属の先行偵察艦。

ウォースパイト【艦名】⑫　戦艦。地球連邦宇宙軍艦隊の旗艦。地球連邦が星系国家の体裁を整えるために、地球連邦宇宙軍の装備としてアロイスから供与された旧世代の戦艦。およそ百年ほど前に建造された。運用するために五十名以上の乗組員を必要とする。

ウォーレン・ライアス【人名】⑫　地球連邦政府の安全保障会議特任補佐官。
ヴォルテール【艦名】⑩　地球軍独立艦隊所属の出力強化型戦艦。
宇宙斧【武器】⑥　正式名称は〝近接戦闘用汎用ブレード〟。無重力下でもっとも効率的な打撃を与えることができるように、最良のバランスで計算されて作られた刃物。斧として殴り、槍として突き刺し、剣として斬り払うことができる。斧のグリップエンドには落下防止索がついており、この斧を握るのと同時に、着装している装甲戦闘服とワイヤが接続される。斧を装甲戦闘服の背中にある収納スロットに納めるのと同時に、自動的にワイヤがはずれる。そのため、もし、戦闘中に取り落としても手首を返すだけで、斧は手に戻ってくる。
ウナートル【人名】④　地球連邦宇宙軍総司令部直属一〇一機動戦闘艇教導大隊の中隊長。中佐。全員がエースパイロットで曲者ぞろいの大隊をまとめ上げている。リーの理解者。
ウルム【種族】⑧〜⑫　長いあいだ女家長制を続けていた種族で、兵士の七割は女性。モルダー防衛戦では、避難住民のための難民収容施設として混成旅団の〈我家《ホーム》〉を急遽使用することになったため、地球軍、サーチー星系軍とともに地球軍独立艦隊のベースである三〇三泊地《ベース》を三種族で共用することになった。
代理人《エージェント》【総称】①　途上種族に対して、銀河文明評議会の意思を代理する異星種族の総称。地球にとってはアロイスがそれに該当する。
エキストラクト【星系】⑤　有坂恵一たちケイローン派遣団が地球を出発し、最初に訪れた星系。アロイスと同じランクの種族が住み、超空間航法用の重力安定エリアと、超空間ゲートをあわせ持つ。エキストラクト星系の超空間ゲートは、エリルセナント線のもっとも辺境に位置するゲートネットワークを構築する常設型超大規模ゲートであり、いわば辺境と銀河中心部を結ぶ最初の入り口であるため、ここへは周辺の超空間ゲートのない恒星系からの宇宙船が集まる。

エゼアキル・ハキーブ【人名】 ⑩ アロイス星系軍艦隊の総司令官。少将。

エゼルボーン【人名】 ⑥ ケイローン軍政府錬成部の試練担当官。大佐。

エッジワース・カイパーベルト【星域】 ②〜④⑧⑨ 恒星系国家である地球連邦の領土である太陽系外縁部の境界。その向こうに広がる空間が、地球連邦政府の権限の及ばない、誰のものでもない宙域——公宇宙《パブリック・スペース》になる。

エデ・ゴンザレス【人名】 ⑩ ブラジル北部出身の十三歳の少女。〈箱船〉乗員。寒冷環境コロニー、通称〈シベリア・コロニー〉の生態系監視係。熊谷直子のルームメイト。

エデン【艦名】 ②〜④⑫ 地球連邦宇宙軍所属の補給工作艦。全長約三キロに及ぶ巨大な円筒形。円筒を中央で縦に仕切り、その半分に宇宙船を丸ごと収容して修理できる巨大なドック、その反対側に地球の有名な保養地の環境をそのまま再現した環境保養施設が二つ、地球の繁華街のイメージをそのまま再現した都市保養施設がひとつ作られている。最大収容人数は四千人。外惑星に勤務している宇宙軍の兵士たちのストレスを軽減させるために作られ、定期的にそれぞれの惑星軌道上の基地を巡回している。

Fプラン【作戦名】 ⑫ 最終決戦を意味する太陽系防衛作戦。宇宙空間を飛べるものなら作業艇でもコンテナ貨物船でも、すべての物と人を動員して、粛清者の恒星反応弾を阻止するという作戦。

エミリー・ハーリントン・リチャードソン【練習生】 ④〜⑫ アイルランドの貧困家庭出身で、きわめて素行が悪く、ひねくれ者でトラブルメーカーの小柄な少女。有坂恵一の教場《クラス》。機動戦闘艇の操縦に天才的な才能があるが、戦闘時に周囲の状況が見えなくなるため、ウィリアムとペアを組むことになる。

エラン【人名】 ④⑥⑩ アロイス人。完全環境都市《アーコロジー》サンドキングスの都市相談役。のちに脱出用一号スペースコロニー、通称〈箱船〉の監査役。妖精のような印象のあるアロイスにしては珍しく、むっちりとした肉感的な身体つき。地球の調味料や香辛料を調べ、将来、どのように活用できるかを研究中。地球のカレーに関する論文は、宇宙的に高い評価を得た。

エリア71【区画】⑦　シュリシュクにある〈戦闘区画《バトルエリア》〉のひとつ。ここのモルスール基地で、有坂恵一たち地球軍独立艦隊は、戦艦や機動戦闘艇母艦、護衛の軽巡や駆逐艦などをひととおりそろえた機動部隊編制の艦隊を支給された。

エリア二十八【地区名】①　教育コロニー・アルケミス内に設立された特別士官学校の別名。

エリシフ・ユングリング【人名】⑨　太陽系外縁部、準惑星ハウメアの軌道上に置かれた前進観測基地のひとつであるツゥーラ基地のセンサーオペレーター。少尉。最初の粛清者の侵攻部隊の探知者。

エリルセナント線【名称】①③~⑫　銀河系を構成する渦状の線に並んだ恒星系に存在する、水と酸素のある惑星の進化の程度を示すラインのこと。このタイプの惑星に生まれた生態系は、ほぼ同じラインを通って進化していく。

エレール【ドローン】①　ライラ専用のパーソナルドローン。

エングラント【艦名】③　士官学校訓練艦隊所属の防護型巡航艦。高出力ジェネレーターによって多重慣性中立力場シールドを展帳し、飛来する実体弾を無力化する。

天使の輪《エンジェル・リング》【兵器】③　ケイローンからアロイスへと贈られた、対恒星破壊兵器用のリング状の巨大な恒星ビーム砲。恒星が放つエネルギーを一点に集中させることで、惑星サイズの物体も破壊することができる。

エンタープライズ【艦名】⑩　地球軍独立艦隊所属の機動戦闘艇母艦。

エンテ・アスペク【人名】⑦~⑨⑪　サーチー軍独立艦隊総司令官。准将。

エンデミリオン【艦名】⑦　地球軍独立艦隊所属の機動戦闘艇母艦。艦長ライラ・ヨルゲンセン。

オースティン【人名】⑤　地球連邦宇宙軍最高指揮官。上級大将。

オーセタス攻勢【戦名】③⑥⑩〜⑫　百年前に行なわれた粛清者の大攻勢。この攻勢によりエリルセナント線ではアロイスをはじめとする百五十三の途上種族星系の恒星が破壊され、すべてがロストゲイアーとなった。しかもこの攻撃はエリルセナント線だけではなく、同時にほかの四つの発祥ラインを含めて二千を超える星系に対して実施され、銀河文明評議会に甚大な損害を与えた。

至高者《オーバーロード》【種族】①〜③⑧〜⑫　数十億年の昔、別の銀河に生まれたひとつの高度知性体。単一の種で行なえば進化は加速し、高度知性体へと成長する時間も短くなるのではないかと考えて、進化の実験を実施。ほかの銀河文明とは明らかに異なる種族と文明を創り出したが、他の高度知性体種族は、この実験を自然発生的に生まれ、自然に進化を遂げるべき自然の流れに逆らうものであるという理由で否定し、オーバーロードを生命への裏切り者と断罪し、オーバーロードを含むその実験体を実験場ごと消去することを決めた。

オクタル【種族】⑥　エリルセナント線の銀河中心部に近い位置にあった星系出身の種族。世代的にはケイローンと同等の古さを持つが、独善的な性質のため、文明レベルは上がらなかった。ケイローンがロストゲイアーになったさいに難民として受け入れるも、奴隷のように扱ったため、逆にケイローンの自主独立の気概を育てる。粛清者の侵攻によってみずからがロストゲイヤーになったあとも、種族としての自堕落で傲慢な性質は変わらず、衰退の一途をたどった。

オゴショール【種族】⑦⑨〜⑪　銀河文明評議会所属の指導種族。第一次二千隻、第二次三千隻、合計五千隻の援軍を太陽系に派遣。

オデル【人名】⑫　地球連邦政府の環境大臣。南アメリカ出身。有能なだけでなく人格も円満で面倒見がよく、十年後には大統領の座も狙えると噂される逸材だった。

尾《お》美《み》早《さ》苗《なえ》【人名】⑨⑫　練習生依田真人の中学時代のクラスメート。粛清者の恒星反応弾攻撃時は、甲信越中央シェルターに避難した。

オルガ・シュワルツローゼ【特別士官候補生】①〜⑫　オーストリア出身。金髪。士官学校時代の一対一の格闘戦訓練ではみずから〝ランスチャージ〟と名づけた一撃離脱戦法を得意としており、この訓練で有坂恵一に負けたことから恵一に興味を持つ。おもに攻撃型機動戦闘艇部隊を指揮する。装甲戦闘服での白兵戦のエキスパートでもあり、白兵戦闘指導教官も務める。

オルック【人名】⑨⑪　インブレス軍独立艦隊の総司令官。准将。モルダー防衛戦時に不手際のあった上級聖職者のバーリム准将にかわって、太陽系防衛戦に派遣された。途上種族艦隊に共に加わった他の星系の種族の自由さを受け入れる度量を持ち、宗教的規範に縛られていたインブレス軍を変革していくことを決めた。

■カ行■

カーリー【人名】⑨⑪⑫　長城《ロングウォール》の主任設計者の少年。十五歳。マインドリセット後の新世代の天才。パズルを組み立てる才能を活かして、長城の設計に従事する。本人は地球にいて、長城では通信によって蜘蛛型ドローンや医療ドロイドを遠隔操作している。

カール・ミューラー【特別士官候補生】⑧　軽巡航艦エムデン艦長。少佐。

カイゼル・ゲート【転移ゲート】⑧　惑星モルダーの静止衛星軌道上に置かれた三つの恒久型転移ゲートのひとつ。

カッシンヤング【艦名】⑪　地球軍独立艦隊所属の第二雷撃艦隊駆逐艦。

カラブリア【人名】⑩⑫　インブレス星系軍艦隊所属の機動戦闘艇部隊指揮官。中佐。

カラム・リューゲル【人名】①〜⑤⑦⑩〜⑫　アロイス人。十八歳。特別士官学校では有坂恵一の個人指導者《パートナーマスター》。のちにアロイスの地球派遣軍艦隊へと転属になり、機動戦闘艇部隊に配属され中隊長を務める。宿舎での普段着は、ジャージのようなトレーニングウェア上下。工作艦エデンに休暇で訪れた際は、仲間にゲームで負けた罰ゲームとして、地球の女子高生のようなコスチュームを着せられていた。両性具有のアロイスの中でも体つきが華奢で、シルエットが女性っぽいため、違和感がない。

カラヤイアン【人名】⑩ サーチー星系軍艦隊所属機動戦闘艇部隊の撃墜王《エースパイロット》。少佐。

カリーニン【艦名】⑨⑪⑫ 地球軍独立艦隊所属の第二雷撃艦隊旗艦。艦長ゾーヤ中佐。

カリラ・コムロット【人名】⑦ モルダー連邦軍所属の第一防衛艦隊総司令官。准将。

ガリル・ゲンガー【特別士官候補生】④ 機動戦闘艇の個人戦闘訓練で、エミリーに士官候補生時代のアバターが撃墜される。

慣性制御【装置】②⑩ アロイスによって地球にもたらされた技術のひとつ。物体の慣性を制御することによって、ロケットなどの反動推進型とは比較にならない機動性を艦艇に与える。速度や針路を大きく変える場合には、慣性吸収装置で慣性を吸収する。吸収できる慣性の大きさは装置によって決まっているため、頻繁に速度や針路を変更すると、慣性を吸収しきれなくなる。

キーファ・ラーケッテン【人名】②⑫ 地球連邦宇宙軍司令長官。宇宙軍元帥。太陽系を守る最後の砦、ピケットとなるべく艦隊をひきいて恒星反応弾に体当たりを敢行する。

ギームリ【種族】⑧ 銀河文明評議会の中堅種族。アロイスから二階層上に位置する種族で、階層のレベルはケイローンよりも高い。銀河の渦状肢の中心に近い位置に母星がある人類で、高度に機械化された文明を持ち、エリルセナント線上に発生した人類文明へ供与されるフローターコイル、グラビトンコイルなどの基礎的な工業製品はもとより、宇宙船、機動戦闘艇、簡易ゲートといった軍事テクノロジー製品のみならず、その生産ラインも含めて、そのほとんどすべてを生産している。

キトリット【種族】⑨　銀河文明評議会所属の指導種族。第一次二千隻、第二次三千隻、合計五千隻の援軍を太陽系に派遣。

木下【人名】⑩⑫　タグボート乗り。長城用ブロック回収班の若手作業員。蜂須賀の部下。

キャンベラ【艦名】⑪　地球軍独立艦隊所属の第二雷撃艦隊駆逐艦。

キレナス【種族】⑨　ケイローンの指導種族。

銀河文明評議会【名称】①〜⑫　至高者《オーバーロード》が中心となって調和と調整のために作られた機関。銀河系におけるさまざまな価値観を持った生命体の集まり。銀河系には太陽系が所属するエリルセナント線以外にも、セリルテクタイト線や、アシュロムクルクリル線などの数多くの発祥ラインがあり、銀河文明評議会はこの発祥ラインと呼ばれる共通の進化線に沿って誕生した知的生命体の連合組織。もっとも古い長老種族は数十億年前に発生した種族で、生命体ではなく意識体として、評議会を運営していると言われている。

銀河盟約【名称】⑤　銀河文明評議会に所属する種族は、途上星系が侵攻を受けた場合は直系の一代前の指導種族が支援にあたる義務を負う。

グェン・サム・ラップ【特別士官候補生】①④〜⑥　ベトナム出身。士官学校の食堂ではじめて会った時、〈教導者《インストラクター》〉の食文化を知るいい機会だと言って、有坂恵一に正体不明のタケノコのジュースを飲ませた。これはアロイスの食文化に根づいた「アマダケ」と呼ばれる地球のサトウキビによく似た竹類の植物の新芽のジュースである。

国友【人名】②　東アジア連邦日本自治政府の調査部第二課員。

クバル【脱出船】⑨　ランマー級小型スペースコロニーをもとに設計された、地球時間で約六カ月生活を維持できる自給生態系を持つ生活型脱出船。収容人員は二十万人。船体の直径が千メートル、全長八千メートルを超える大型船。当初、地球連邦政府とアロイスが立てた脱出計画は、これと同型の脱出船を二千五百隻使用し、五億人の地球人を太陽系外に脱出させることになっていた。

熊谷直子《くまがいなおこ》【人名】⑩　日本出身。十三歳の少女。〈箱船〉の寒冷環境コロニー、通称〈シベリア・コロニー〉の生態系の監視係。エデ・ゴンザレスのルームメイト。

グラーフ・ツェッペリン【艦名】⑩　地球軍独立艦隊所属の機動戦闘艇母艦。

クラウス【練習生】⑩　地球軍独立艦隊所属の駆逐艦キーリング艦長。

グラビトンコイル【装置】①〜⑤⑧⑩　アロイスによって地球にもたらされた、重力を発生させる装置。この技術のおかげで、スペースコロニーなどの宇宙施設は、回転による擬似重力を必要とせず、建設と保守の手間が大幅に軽減されている。

グロッグ【人名】⑨　地球連邦宇宙軍の太陽系内方面軍司令官。中将。

ケイト【人名】⑫　ケイト・ラルフ・パターソン　北アメリカ自治区テキサス州に住む主婦。上流階級出身でハーバード大学を卒業後、国連職員、大統領補佐官を歴任したのち、結婚して今は無位無官。夫はテキサス州選出の上院議員。夫が上院議員になれたのは、彼女の内助の功のおかげに違いない、と言われている。

ケイローン【種族】③〜⑫　β《ベータ》種族のレベルファイブに相当し、テクノロジーエイジレベルでアロイスよりも、およそ七百年先行する。二十二の恒星系と三十八の植民惑星を持つ中等種族。彼らは一万数千年前、粛清者の侵攻により母星を失い、ロストゲイアーとなり、劣悪な収容施設を転々とした。最下層の地位から這い上がるために、傭兵種族として生きることを決め、生き残った全種族を乗せた移民船を戦場に同行させた。〝ケイローンは戦場で生まれ戦場で育ち戦場で死ぬ〟という言葉のとおり、軍事一色の文化を持ち、その戦闘力の高さとストイックな精神文化により、銀河文明評議会の中に確固たる地位を築いている。

ケルシー【練習生】⑩　地球軍独立艦隊所属の防空型軽巡航艦ロアノーク艦長。

ケルシュ【人名】⑧　ケイローン軍第三軍第三師団所属の第四戦列艦艦隊司令官。

光子魚雷【兵器】②～⑫　反物質弾頭の対消滅反応により目標を破壊する兵器。反物質は停滞フィールド内に封じられており、発射まで安全に運ぶことができる。発射後は対消滅反応のエネルギーによって亜光速まで加速し、標的まで直進する。発射時まで母機・母艦によって維持される停滞フィールドの強度によって反物質の残存時間と射程が決まる。軽巡航艦や駆逐艦の光子魚雷は長射程で、機動戦闘艇の光子魚雷は短射程。

高質量散弾【兵器】①③⑤～⑫　実体弾兵器。停滞フィールド内に封じこめていた高密度物質を散弾として発射する。主に近接防御や機動戦闘艇の迎撃に用いられる。高密度物質にはさまざまな種類があるが、粛清者が使用する縮退物質は一立方センチメートルあたり一億トンもの大質量となり、命中すれば戦列艦の装甲も貫通する。銀河文明評議会側が使用している高密度物質は、それよりも軽量だが充分な威力を持つ。

恒星レーザー砲【兵器】⑫　恒星反応弾によって太陽の中に形成された亜空間プリズムにより、恒星の表面爆発のエネルギーを直接レーザー光線に変換して発射する兵器。レーザーが太陽表面から発射されて地球に到達するまでは八分間かかる。ゲートや長城が狙われた。解熱剤により恒星の核融合反応が沈静化したさいに、太陽内の亜空間プリズムも消滅した。

恒星間同盟防衛機構【名称】⑥⑧～⑩⑫　粛清者の侵攻から、銀河文明評議会に属する種族の星系を防衛するための組織。ケイローンに総本部が設置されている。

恒星反応弾【兵器】⑧～⑫　モルダー星系防衛戦ではじめて使用された粛清者の秘密兵器。恒星に核融合反応促進剤を撃ちこみ、恒星の表面爆発の規模を数十倍に暴走させることで、星系全体に破壊的な輻射熱と恒星風を発生させ、その恒星系を拠点とする人類側の防御力を弱めることを目的とする。

甲田《こうだ》**【人名】** ① 治安維持軍大尉。東アジア方面軍西東京基地所属の第四中隊長。治安維持軍時代の有坂恵一の直属の上司。

コー・ゲート【転移ゲート】 ⑦⑧ モルダー星系に侵攻した粛清者艦隊迎撃のために急遽構築された三つの恒久型転移ゲートのひとつ。地球軍独立艦隊は第八惑星近くに構築されたこの〈コー・ゲート〉の防衛にあたることになった。

ゴーヤ・グレイス【人名】 ⑤ イジェフスク基地の知覚センサーオペレーター。少尉。

コミュータートラム【車両】 ②⑫ 補給工作艦エデン内を走行する、移動用の小さな路面電車のような車両。

コンドルセ【艦名】 ⑩ 地球軍独立艦隊所属の出力強化型戦艦。

ゴンドワナ【艦名】 ⑤ 戦艦。地球連邦宇宙軍所属の迎撃艦隊旗艦。

■サ行■

ザーラ・メール【人名】 ⑧ ターラント星系人。親衛義勇軍艦隊所属の雷撃艦隊司令官。少将。

サイモン【練習生】 ③ 有坂恵一の教場《クラス》。

サカモト【人名】 ⑧⑨⑪⑫ 日本出身。太陽系防衛軍所属の迎撃型機動戦闘艇部隊のパイロット。セルゲイの分隊員。伍長。戦闘に赴くさいに、隊内通信で勇壮なアニメソングを流すのが恒例行事となっている。最後にかけたのは《アンパンマンマーチ》。

サコー・テルグ【練習生】 ④ 士官学校アリサカ艦隊所属の駆逐艦キーリング艦長。

ザサラ【人名】 ⑫ 太陽系防衛軍所属の機動戦闘艇部隊D集団総司令官。少将。

サジタリウス基地【軍事基地】 ⑧⑨⑪⑫ 太陽系防衛軍所属の迎撃型機動戦闘艇部隊の発進

基地。太陽系外縁部に浮かぶ準惑星エリスの軌道上に十二ある基地のひとつで、それぞれ黄道十二宮の星座にちなんだ名前がつけられている。

サチエ・ハマダ【練習生《クラス》】③④⑥⑫　日本出身。有坂恵一の教場。エミリーのルームメイト。

サナキュリア【艦名】⑧　ケイローン軍第三軍統合旗艦。

サラトワ【人名】⑫　太陽系防衛軍所属の迎撃型機動戦闘艇部隊D集団第二中隊長。少佐。

サラリィム【船名】④　アロイスの輸送工作船。

サレッコ【人名】⑪　太陽系防衛軍所属の迎撃型機動戦闘艇部隊B集団第一大隊長。中佐。

三〇三太陽系外周哨戒艇艦隊【部隊】⑤　地球連邦宇宙軍所属の哨戒艇艦隊。哨戒航行中の哨戒艇S51とS49が第一回目の粛清者の探査機の迎撃を行なうも、撃沈される。

サンリッジ【人名】⑨⑫　地球の静止軌道上に設置された大型転移ゲート〈アジーン・ゲート〉の予備管制官。

シールド【防御装置】①〜⑫　〝ビーム吸収シールド〟ともいう。シールド発生器でエネルギーを吸収するフィールドを形成し、ビームやレーザーなどエネルギー兵器による攻撃を防ぐ。一度に限界を超えた攻撃を受けるとシールドを維持できなくなり、消滅する。シールドはシールド発生器からある程度離れた場所にも形成でき、艦隊や施設を守るような使いかたもできる。吸収したエネルギーは熱に変換され、熱吸収質量カウンターマスに蓄えられる。実体弾攻撃には無効。ジェネレーター出力に余裕のある戦列艦は自前のシールド発生器を持つが、艦隊戦ではシールドの発生と維持はもっぱら専用のシールド艦が行なう。

シアー【種族】④⑤　地球から約百二十五光年離れた恒星系に居住していた人類。約四百年前に、ケイローンと接触。このときのシアーの文明レベルは、β《ベータ》スリー。核分裂、核融合を起こし、恒星系内のほかの惑星に到達することができる手段を持つに至ったレベル。粛清者は、質量換算にしてフリゲート艦およそ十三万六千隻分の戦闘艦を破壊されたところで、転移をいったん中止した。このあと粛清者の攻撃は第二段階に入るが、ケイローンの援軍の到着により、かろうじて星系防衛に成功する。

ジェイムズ・パーリィ【練習生】⑦　地球軍独立艦隊第十七雷撃艦隊に所属。

ジェームス・パリス・リー【人名】①④〜⑫　地球連邦宇宙軍随一のエリート戦闘部隊である機動戦闘部隊から特別士官候補生に選抜されたことに高いプライドを持ち、地上部隊である治安維持軍から選抜された有坂恵一をテロリスト扱いする。士官学校で一対一の機動戦闘艇訓練で無敗で勝ち上がってきた恵一と対戦し勝利するが、その狭量な性格とエリート意識のため、人望は薄く、練習生に対する教官よりも戦士としてより適性があると判断され、宇宙軍総司令部直属教導大隊に機動戦闘艇のパイロットとして配属される。そこで、他の年上のベテランパイロットたちの技量の高さや、人間性に触れて、自分の過去を反省し、部下を持つということの意味を知る。シュリシュクへの派遣時には機動戦闘艇部隊の指揮官として同行した。そのさいに、有坂恵一と和解する。のちに、地球軍独立艦隊、途上種族連合艦隊の機動戦闘艇部隊の総指揮官として活躍する。最終の階級は大佐。

シオイ・スォロフ【人名】⑤　イジェフスク基地の知覚センサーオペレーター。少尉。

士官学校【教育施設】①〜⑫　正式名称は地球連邦宇宙軍特別士官学校。異星人の教官の下で、まったく新しい概念の兵器や戦術について学ぶための学校。粛清者の侵攻の対象になる可能性の高いリフトアップ途上の開発惑星に対して実施された特別自衛プログラムで、開発惑星の住民の中から適性のあるものを選抜し、銀河文明評議会の標準的な戦闘能力を持たせることを目的をして設立された。

次元回廊転移【航法】④〜⑫　超空間転移航法のひとつ。ゲートとゲートのあいだに次元回廊を作り出し、ゲート間をいっきに移動する。

ゲートを使えば、大量の艦艇や物資を、安定して移動することができる。ゲートネットワークは、人類諸星系を結びつけ、防衛戦における内線を支える重要なインフラとなっている。

次元断層転移【航法】④～⑫ 超空間転移航法のひとつ。次元断層を作りだして移動する。転移、あるいは断層転移とも。粛清者が偵察や攻勢をかける場合、この航法を用いることが多い。次元断層転移は一方通行となる上、宇宙船に搭載された超空間航法装置ほどの精度や、ゲートを使う次元回廊航法のような信頼性はないため、人類系種族ではほとんど使用されない。

視線思念コントロール【操作方法】③ モニター上のアイコンや表示ボタンに視線を合わせ、それを〝押す〟と思うだけで、実際にタッチしたのと同じことになる操作方法。指は、それぞれにファンクションキーを割りあてることで、実際にキーにタッチしなくても、指を動かそう、と思っただけで入力できる。指をモニターまで動かす、その運動にかかる時間を短縮することで、反応速度が上がる。

シティエリア【地区名】②⑫ 補給工作艦エデン内の都市保養施設エリア。パリ、東京、リオデジャネイロの三つの区画に分かれており、実際に地球にある街並みを完全に再現しているが、広さが限られているため下町や、商店街などの特徴のある街並みだけを集めた、テーマパークふうの構造になっている。

シプカ・アーセナル【特別士官候補生】② 東欧出身。練習戦艦アルケミスでの訓練時は、攻撃型機動戦闘艇のパイロット、ならびに後方近接防衛火器オペレーターを担当。

シャイラ・コトル【特別士官候補生】⑦ 地球軍独立艦隊所属の第三雷撃艦隊司令官。

シャロム・シェマン・ザル・ベス【人名】①～⑦⑨⑩⑫ アロイス人。士官学校総責任者。有坂恵一たちとシュリシュクに赴いたのち、シュリシュクに残って連絡要員としてケイローンとの折衝にあたる。レキシムの母兄弟《ママ・ブラザーズ》。

ジャンププローブ【装置】③ 敵の間近にジ

ャンプさせて、データを収集する、使い捨ての探査装置。

粛清者【種族】②〜⑫　銀河文明評議会に敵対する複数の非人類型高度知的生命体の総称。一億二千万年前からこの銀河系に対し攻撃を仕掛けてきた。至高者《オーバーロード》の推進する知的生命体のリフトアップを摂理に背く行為として敵視し、リフトアップされた存在を異端として粛清することを目的にしている。種族は違えど、いずれも高い感応力を持ち、言語を使わずにコミュニケーションを行う。そのため、嘘やハッタリというものを実体験として理解できないと推測される。

ジュバック【種族】⑫　銀河系を構成する渦状肢のひとつエリルセナント線の中心部にあるガンダーマ星系を出身とする上級種族。銀河文明評議会の幹部となるバサードと呼ばれるクラスに属する。

シュリシュク【惑星】⑤〜⑫　ケイローンの首都惑星。全長四万キロに及ぶ百二十一個の巨大な惑星サイズの円筒形のスペースコロニーと三十六個の惑星サイズの防衛要塞を、公転軌道を軸にして繋げた巨大な惑星軌道リング。コロニーとコロニーのあいだには〈戦闘区画《バトルエリア》〉があり、恒星系を守る艦隊の基地と、惑星軌道リングを守るためのシールド発生装置などが備えられている。

ショウカク【艦名】⑩⑪　地球軍独立艦隊所属の機動戦闘艇母艦。モルダー星系防衛戦で使われた旧型の機動戦闘艇母艦エンデミリオンと入れ替えに配属された新型艦。艦長はライラ・ヨルゲンセン。思考加速《ブースト》の過剰使用により昏睡状態になったウィリアムは、この艦の救急医療室で治療を受けた。

ショウホウ【艦名】⑤　有坂恵一ひきいる地球連邦派遣保安軍艦隊所属の機動戦闘艇母艦。

ジョージ・ジェンキンス【特別士官候補生】⑦⑧⑫　モルダー防衛戦では地球軍独立艦隊第二雷撃艦隊司令官を、地球防衛戦では第一雷撃艦隊司令官を務める。

ショスタコビッチ【特別士官候補生】⑦　地球軍独立艦隊所属の雷撃艦隊司令官。

ジルク・ノリンコ【特別士官候補生】②　士官学校に入る前は船外作業専門の工兵部隊に所属。練習戦艦アルケミスでの訓練航海時は、救《レス》命筒《キューポッド》回収班のレイル級作業艇艇長。

シルス・パールィ【人名】⑧　インブレス軍独立艦隊所属の第二機動戦闘艇母艦艦長。中佐。

シロレーン【星系】⑤　有坂恵一たち一行が戦艦アルケミスⅡでケイローンへと向かったさいに、エキストラクト星系の次に訪れた星系。

親衛義勇軍艦隊【部隊】⑧〜⑫　ケイローン正規軍と同等の装備で編制された部隊。艦隊の将兵の八十パーセント以上が、粛清者に故郷を奪われ、ケイローンの母星シュリシュクの惑星コロニーに移住したロストゲイアー種族の志願兵である。家賃を生命で支払うというこの方法を揶揄《やゆ》するものもいるが、ケイローン自身がその方法で生き延びて、今の地位を築き上げており、ロストゲイアーのあいだでは、新たな母星を手に入れるために、もっとも確実な方法であると認識されているため、不満の声は聞かれない。

スカウトプロジェクト【計画名】①　スカウトは斥候のこと。最初に敵に接触し、状況を報告。先兵として後続の部隊集団に道を開く。銀河文明評議会の派遣種族の勢力圏の外周部において育成。リフトアッププロジェクトと並行して実施される。

スクリーン【防御装置】①〜⑫　〝防御スクリーン〟〝物理防御スクリーン〟とも呼ばれる。慣性を中和するフィールドを展開し、衝突した物体の運動エネルギーを吸収して防ぐ。原理、運用共にシールドと同一だが、シールドよりも弱いものの総称。ドッキング時の軽い衝突や、デブリなどの小さな運動エネルギーなら問題なく防ぐが、亜光速弾、高質量散弾などの運動エネルギーが大きい物体を防ぐことはできない。

スション【人名】⑩〜⑫　ケイローン第三軍第一先遣艦隊司令官。少将。シュリシュクに対する恒星反応弾攻撃を受けて、太陽系支援作戦が中止された第三軍の中で、命令に背き地球派遣を願い出た。

セイザール作戦【作戦名】⑦⑧ モルダーに伝わる伝説の英雄の名を冠した粛清者への大反攻作戦。

セタ【星系】⑤ 有坂恵一たち一行が戦艦アルケミスⅡでケイローンへと向かったさいに、シロレーン星系の次に訪れた星系。

セミュール・モラン【人名】⑤⑥ 地球連邦宇宙軍大佐。ケイローン派遣団の随行員。ケイローンから技術部門の指導を受ける。

セルゲイ・イグレヴィチ・ヤコブレフ【人名】⑦〜⑨⑪⑫ ロシア出身。二十五歳。太陽系防衛軍所属の迎撃型機動戦闘艇パイロット。通称〝めんどくさい男&冗談が通じない男〟。階級は伍長だったが、誠実で思慮深い性格が認められ、第一中隊第五小隊第一分隊長ののち、特務少尉、小隊長に昇進した。

セルゲイ・ナガン【人名】⑤ 地球連邦宇宙軍大佐。ケイローン派遣団の随行員。ケイローンから兵站《へいたん》業務について指導を受ける。

セルゲイ・モシン【人名】① 地球連邦宇宙軍のエースパイロット。特別士官候補生に選抜されるが、部隊運営を学ぶ最終ステージには残れなかった。

セルワ・リジー【人名】⑪⑫ 長城《ロングウォール》建設に参加したアラビア宇宙公社の女性職員。

セレネ【AI】⑫〈アルテミスの日傘〉の管理AI。恒星反応弾による放射線から地球を守るさいに、同時接続で百万人、延べ十億人の頭脳をサブモジュールとして統合して運用した。

ゾーヤ【特別士官候補生】⑨⑪⑫ 地球軍独立艦隊の第二雷撃艦隊司令官。艦隊旗艦重巡航艦カリーニン艦長。中佐。

■タ行■

ターナー【ドローン】④ アロイスから出向

中の銀河文明評議会β《ベータ》文明担当方面軍所属のリトナ技術少佐の工作用ドローン。

ターメル【電子人格】⑥シュリシュクの検疫用隔離施設ハーフェルにあるライブラリーの案内人。

第一〇四輸送艦隊護衛作戦【作戦名】⑦モルダー防衛戦で地球軍独立艦隊の初陣となった護衛作戦。八百隻の艦隊で、粛清者の砲火から二万二千隻の輸送艦を守り、最前線の集積所まで届ける任務。

耐ビームコーティング【防御装置】⑧〜⑫艦の表面にビームを吸収する特殊コーティングを施したもの、あるいはその技術。モルダー星系防衛戦で、はじめて使用された粛清者側の秘密兵器。従来型のビーム吸収シールドはフィールドを形成した側からの攻撃のみを吸収するが、耐ビームコーティングはあらゆる方向からの攻撃に有効。無力化するためには従来型のシールドよりも攻撃を集中させる必要がある。恒星反応弾などに使用されている。

タチ【人名】⑧惑星モルダーの恒久型転移ゲート〈ワイゼル・ゲート〉作業艇二号の艇長。〈サーチタグ〉取り付け要員。少尉。

タトゥ・ゲート【転移ゲート】⑫地球の静止軌道上に設置された三つの大型転移ゲートのうち、アメリカ大陸上空に浮かぶ転移ゲート。

タフィ・ターハント【特別士官候補生】②③⑤⑥⑧〜⑫天才的な予測能力を持つ火器管制システムのエキスパート。砲術長。敵の行動を読んで未来位置に砲弾を撃ちこむスキルが高く〝砲術の女神〟の二つ名を持つ。

魂の試練【選抜試験】⑥⑦⑨〜⑫粛清者の侵攻が予測されている途上種族に対し、ケイローンならびに銀河文明評議会が、どこにどれだけの支援を行なうかを決める模擬戦闘。通常、三回に分けて実施される。この試練の結果に参加したそれぞれの星系の命運がかかっている。有坂恵一たち士官学校生が参加した試練は、二十六星系によって行なわれた。

ダミアン【練習生】⑦ 地球軍独立艦隊所属の機動戦闘艇部隊第二小隊第二分隊長。

田《た》宮《みや》啓《けい》治《じ》【人名】④⑨⑪⑫ 鳶《とび》職の老人。海上に建設された巨大浮体《メガフロート》上の地球連邦軍富士宇宙基地の建設現場に従事したのち、長城建設工事にたずさわる。

タムイ・キンバリ【特別士官候補生】①～⑫ アフリカ連邦出身。通称アフリカの哲学者。思索に長《た》け、さまざまな考察を重ねて真実に迫るスキルが高く、おもにロングレンジ索敵センサーのメインオペレーターとして従事。

タラウィ【人名】⑤⑥ 地球連邦政府政務次官。ケイローン派遣団随行員。

タロム・ティルト・サウレン【人名】⑦⑫ アロイス人。銀河文明評議会途上惑星教導推進省所属東アジア担当。日本自治政府調査部の村田と宮田に、有坂恵一たちの活躍でケイローンの支援が確定したことに対する住民の意識調査を依頼した。

ダントン【艦名】⑩ 地球軍独立艦隊所属の出力強化型戦艦。

治安維持軍【部隊】①～⑩ 地球連邦軍の地上部隊。地球上の治安維持任務は、かつての警察の職務を含むことから、警察と軍隊の双方の組織を兼ね備えた組織として再編成された。そのため〝軍警察〟と呼ぶ者もいる。またそのダークグリーンの制服のために、宇宙軍兵士から〝バッタ〟の蔑称で呼ばれることもある。

地球軍独立艦隊【部隊】⑥～⑫ 〝魂の試練〟における優秀な成績が評価され、ケイローン軍第三軍途上種族混成旅団に独立部隊として編入された八百四十一名の地球人部隊。

仲介者【名称】⑫ 人類と粛清者のディスコミニュケーションを解消するための粛清者側の存在。人類の一部と接続できる感応力を持っている。外見などは不明。

チョウカイ【艦名】④ 士官学校アリサカ艦隊所属の砲撃特化型重巡航艦。

超空間通信【装置】③⑤⑦～⑩ アロイスによって地球にもたらされた技術のひとつ。超空間を経由して通信することで、光速の限界を越えた通信が可能になる。レーダーなどのセンサー類は光速を越えられないので、遠方の状況をリアルタイムに確認するには、偵察機やプローブを送り込み、そこからの超空間通信で状況を把握することになる。

チンヤン【艦名】⑪　地球軍独立艦隊所属の第二雷撃艦隊駆逐艦。

ツゥーラ基地【軍事基地】⑨　太陽系外縁部にある、準惑星ハウメアの軌道上に設置された前進観測基地のひとつ。粛清者の最初の侵攻を探知した。

ツェン・ユンリー【特別士官候補生】②　東南アジア出身。練習戦艦アルケミスでの訓練時は、アウトレンジセンサーのオペレーター。

停滞フィールド【装置】⑦⑧　アロイスによって地球にもたらされた技術のひとつ。反物質や高密度物質を包んで中立化し、時間の流れをとめ、質量の影響を受けないようにする。これにより、光子魚雷や高質量散弾を問題なく安全に運用することができる。

ティッカ【人名】④　イジェフスク基地の責任者。地球連邦宇宙軍少佐。

テスロ【ドローン】④　アロイスから出向中の銀河文明評議会β《ベータ》文明担当方面軍所属のリトナ技術少佐の工作用ドローン。

デューイ【ドローン】④⑦⑧⑫　ウィリアムの訓練支援用パートナードローン。

デュオ【人名】⑨⑫　地球の静止軌道上に設置された大型転移ゲート〈アジーン・ゲート〉のオペレーター。

デュオラック爆薬【兵器】⑦　核爆発と同等のエネルギーを発する粛清者がもちいる尿素系爆薬。

デロン・アマダル【人名】⑦　ケイローン人。ケイローン軍第三軍混成旅団長、ルクス中将のプライベートカントニー。少尉。

転移ゲート【装置】④〜⑫　次元回廊転移を実現する装置。たんに〝ゲート〟ともいう。リングの中に次元回廊の出口となる円形の次元断層面を作り出し、他のゲートとのあいだに次元回廊を形成する。転移ゲートには、ゲートネットワークを構築する常設型の超大型転移ゲートのほかに、居住惑星の軌道上に建造される大型転移ゲート、戦時に増援や補給を送るための簡易転移ゲートなどの種類がある。

統制型戦闘艦モデル66【兵器】⑤〜⑦⑨⑩　無人戦闘艦。粛清者との戦いが続く中で、人的資源の喪失を恐れた銀河文明評議会が作り上げた、すべてを自律判断し、戦い続ける究極の戦闘機械。ニックネームは〝守護天使〟。約二百五十年前、コロニーや転移ゲートなどの重要防護対象を警備していた守護天使をはじめとする六千万隻に及ぶ自律戦闘艦が、粛清者によって自律判断を書き換えられ、敵にまわった。途上種族たちが集結し、戦力を増強できたことで、かろうじて先進種族の恒星系への粛清者の侵攻は撃退されたが、この守護天使の反乱のために、二十三の先進種族が恒星系を失ってロストゲイアーとなり、応援艦隊を派遣した途上種族や開発種族も、多くの兵士と戦闘艦を失い、銀河文明評議会は多大な損害を受けた。

トーメ・ブリュッガー【特別士官候補生】②　練習戦艦アルケミスの訓練航海中は、機動戦闘艇部隊第二中隊に所属。ライラの副官を務める。

トオル・シマザキ【練習生】⑦　地球軍独立艦隊第十七雷撃艦隊に所属。

特別士官候補生【名称】①〜⑫　二十二歳までの軍務経験のある地球人類から〈代理人《エージェント》〉の選考によって教官候補として選抜された。入校期間は三カ月。異星人の指導の下、新型兵器の取り扱い技能の習熟と集団運用に関する訓練を受ける。三カ月の基礎教養修了後、本学校には新たに新型兵器運用課程の初任兵（十五歳から十六歳の男女）として練習生八百名が入校する。特別士官候補生は、教官として、各自二十名の練習生を担当し、指導育成に努めた。

トシオ・マユズミ【特別士官候補生】⑧　モルダー防衛戦における地球軍独立艦隊所属の第一雷撃艦隊司令官。

土星軌道基地【軍事基地】④　地球連邦宇宙軍外宇宙第四方面本部。冥王星軌道外縁部にある七つの太陽系外周基地を管轄下に置く。

トランブランエリア【地区名】②⑫　補給工作艦エデン内のネイチャーエリアにある、カナダにある紅葉で有名な山にちなんでつけられた環境保養施設エリア。

ドリー・スターム【人名】⑫　練習生ウィリアムの母。おおらかで母性の塊のような人物。エミリーに対しても自分の娘のように接した。

■ナ行■

中島《なかじま》弥《や》平《へい》【人名】④⑥⑨⑩　オーストラリアのグレートビクトリア砂漠の地下に建設された完全環境都市《アーコロジー》サンドキングスの閉鎖環境システムの主任管理官。ひとつのことに集中すると、ほかはどうでもよくなるタイプ。サンドキングスでの管理能力が相談役のエランに高く評価され、脱出用一号スペースコロニー、通称〈箱船〉の艤装委員ならびに閉鎖生態系主任監督に抜擢される。

長瀬【人名】⑪　治安維持軍の東アジア方面軍西東京基地所属。少尉。

長野【人名】⑨⑩　タグボート乗り。長城《ロングウォール》用ブロック回収作業班JPNの副長。蜂須賀の部下。

ナターシャ・ツポレフ【人名】④⑥⑨⑩　ロシア出身。学校を卒業後、完全環境都市《アーコロジー》サンドキングス閉鎖環境システムの副主任となる。第一号コロニー、〈箱船〉では、ノンナ・ヤコブレフとともに、補佐官として中島をささえる。

成田【人名】①⑦⑨⑩　地球連邦宇宙軍太陽系外周方面軍司令官。准将。

ナンジェッセ【人名】⑩　ウルム星系軍艦隊機動戦闘艇部隊の撃墜王《エースパイロット》。少佐。

西東京第一シェルター【避難施設】⑫　東京の西部に位置する刈寄山《かりよせやま》の地下に建設された地下施設。日本自治政府の主要機関の退避先として建設され、三万五千人の政府関係者とその家族、そして七十五万人の一般市民が収容されている。この施設の最下層には駅が設置され、日本全国の主要都市に設けられたほかの基幹地下シェルターと深深度トンネルを走るリニア鉄道によって結ばれている。

ニナ【人名】⑦　迎撃型機動戦闘艇パイロットのセルゲイの恋人で、婚約者。セルゲイとは対照的に活動的な女性で、パイロットとして徴集されたセルゲイを、法をおかしても逃がそうとする。

ネイチャーエリア【地区名】②　補給工作艦エデン内の地球の有名な保養地の環境をそのまま再現したエリア。「カナダのトランブランエリアとエーゲ海のミコノスエリアの二つがある。

ネハレム【人名】⑨⑫　アロイス人。地球の静止軌道上に設置された大型転移ゲート〈アジーン・ゲート〉の統括管理官。

ノガ・ブガ・グルルンダ・ジガ【モルダー語】⑦　戦いに赴く戦友に送るモルダーの古い言葉。意味は「未来に繋がる勝利を」。

ノンナ・ヤコブレフ【人名】④⑥⑨⑩　ロシア出身。ナターシャ・ツポレフとは学生時代からの友人。サンドキングス水耕農場のCフロア担当者。第一号コロニー、〈箱船〉では、秘書としてナターシャとともに中島をささえる。ガイアネットのSNSのハンドルネームは〝マトリョーシカ〟。

■ハ行■

バーツラフ・ホレック【特別士官候補生】①～⑫　ナイジェリアの海岸地方出身。愛称はバーツ。選抜前はライラとは同じステーションの整備ハンガーに勤務。明るく社交的な性格で有坂恵一の右腕として活躍する。おもに戦列艦艦隊、遠距離砲撃艦隊の司令官を務める。細かなことまで気がまわるが、その繊細さを、二枚目半の言動で隠している。女の子に声をかけてまわるのも、本質を覚られないためにあえてやっている、とは本人の弁。

ハーフェル【人名】⑨　ケイローン人。ケイローン装備本部所属。技術大佐。

ハーマイオニー【艦名】⑪　地球軍独立艦隊所属の第二雷撃艦隊駆逐艦。

ハインツ・フリードマン【人名】⑤⑨　地球連邦の初代大統領。

箱船【脱出船】④⑥⑨〜⑫　地球がアロイスの協力のもと、独自に開発した脱出用一号スペースコロニーの通称。たとえ太陽系が滅び、地球人類がロストゲイアーになっても、地球の生態系と遺伝子を可能なかぎり後世に伝えることをその最大の使命する。ランマー級の小型スペースコロニー規格と同じサイズの円筒形を、その内側に四個ずつ、外側に十二個組み合わせて構成されている。世界じゅうから集められた動植物のほかに、覚醒状態で百五十万人、そのほかに凍結状態で三十万人を収容する。

蜂須賀《はちすか》【人名】⑨〜⑫　タグボート乗り。長城《ロングウォール》用ブロックの回収作業班JPNの指揮官。月から打ち出された巨大ブロックを、地球の公転軌道のやや内側のエリアにある作業現場で回収する作業を統括する。

バラサイ・シン【人名】⑦　サジタリウス基地司令官。インド出身。中佐。

ハンマーファルト【人名】⑦　ケイローン人。モルスール基地装備本部主査。大佐。

ピカティニー【人名】②　地球連邦宇宙軍第四方面本部司令部所属のピケットセンサーオペレーター。曹長。

ヒトミ・ハグロ【人名】④⑤⑨　日本出身。イジェフスク基地の知覚センサーオペレーター。階級は少尉。太陽系に来襲した最初の粛清者の強行偵察型無人探査機の発見者。四人姉妹の末っ子で、気が弱く、すみません、ごめんなさい、が口癖。

ヒャル・サクツ【人名】⑧　インブレス軍独立艦隊所属の第八雷撃艦隊司令官。少佐。

ヒュイル・サグ【人名】⑧　インブレス軍独立艦隊所属の第四戦列艦艦隊司令官。中佐。

ヒューイ【ドローン】④⑦⑧⑩⑫　ウィリア

ムの訓練支援用パートナードローン。

ヒューゴ・ボルヒャルト【特別士官候補生】①東欧出身。士官学校での機動戦闘艇の対戦訓練では、有坂恵一に対し、重武装のデバイスを至近距離に転移させて集中火力で決着をつける、という戦法を使って挑んできた。

ヒョーロ・サンケラ【人名】⑦ リーバイ軍独立艦隊総司令官。准将。

最初の降臨《ファースト・アドベント》【名称】①⑥⑦ 地球の人類が至高者《オーバーロード》によるマインドリセットを受け、銀河文明評議会からの〈代理人《エージェント》〉であるアロイスの接触をはじめて受けたときのことをさす。

ファラン・ライアス【人名】⑫ 地球連邦政府の特任補佐官ウォーレン・ライアスの妹。

フィリップ・チャールトン【人名】① 地球連邦宇宙軍のエースパイロット。特別士官候補生に選抜されるが、部隊運営を学ぶ最終ステージには残れなかった。

フェイアリン【飲み物】①⑤ ルビーレッドの炭酸飲料。アロイスの食文化のひとつ。ノンアルコールだが、カフェインによく似た物質が入っていて、軽い覚醒と興奮を引き起こす。

攻勢偵察艦隊《フォース・リーコン》【部隊】⑫ シュリシュクで進められているまったく新しい作戦行動部隊。従来のように、座して粛清者の攻撃を待つのではなく、こちらから粛清者が支配するほかの銀河系に赴き、粛清者側の情勢を偵察するという意図のもとに編成される部隊。長距離を無補給で移動し、戦闘を含む作戦行動を取ることで粛清者側の体制を確認し、必要とあれば後方攪乱を行なうことを目的とする。

フォンセカ【人名】⑧⑨⑪⑫ 太陽系防衛軍所属の迎撃型機動戦闘艇部隊のパイロット。南アメリカ出身。セルゲイの分隊員。伍長。ラテン系の明るい性格で、つねに不満を口にするランドルフのなだめ役。

フジナ・ガタ・マキモグ【人名】⑥⑨⑩ アロイス人。シェルター建設公社技術相談役。長い袖で手を隠し、その中で端末操作用のデバイスを動かす癖を持つ。

藤原【人名】⑪　治安維持軍の東アジア方面軍西東京基地所属。軍曹。

ブライカ【ドローン】④　アロイスから出向中の銀河文明評議会β《ベータ》文明担当方面軍所属のリトナ技術少佐の工作用ドローン。

フランソワ・タミシエ【人名】①　地球連邦宇宙軍のエースパイロット。特別士官候補生に選抜されるが、部隊運営を学ぶ最終ステージには残れなかった。

プリム【人名】③　アロイス人。バーツの個人指導者《パートナーマスター》。

プリンツオイゲン【艦名】④　士官学校アリサカ艦隊所属の砲撃特化型重巡航艦。

ブレーダ【特別士官候補生】③⑥　ラテン系の黒髪の女性。練習生の健康管理と救急法を担当。

ブレン・エンフィールド【人名】⑨　地球連邦軍総司令官。大将。

フローターコイル【装置】①～⑫　アロイスによって地球にもたらされた、回転力を反重力エネルギーに変換する装置。手のひらに載るくらいの小さいものから、大きなものは直径数メートル。軌道エレベーターを成層圏に持ち上げることができる。これによって航空機から回転翼と固定翼が消え、重量物を運搬するために大排気量のエンジンは必要とされなくなった。また、従来型の車や鉄道、さらには大型建造物などの重量軽減にも使われ、輸送や建築に大きな変化をもたらしている。

フローターシャトル【装置】①③⑤⑥　フローターコイルによって浮力を得て大気圏外にまで上昇する巨大な飛行船のような形をしたシャトル。衛星軌道から地表まで伸びた太いガイドケーブルに係留された形で、大気圏外と地表とを行き来する。その形状から、日本では〝鯉のぼり〟と呼ばれる。

ベート・ゲート【転移ゲート】⑫　地球の静止軌道上に設置された三つの大型転移ゲートのうち、太平洋上空に浮かぶ転移ゲート。

ホアン・ジェイ【人名】⑪⑫　地球連邦宇宙

軍工兵隊所属の長城《ロングウォール》建設部隊指揮官。少佐。木星の衛星イオの研究ステーションの事故のさいに救出作戦を指揮。そのときに両足と片腕を失ったため予備役に編入されたが、この危機にさいし現役復帰した。外見は飄々《ひょうひょう》としたつかみどころのない人物であるが、長城を守る戦いでは突発的な危機にも揺らぐことなく冷静に指揮をとった。

ポー・ザップ【練習生】④ オルガの教場《クラス》。機動戦闘艇の対戦訓練において、教官に勝利した数少ない練習生の一人。

我家《ホーム》【野営施設】⑦〜⑨ ケイローン軍の巨大な円筒形のベースキャンプユニット。通常定数の艦隊ごとに一基ずつ与えられる宇宙空間に浮かぶ野営地。兵士たちの休養のために作られた設備。これを改造し、簡易整備ドックと、係留設備、物資集積エリアなどを増設したものは〝泊地《ベース》〟と呼ばれている。

ホワイトピーク【レストラン】② 補給工作艦エデン内のトランプランエリアにあるレストラン。第一回訓練航海終了後にパーティが行なわれた。

■マ行■

マインドリセット【名称】①③〜⑫ 地球のすべての人類に対して至高者《オーバーロード》が行なった精神操作。〝国家や民族や人種ではなく、地球人という概念を持つ時が来た〟ことを告げた。言葉ではなく、意識の中に直接呼びかけ、人類の意識の中に、人種や国境、宗教という枠を飛び越えた、地球人類という概念を強制的に植えつけた。これにより、地球連邦国家が成立することになるが、過去の概念にしがみつく権力者や、宗教指導者は、この概念を〝洗脳〟と決めつけ、地球連邦という存在に反旗を翻し反統合戦争が勃発することとなる。

マエストラーレ【艦名】⑪ 地球軍独立艦隊所属の第二雷撃艦隊駆逐艦。

マクエロイ【人名】⑩⑫ ウルム星系軍艦隊

所属の機動戦闘艇部隊指揮官。中佐。

マグサイサイ【艦名】②　地球連邦宇宙軍冥王星基地所属のS級フリゲート艦。艦長ベニグノ・アラミナ中佐。乗組員二十二名。

松浦【人名】⑪　治安維持軍の東アジア方面軍西東京基地所属。曹長。

マドセン【人名】⑤⑨　地球連邦宇宙軍外周防衛艦隊司令官。少将。ナイツ少将の友人。

魔のパイル【兵器】③　粛清者の恒星破壊兵器。その大きさは惑星と等しく、形状は、円柱形。光エネルギーを吸収する物質でコーティングされている。恒星に撃ちこまれ、そのエネルギーを異なる次元の宇宙に吸い出す。ブラックホールを応用した兵器。従来の粛清者の侵攻では、星系外縁部に次元断層によって転移した粛清者艦隊が周辺を制圧し、そこに恒星破壊兵器を転送する超大型転移ゲートを建設する、というのが戦いの基本的な流れだった。

マリノ【ドローン】③　ラク専用のパーソナルドローン。

マルヴェンツ【人名】⑩　インブレス星系軍艦隊機動戦闘艇部隊の撃墜王《エースパイロット》。少佐。

マルフォ【ドローン】⑥　マキモグ専用のパーソナルドローン。

ミーアキャット【艦名】⑦⑧　地球軍独立艦隊所属のロングレンジセンサーを搭載した情報収集艦。艦長はタムイ。

ミゲル・カルニーゴ【人名】⑦～⑨⑪　⑦サジタリウス基地所属の太陽系防衛軍迎撃型機動戦闘艇部隊第一中隊長。少尉、のちに大尉に昇進。

ミネアポリス【艦名】⑤　有坂恵一ひきいる地球連邦派遣保安軍艦隊所属の重巡洋艦。

宮田【人名】②⑦⑫　東アジア連邦日本自治政府の調査部第二課班長。

ミラボー【艦名】⑩　地球軍独立艦隊所属の出力強化型戦艦。

ミルス・ウィンダム【人名】⑪　地球連邦宇宙軍参謀本部作戦課企画室所属。少佐。恒星反応弾迎撃システムの構築者。

ミンクス【練習生】③④⑥　浅黒い肌の女の子。有坂恵一の教場《クラス》。

村田【人名】②⑦⑫　東アジア連邦日本自治政府の調査部第二課係長。

メイ・スタルヒン【練習生】③⑥⑫　ロシア系の少女。有坂恵一の教場《クラス》。

モートル【人名】⑦　ケイローン人。モルスール基地装備本部所属。少佐。

モニカ【人名】④　イジェフスク基地の知覚センサーオペレーター。ラテン系の女性。二機目の観測用無人探査機の発見者。

モルスール基地【軍事施設】⑦　ジュリシュクのエリア71にある装備本部。百五十万体の作業用ドローンが二十四時間体制で再生作業を行なっており、八万隻の戦闘艦が静態保存状態から即応体制に復帰している。この基地で地球軍独立艦隊八百隻を編成するのにかかった時間は十五分。

モルダー星系防衛戦【戦名】⑦〜⑫　モルダー星系は〝魂の試練〟の一回戦で有坂恵一たちが戦った種族の恒星系。粛清者の侵攻を受けたモルダー星系の中に、ケイローン軍は緊急展開型の転移ゲートを三ヵ所構築し、艦隊をこの三ヵ所のゲートから同時に送りこむことで、恒星系外周部に粛清者が構築中の転移ゲートならびに粛清者艦隊の殲滅をもくろんだ。恵一ひきいる地球軍独立艦隊も、ケイローン軍混成旅団の一員としてはじめて戦闘に参加した。

モルド・デグル【人名】⑥〜⑫　ケイローン軍第三軍総司令官。上級大将。地球防衛戦においては、太陽系派遣緊急展開艦隊四万三千隻をひきいて救援にかけつけた。

モンロール【種族】⑨　銀河文明評議会に所属する上級種族。

■ヤ行■

ヤクーラン【人名】⑫　太陽系防衛軍所属の迎撃型機動戦闘艇部隊C集団総司令官。少将。

ヤタガラス【艦名】⑦〜⑫　有坂恵一の座乗

する地球軍独立艦隊の旗艦。通信管制能力に特化した指揮官専用の艦船。武装は自衛用のビーム砲塔が二基あるだけで、戦闘能力は低い。

柳沢【人名】⑨　練習生依田真人の中学時代のクラスメート。

ユージン・ハンビー【練習生】③④⑥⑩⑫　ロシア出身。がっちりとした体型の中央アジア風の風貌。有坂恵一の教場《クラス》。モンゴル相撲が得意。

油谷《ゆたに》【人名】⑨⑪⑫　月の表土を削り、それを巨大なブロック状に加工する作業用ドローンの主任オペレーター。製造されたブロックは月面のマスドライバーで射出され、宇宙空間で長城を形成する。その後、〈アルテミスの日傘〉建設のためのトンネル掘りと超伝導ケーブル埋設の作業にたずさわる。

ユラークル【人名】⑦　アロイス人。途上惑星教導推進省東アジア担当のタロムの部下。第三課所属。

ヨウメイ【人名】⑧　惑星モルダーの恒久型転移ゲート〈ワイゼル・ゲート〉のゲート管理官。少佐。

揚陸艦ディドラ【艦名】⑥　有坂恵一たちの〝魂の試練〞における最初の戦いの舞台となったイスタイル型揚陸艦。角ばったヘアブラシのような形で、後方に延びたブラシの柄の部分に反応炉と推進器があり、毛の部分に円筒形の降下艇が縦に束になって配置されている。千人分の装甲戦闘服《バトルスーツ》、三百人分の重装甲機動服《モビルアーム》、多種多様な近接支援武器、小型の装甲車、指向性爆薬、地雷などが搭載されている。

ヨーホ・ホーカ【人名】⑧　グイノー星系人。親衛義勇軍第三戦列艦艦隊の司令官。少将。テディベアに似た体格の持ち主らしい。

依田《よだ》真人《まさと》【練習生】⑨⑪⑫　長野県小県郡長和町出身。地球軍独立艦隊の第二雷撃艦隊所属。駆逐艦アケボノ艦長。休暇で実家に戻ったさいに、中学時代の同級生に「ずく出せ」と激励される。「ずくを出す」とは長野県の方言で「力を出せ、がんばれ」という意味。

■ラ行■

ライラ・ヨルゲンセン【特別士官候補生】①〜⑫　スウェーデン出身。赤毛。選抜前は地球連邦宇宙軍の総務部で主計監査の仕事をしていた。士官学校のあるアルケミスに向かうシャトルの中で有坂恵一と出会ってから、恵一に好意を抱く。様々なアタックを仕掛けるが、恵一に肩透かしを食らっている。おもに迎撃型機動戦闘艇部隊の指揮官を務める。装甲戦闘服《バトルスーツ》での白兵戦の助教資格も持っている。

ラク・シモノフ【特別士官候補生】①〜⑫　カザフスタン出身。士官学校時代はエネルギーシステムの統括責任者。機関長。物事をシステマチックに捉える視点を持ち、恵一たちのメンバーの中で討論するときは、良きアドバイザーでもある。

ラドラ・ライレーン【人名】⑧〜⑫　ウルム星系軍独立艦隊総司令官。准将。女性。ウルム星系人は女性家長制で、女性が社会的に主要な地位を占めている。

ラナキア【特別士官候補生】⑦　地球軍独立艦隊所属の雷撃艦隊司令官。

ラムズ・バーリム【人名】⑦　インブレス軍独立艦隊総司令官。准将。

ラワン・ケイブン【人名】⑫　太陽系防衛艦隊所属の機動戦闘艇母艦艦載機部隊の総指揮官。

ラング・コールダーマン【練習生】⑦　ヨーロッパ自治連邦ハンガリー自治区出身。ケレス・ロウム教場《クラス》の副総代。少尉。第十七雷撃艦隊の旗艦軽巡航艦ラシュール艦長。

レイ・ランドルフ【人名】⑧⑨⑪⑫　太陽系防衛軍所属の迎撃型機動戦闘艇部隊のパイロット。セルゲイの分隊員。伍長。不平不満をいつも口にしているが、本人いわく〝それが下っ端の特権〟らしい。

リード・ナイツ【人名】②〜⑦⑨　地球連邦宇宙軍第四方面本部司令部司令官ののち、シュリシュク派遣団の全権大使となる。軍事関連の総責任者。少将、のちに中将に昇進。

リゼム【練習生】⑪　地球軍独立艦隊所属の機動戦闘艇部隊第一中隊第三小隊所属。

リダム・ケイク・リンダー【人名】⑥　有坂恵一がシュリシュクのライブラリーで閲覧した〝魂の試練〟に関する「一人の兵士の視点に立ってまとめた記録」の登場人物。エリザット軍の下士官。曹長。

リトナ【人名】④⑨　アロイス人。銀河文明評議会β《ベータ》文明担当方面軍所属。中尉。地球連邦宇宙軍に出向。そこでの階級は技術少佐。太陽系外縁部、カイパーベルト宙域に設置された早期警戒センサーと各基地の知覚センサーのバージョンアップを行なう。

リヒトル【人名】⑧⑩〜⑫　ケイローン親衛義勇軍艦隊総司令官。中将。

リフトアッププロジェクト【計画名】④　粛清者の攻撃から守るために、至高者《オーバーロード》の眷属《けんぞく》である未熟な人類種族を、銀河文明評議会の先行種族が〈教導者《インストラクター》〉となって導くプロジェクトのこと。地球の場合には、無人探査機が最初に訪れたのは二十万年前、新生代第四紀のこと。当時の記録に、知的生命体の萌芽である直立二足歩行人類の存在が記録されている。この探査結果により、銀河文明評議会の上層部は地球を要観察対象惑星としてアルファカテゴリーにランクし、二足歩行人類に対し、いくつかの遺伝子操作を行なう。その後、オーバーロードのマインドリセットの衝撃に耐える概念を意識の中に醸成することを目的とした、人類の意識を変えていくプログラムがいくつも実施された。

リュウジョウ【艦名】④　士官学校アリサカ艦隊所属の機動戦闘艇母艦。艦長はウィリアム。

ルルクル・シンタル【人名】⑫　アロイス人。カラムの同僚。指導種族艦隊第一機動戦闘艇部隊に所属。

レイニー・ダウ・セルカリス【人名】⑤　アロイス人。ロボの人格の原型となった少女。十七歳。その人格パターンからは十九人分の人格が残された。有坂恵一のロボは、アルケミスが所持していた五人分のうちの三人分。

レイノ・ヴェイッコ【人名】⑪ 親衛義勇軍遠距離砲撃艦隊砲術参謀。中佐。戦時昇進で准将心得となって遠距離実体弾砲撃艦隊の司令官になる。地球軍独立艦隊のタフィ・ターハントの砲術の腕前に関心を持ち、その砲撃センスを活かした新しい砲撃アルゴリズムを編み出し、将来的にタフィと結婚することになるが、それはまた別の話である。

レイブン【種族】⑦〜⑨ モルダーの指導種族。

レキシム・シエマン・ザル・ベス【人名】④⑤⑦⑨〜⑫ アロイス人。銀河文明評議会地球連邦派遣保安軍最高指揮官。のちに太陽系防衛軍総司令官。シャロムの母兄弟《ママ・ブラザーズ》。

練習生【名称】②〜⑫ 至高者《オーバーロード》のマインドリセット後に生まれた十五歳から十六歳の男女から〈教導者《インストラクター》〉によって選別された新型兵器運用課程の初任兵。

練習戦艦アルケミス【艦名】①〜⑧ 士官学校の最終ステージにおいて、有坂恵一を艦長とする特別士官候補生四十名は、この艦で実戦に向けた演習航海を行なった。装備は指向可変型フォトンレーザー砲、実体弾と反物質弾を亜光速で発射するリニアレールのほか、胴体部分には機動戦闘艇を二十機搭載。機動戦闘艇の母艦として運用することも可能な多目的艦《マルチパーパスシップ》。

レンダホーク【艦名】③ 士官学校訓練艦隊所属の遠距離探査偵察艦。ロングレンジセンサーを搭載するほか、ジャンププローブ八十機を搭載。

ロイ・キュルス・タイ【人名】⑥ 有坂恵一がシュリシュクのライブラリーで閲覧した〝魂の試練〟に関する「一人の兵士の視点に立ってまとめた記録」の登場人物。レイカー軍の女性士官。少尉。

ローウェル【人名】① アロイス人。グェンの個人指導者《パートナーマスター》。

ロールダミス【艦名】③ 士官学校訓練艦隊所属の迎撃型機動戦闘艇母艦。迎撃型機動戦闘艇八十機と哨戒用ドローン五十機を搭載。

ロストゲイアー【総称】③　粛清者の侵攻を受けて、みずからの太陽ならびに生存圏を喪った種族。オーセスタス攻勢と、守護天使の反乱のさいには、先進種族の多くがロストゲイアーとなったが、高度な技術レベルでインフラを維持できることから、銀河文明評議会に登録されていた人類が居住可能な地球型惑星に移住できた。だが、百年ほど前から粛清者が攻撃目標を先進種族星系から途上種族星系に変更したため、自給自足すらできないレベルのロストゲイアーが急増した。このため指導種族だけではロストゲイアーを支援しきれなくなり、中堅種族も支援に乗り出している。母星を失い、種族としての存在基盤を失ったロストゲイアーの中には、自分たちのコミュニティを離れ、流浪の民と化した者も多いが、テクノロジーレベルの低い途上種族は、先進惑星では仕事を見つけることもできず、ドローンに混じって単純肉体労働に従事する姿を見かける事が多い。彼らを救済するプログラムもいくつか用意されているが、向上心に繋がるモチベーションすら持っていない者がほとんどで、社会問題化しつつある。

ロック・ヘム【人名】⑧　インブレス軍独立艦隊所属の第三雷撃艦隊指揮官。少佐。

ロボ【ドローン】①～⑫　有坂恵一専用のパーソナルドローン。身のまわりの世話や秘書官的な役割をこなす。最初のロボはケイローンへの出発の直前に与えられた休暇で、恵一とともに浅草を観光中、テロリストの爆発に巻きこまれて破壊される。二代目は、粛清者の高質量散弾により旗艦ヤタガラスが爆散したさいに、恵一と共に死亡。現在は三代目。〝ボクっ子〟で妹属性のため、地球軍独立艦隊の女性陣からは〝メカ小姑〟と呼ばれている。

ロン・ワルドー【人名】⑧　インブレス軍独立艦隊所属の第十八雷撃艦隊指揮官。少佐。

長城《ロングウォール》【防御装置】⑨～⑫　粛清者の恒星反応弾による太陽の表面爆発の高エネルギー粒子の奔流から脱出船や脱出用ゲートなどを守るた

めに宇宙空間に建造された巨大な石壁状の構造物。月の表土を削り、それをブロック状に加工したものをマスドライバーで宇宙空間に射出し、繋ぎ合わせて造られた。

長距離超空間転移航法《ロングジャンプ》【航法】⑤ 人類がアロイスから提供を受けたスーパーテクノロジーのひとつ。超空間航法装置によってほかの星系までいっきに跳ぶ空間転移航法。

■ワ行■

ワイゼル・ゲート【転移ゲート】⑧ 惑星モルダーの静止衛星軌道上に置かれた恒久型転移ゲートのひとつ。

あとがき

『宇宙軍士官学校―幕間《インターミッション》―』いかがでしたでしょうか？　この本は『宇宙軍士官学校―前哨《スカウト》―』の全十二巻の中では描かれなかった、さまざまなキャラクターたちのエピソードを描く五本の短篇小説と、〈宇宙軍士官学校〉に登場した人名や事項などをまとめた「大事典」から成り立っています。角川スニーカー文庫から刊行されている〈でたまか〉でも、メインのストーリイを補完する形で三冊の短篇集が出ていますが、それと同じようなものだとお考えいただければ幸いです。

主人公が、世界全体の運命に関与できるほどの能力を持っていたり、逆に世界全体とまったく関係ないところで話が進んでいくような物語ならば、映画で言うところの〝カメラ〟は常に主人公に固定されます。こういった物語の場合。物語の中で起こったアクシデントを解決する手段は、主人公のモチベーションを上げることです。ですから、物語の構成は、いかにして主人公のモチベーションを上げるか。という部分に集約されます。

しかし、〈宇宙軍士官学校〉は、そういう物語ではありません。主人公や、登場人物のモチベーションと、物語の中のアクシデントの解決には、ほとんど関連性がありません。〈宇宙軍士官学校〉の主人公は、一応、有坂恵一となっていますが、わたしが描こうとしているのは彼の物語ではなく、彼を含めた地球人、そして人類という生きものの生きざまで、そういう物語は、群像劇にならざるを得ません。さまざまな場所で、さまざまな人々が、何を考え、何を決意し、どう動いたか——それを描き出すことで、物語を進めていくという手法です。

群像劇が難しいのは、さまざまな登場人物の物語（この場合はエピソードと言ったほうがいいでしょう）、これをどこまで描くか、という見きわめの部分です。

小説の書きかた、マンガの書きかた、などの本で、ストーリイを一本の樹木にたとえることがよくあります。ストーリイのメインの流れが木の幹で、そこから生える枝葉はさまざまなエピソードです。枝葉であるエピソードが貧弱では、樹木は豊かに見えませんし、逆に枝葉ばかり茂って幹が見えぬほどであれば、樹木全体の姿がわかりません。たとえば、この「大事典」に記載された人名の一人一人それぞれに、ちゃんと歴史があり物語があるのですが、それをエピソードとしてすべて描いたのでは、物語は先に進みません。ストーリイの流れが読者に見えるように、エピソードは適度に剪定《せんてい》しなくてはならないわけです。

本書に収められた五つの短篇は、そうやってメインのストーリイを進めるために切り落とされた枝葉を集めたもので、「遅れてきたノア」は地球のシェルターに暮らす人々のその後、「中の人」と「ホームメイド」は粛清者の転移攻撃が始まってから与えられた四十八時間の休暇の物語、「オールド・ロケットマン」は統合戦争時代と、地球連邦宇宙軍の最後の戦いを描いた物語、そして「日陰者の宴」は、ケイローン軍の参謀を主人公にした、この先、恵一たちが加わる〝長距離偵察戦闘艦隊《フォース・リーコン・フリート》〟の発端となるエピソードです。

有坂恵一と地球軍独立艦隊の選抜メンバーは、ほかの種族の選抜者と共に、ケイローンが編成したこの〝長距離偵察戦闘艦隊〟に加わり、粛清者の支配下にあるほかの銀河系へと長駆旅立つことになります。粛清者の領地であるほかの銀河の内部で、支配体制や生産拠点などの情報収集を行なう恵一たちと、彼らを追う粛清者のハンター艦隊との戦いを描く第二部は、現在、鋭意書き進めておりますので、お楽しみにお待ちください。

最後になりましたが、今回も「遅れてきたノア」「オールドロケットマン」「日陰者の宴」の三篇について、広島在住のゲームデザイナー銅大《あかがねだい》氏のご協力をいただいております。そして、今回もお忙しい中、太田垣先生にすばらしいカバーイラストを描いていただきました。太田垣先生のイラストは〈宇宙軍士官学校〉の世界観を構成する重要な要素のひとつで、どんなイラストがつくのだろうか、という期待感が、わたしの執筆のモチベーションです。太田垣先生に、心よりの感謝の言葉をお送りしてあとがきを終わらせたいと思います。本当にありがとうございました。

（気がつけば還暦一歩前。もう無理はできない）鷹見一幸

著者略歴　1958年静岡県生，作家
著書『〈蒼橋〉義勇軍、出撃！』『宇宙軍士官学校』（早川書房刊）『時空のクロス・ロード』『アウトニア王国奮戦記』『ご主人様は山猫姫』他多数

HM=Hayakawa Mystery
SF=Science Fiction
JA=Japanese Author
NV=Novel
NF=Nonfiction
FT=Fantasy

宇宙軍《うちゅうぐん》士《し》官学校《かんがっこう》
―幕間《インターミッション》―

〈JA1266〉

二〇一七年三月二十日　印刷
二〇一七年三月二十五日　発行
（定価はカバーに表示してあります）

著者　鷹《たか》見《み》一《かず》幸《ゆき》
発行者　早川浩
印刷者　矢部真太郎
発行所　株式会社　早川書房
郵便番号　一〇一 - 〇〇四六
東京都千代田区神田多町二ノ二
電話　〇三 - 三二五二 - 三一一一（大代表）
振替　〇〇一六〇 - 三 - 四七七九九
http://www.hayakawa-online.co.jp

乱丁・落丁本は小社制作部宛お送り下さい。
送料小社負担にてお取りかえいたします。

印刷・三松堂株式会社　製本・株式会社フォーネット社

ISBN978-4-15-031266-4 C0193

本書は活字が大きく読みやすい〈トールサイズ〉です。